文學新象

FUGITIVE TELEMETRY & SYSTEM COLLAPSE

厭世機器人

IV

—系統崩潰風險評估—

瑪莎·威爾斯
Martha Wells

翁雅如——譯

高寶書版集團

本書為虛構作品，小說中所有角色、機構和事件皆出自於作者的想像，或僅為虛構情景使用所捏造。

第一部

逃亡遙測

FUGITIVE TELEMETRY

1

死亡的人類躺在地上，側身半屈姿。右手下方有頻道控制介面的碎片。我看過很多死亡人類（真的很多），所以我先進行了初步掃描，並且將數據與我記憶庫裡的數據資料比對，包含體溫對應環境溫度、屍斑狀況以及各種與人類死亡後出現的液體有關的項目。這些數據我都存放在永久記憶庫裡。比對結果讓我得以估計死亡時間。我說，「大約四小時。」

曼莎博士與高層軍官英達互換了一個眼神。

曼莎博士的神情深不可測。軍官英達則看起來很厭煩的樣子，不過只要我在的時候她總是長這個樣子。她說，「你怎麼知道的？」

我把掃描數據、我的調查內容和比對結果統整成一份人類能夠閱讀的報告，傳到她的頻道位址，同時也寄了一份給曼莎。英達眨了眨眼，她的視線在閱讀報告的時候變得很專注。曼莎回應收到報告，但她的目光只是看著英達，一邊眉毛挑起。（我仍在同時使用掃描和視覺功能檢視現場，但是我有新的情報無人機組成的任務小隊在我頭上盤旋，提供我現場影像。）

我們在保護地太空站購物中心的一個岔路口，這是一個圓形的空間，有三條小走廊在這裡匯合，其中一條短走道通往較大的次要主走廊：轉橫道。（這裡的廊道都有名稱，是保護地其中一項稍微有點煩人的傳統。）不管它的名稱，這條走廊不算常用，通常被當作從居住區通往工作區的捷徑。（這座太空站沒有像企業網裡那樣，把暫時居住空間和永久住房分隔開，但這絕對不算是保護地最奇怪的地方。）

不只是這個交叉路口，而是保護地太空站整體來說，只要有人被殺都是很怪的事，不論是對過客和太空站居民的威脅評估報告來說，發生事故的風險都很低，而且就算有，通常也只是運輸口區發生的酒醉後的愚蠢／傷害行為一類。在這個交叉路口，威脅評估報告上顯示意外身亡的可能性甚至更低，幾乎是零。

這個路口什麼都沒有，只有挑高天花板上的照明、標準銀藍色特殊材質牆面，牆面上的塗鴉和畫作現在已經被當作太空站歷史的一部分而保存下來。我猜如果你真的是鐵了心，還是可以透過打開牆面下的電源蓋，然後，我不知道，去舔之類的把自己弄死吧。但這名死亡人類顯然不是那樣死的。

針對全太空站的謀殺事件跑出來的威脅評估報告數字穩坐底線百分之七。（要讓數字掉到比這還低的話，我們就得移動到無人居住的星球上才行。）（我從未接過要前往無人居住星球執行的合約任務，因為我如果接到合約任務且抵達該星球，那就表示我們居住在那裡。）你絕對沒有在這裡看過死亡人類像這樣躺在地上。

「嗯，」終於看完報告的英達說，（我知道，人類看東西的時間真的是天長地久。）「我不知道這東西的準確度是多少——」

另一名維安人員走了進來，此人為其中一名平常負責檢查貨物運輸的生物危害技術人員，頻道識別為圖柔。圖柔說，「我們的掃描分析顯示受害者已死亡四小時。」

英達嘆了口氣。圖柔技術員顯然以為這項資訊會迎來比較正向的反應，現在露出一頭霧水的神情。

「身分呢？」我說。死亡人類的控制介面故障，所以我沒辦法叫出任何資訊。如果動手的人目的是要隱匿死亡人類的身分，那他們也未免太過天真樂觀了吧？所有永久居民以及每一位在太空站離艦的過客，保護地太空站都會存下他們的身分證明和全身掃描結果，所以要跑身分證明結果應該不是什麼難事。「已知關聯人？」

圖柔瞥了英達一眼，她點點頭表示可以回答。圖柔說：「死者身上沒有皮下標記、夾帶檔案、強化部件或任何有身分證明的東西。我們已經利用外型特徵針對近期抵達的乘客清單做過初步搜尋，但是沒有結果。」看見英達不滿意的表情，圖柔補充道，「沒有控制介面的情況下，我們得等醫療人員抵達現場進行全身掃描，才能與訪客進站資料比對。」

英達說，「那醫療人員還沒到這裡的原因是……？」

圖柔果然立刻皺起眉頭。「今天是學校單位的預防性健康檢查日，負責進行移動式全身掃描的機器人可能在忙那個？它得把他們用的移動式醫療間移過來？」

人類很愛「把話變成問句，這樣聽起來比較沒那麼糟」這招，而且聽起來其實還是一樣糟。

英達看起來很不悅。

曼莎的嘴角正在用一種「我想說點什麼但我不會說」的方式抽動。

英達說，「你有跟他們說這是緊急狀況嗎？」

圖柔說，「有，但是他們說這件事的確是緊急狀況，直到現場醫療人員宣布人員已死亡／無法救援的那一刻為止，在那之後，這件事就被排到他們要處理的非緊急事件清單最後一項了。」

保護地就是喜歡把事情都弄得很複雜。這可不只是我在此地親身經歷的比喻而已。好吧，對，我就是在比喻。

英達下巴線條繃緊。「這是謀殺案件。如果下手的人又殺了其他人——」

曼莎打斷她。「我會致電他們，讓他們知道這不是意外死亡事故，妳說的對，情況很緊急，我們需要他們立刻來現場。」她又看了屍體一眼，皺起眉頭。「政務委員會一接到警報訊息，就立即關閉了運輸口並派出救援人力，但妳確定這個人——死者——是旅客，不是居民嗎？」

救援人力指的是在執行糾察任務的武裝船艦，他們的工作是打消搶匪想接近太空站的念頭，並且在站內和短程貨運需要協助的時候前來幫忙。

運輸口關閉後，救援船就會在外面阻止任何已經停靠或未停靠的船艦離開太空站，直到政務委員會發布新的命令為止。

圖柔承認道，「報告委員，事實上沒辦法。我們只是猜測此人是訪客。」

「了解了。」曼莎的表情沒有責怪的意思，但是我敢說她現在的表情看起來也不像她覺得圖柔、英達或現場任何人的表現無可挑剔。這件事很明顯是太空站維安組集體失職。（至少對我來說很明顯。）

英達一定也知道這點，因為她伸手捏了捏鼻樑，好像頭很痛一樣。以保護地的人類標準來看，她的個子算矮，膚色是比曼莎淺一點的棕色，年紀可能也大一點，不過身材很精實，看起來可以瞬間出拳揍人。但這大概不是她身為資深軍官的原因，這個職位其實偏向行政職。她對圖柔說，「想辦法確認身分就是了。」

圖柔離開時的身影像是想要趕在情況惡化前趕快逃走。曼莎的眉毛仍直對著英達，已經挑到不能再高。（其實也不是這麼說。實在很難描述，你得現場看過才知道。）英達的雙手往空中一拋，然後說，「好吧，要談就談吧。」

曼莎帶領著我們一行人離開現場，來到轉橫道上。轉橫道很寬，挑高的拱頂天花板上投射著星球表面的全息投影，讓人覺得自己抬頭看見的運輸口是透明的。這裡是主太空站購物中心分出來的岔路，通往服務辦公室區，另外還有其他分支路徑可以通往補給區。現在此處的交通流量已經降到最低，但是仍有一具替太空站工作的機器人拿著亮光指揮棒出去引導人類，強化人和送貨無人機改道，繞過這個路口的入口和太空站維安組的設備。維安組人員就站在那兒，想假裝自己沒有在看我們。跟我們一起走來這裡的曼莎的兩名政務委員會助理正用一種嚴厲的眼神看著那些維安組人員。

那具機器人大可啟動隱私屏障，但是曼莎和英達只是走到了用來擋住餐飲服務場所的大型植物群落的長形闊葉後方。（一道頻道標記傳來，內容以多種語言和保護地標準用語，標示出這地方叫做「澱粉食物！」並且附註這裡會在循環日休息時間的時候打烊。）

這地方相對來說是很隱密沒錯，但是我還是派出無人機掃描，檢查有沒有人試圖在我們身上鎖定強化聽力的設備。英達轉向我問道，「你有這方面的經驗嗎？」

我用無人機看著她，讓我自己的目光停在「澱粉食物！」標記上，那標記還有一群小小的跳著舞的身影繞著它，我猜那些應該就是澱粉食物吧。我說，「處理死亡人類的經驗嗎？當然。」

曼莎的大挑眉現在轉向我了。她敲了敲我的頻道，想進行私人連線。我連好之後她傳來，**你覺得這會是灰軍情報嗎？**

呃，可能吧？現在我們只知道有一起異常死亡事件，沒有任何線索看起來與曼莎，或其他灰軍情報可能想鎖定的我的人類有關。我對她說，**我還沒有足夠的資料作任何評估。**

了解。然後她接著說，**我希望你跟太空站維安組合作處理這件事。雖然跟我們目前的企業問題完全無關，對你也是個很不錯的機會。**

呃呃。我對她說，**他們不想要我**。（嘿，我也不想要我啊，但我沒辦法擺脫。）而且我若能獨立調查會比較簡單，尤其是在我的調查導致我要把突然死亡的灰軍情報探員毀跡滅屍的時候。

（不，那個死亡人類不是我殺的。如果是我，我不會把屍體丟在太空站購物中心裡，這什麼爛招。）

她說，**如果你想要留在保護地聯盟，改善與太空站維安組的關係會有顯著的幫助。**他

們可能會雇用你擔任顧問。

曼莎不常用「這是為了你好，你這個白癡」的口吻說話，所以現在她會這樣說，代表她真的覺得這是個好主意。除此之外，我不是白癡，我知道她說的對。但反正我也還不能離開保護地，就算我不喜歡這裡，這裡也不喜歡我也一樣。我的威脅評估報告的數字仍持續上升中。（我現在把威脅指數報告功能連到其中一個訊號輸入端了，這樣我就能不間斷地收到即時報告內容，而不是只是偶而去檢查一下，沒錯，這就變成不間斷的干擾，因為這功能對什麼大小事都有反應。不，對我的焦慮一點幫助都沒有。但是仍是必要的。）

太空站維安組已經聽過灰軍情報威脅程度的簡報，但我對他們的信賴就跟他們對我的信賴程度差不多。（就是都不太多，驚喜吧。）他們對於企業攻擊行動也毫無經驗。他們的工作主要是在意外發生時派出援手、維護維安設備和掃描檢查是否有違法危險貨物，而不是抵禦暗殺任務。他們甚至不用到運輸口外巡邏。

英達用一種酸溜溜的神情看著我們，意味著她知道我們在頻道上私下交談。曼莎面對我的神情仍是用力挑眉的樣子，所以我回答了英達的問題。「對，我有調查在受控條件下發生的可疑死亡案件的經驗。」

英達的凝視目光中沒有太多懷疑的意味。「什麼受控條件下？」

我說，「獨立工作駐點。」

她的神情變得更嚴肅了。「企業奴隸勞工營。」

我說，「對，但是如果我們這樣稱呼那些地點，行銷和品牌經營部門會生氣，然後我們就會被電力突波攻擊大腦，把我們的神經組織燒掉一點。」

英達皺眉。曼莎雙臂交叉，神情結合了「你現在高興了吧」和「快點把話說一說」。

英達瞇眼看著我。「我知道曼莎博士要你加入這次的調查。你願意跟我們合作嗎？」

好，我說我之前調查過這類事件的時候，我說的是實話。而在任何獨立企業任務之中，對人類來說最大的威脅，不論是挖礦的時候或是——好，主要就是挖礦，隨便啦——對人類最大的威脅不是搶匪，不是憤怒的吃人怪物，或者叛變維安配備，而是其他人類。他們會意外或故意殺害彼此，而每當這種事情發生的時候，你就得快速釐清狀況，因為這種事情會影響保證金，也決定公司該不該賠償損失。維安配備會接獲中控系統的命令去蒐集錄影和音訊證據，因為沒有人相信人類主管，包含其他人類主管在內。

我處理過幾次事件是人類偷偷殺害彼此的那種，而不是比方說，在用餐時間當著食堂裡所有人面前動手的事件。但那些多半是在我記憶被洗清之前發生的事情，所以細節都不太清楚了。最好的方法還是一開始就留意挑釁或有破壞性的行為，比方破壞其他人類的維生系統包，或是在飲水中下毒這種事，這樣最能有效避免人類互相殺害。然後你要通知醫療系統，把那些人找來進行評估，或者請主管把他們移動到其他地方，這樣一來如果醫療系統無法說服他們住手的時候，那就會是別人的問題。總而言之，整個手段就是要想辦法避免事件發展到最後那一步。

（我知道聽起來好像這些人在簽了約之後就只是整天跑來跑去想謀殺其他人，但是說真的，情況其實比較像是那次我要去賀夫瑞登站時搭的船艦上，那些以為我是強化人維安顧問的可憐人類的處境。他們已經因為簽了勞工合約，既沮喪又害怕，一直吵架和打架。變成合約勞工就是讓一切惡化的原因。）

我的檔案庫裡有我駭了控制元件後發生的所有事的紀錄，但當時那段日子裡我其實沒有太多相關經驗。我有的是數千小時的懸疑類型媒體檔案，所以我腦袋中的理論知識有不少應該是偏誤度大概高達六到七成的垃圾。

但是曼莎說的對，加入調查最能夠快速釐清異常死亡事件是否是太空站上有灰軍情報相關活動的一個徵兆。我說，「我願意。妳可以把曼莎博士身邊的維安強度增加到我訂下的標準嗎？」對，這件事一直沒吵出個結果來。

英達的下巴再次繃緊（她一定會弄傷自己），但她說，「當然。現在太空站裡有個在逃殺人犯，我會把所有維安層級都提高，包含政務委員會和曼莎博士的維安部屬在內。我其實不需要你來告訴我怎麼做我的工作。」

噢，好喔，也許維安層級就可以從根本不夠到差不多夠了吧。我沒有任何表情，因為我知道比起我做出任何反應，英達更討厭我完全沒反應。

曼莎清了清喉嚨，意思是「你們兩個想要惹毛彼此，但你們只惹毛了我」。然後她說，「這樣的話，雇用契約應該很快就會發出來了吧。」

英達的聲音很冷淡。「是的，不需要派那個恐怖的律師來找我。」

她是說李蘋，因為她說了「恐怖的」。身為保護地一流的企業網合約法專家，顯然讓李蘋變得像是律師界的戰鬥配備。

保護地居民用的雇用契約十分簡單，因為他們的星球法典已經有非常多內建的保護規定。（比方說，人類和強化人不能把自己的勞動權益或身體自主權簽讓給他人，這種行為會直接違法。）但我不是市民，嚴格來說也不是一個人，所以條件比較困難。但是李蘋的合約能確保他們不能逼我做任何我不想做的事情，而我完成工作後也能收到現金卡。（我們一開始討論要讓我去找工作的時候，是要用這個方法鼓勵保護地政務委員會核准我永久難民身分。對於簽合約的時候，我竟能親身參與到內容擬定過程這種事，我真的不太熟悉。（我之前的合約都是公司簽的租賃合約，在那種合約之中，我就只是一件設備。）李蘋跟我保證過，「你不用擔心，我一定會保障你隨時可以像個王八蛋一樣到處晃來晃去的權利。」）

（我說，「彼此彼此。」）

（曼莎說，「各位，拜託一下。我在安排下一通跟家裡的會議通話，要調停青少年之間的糾紛，我需要把所有耐性留到那時候。」）

如果要這麼做，那我就要馬上開始，這樣才能確認這件異常謀殺事件不代表任何對曼莎的威脅。除此之外，我還有一堆下載好的娛樂檔案要看。我說，「我可以現在開始檢驗死亡人類嗎？」

英達看起來很疲倦。「放過我吧，還有可以麻煩你在查案過程中稱呼受害人為『死者』或『受害人』嗎？」她轉身要走，沒有等我回答。

她沒看到曼莎對著我用嘴型說**夠了**。（我猜頻道不足以支持所有溝通類型，特別是伴隨很多瞪視的那一類。）

2

一開始，保護地太空站維安組就反對我待在太空站上。我更正一下，一開始他們對這件事沒有意見，因為他們對我一無所知，只知道我是維安顧問，從船羅海法站救回了曼莎博士，身上受了傷，並且要申請難民身分。大部分的人類，除非他們曾被困在獨立企業駐點工作，否則他們除了透過媒體看到永遠穿著盔甲的我們以外，並沒有機會真的見到維安配備。但是曼莎博士對保護地政務委員會說了實話（不，我也不知道她為什麼要這樣），然後她就得向太空站維安組簡報這件事。

（軍官英達也跟其他高階職員一起參加了這場「嘿，這裡有一具叛變維安配備」會議。你真該親眼看看他們當時的表情。）

當時整件事情被吵得沸沸湯湯，維安組全都是那種「但是如果它拿下整個太空站的系統然後殺了所有人呢？」的態度，而李蘋對他們說「如果它想這麼做的話早就動手了」，事後回想，這大概不是最好的回答。然後曼莎、李蘋和我一起跟軍官英達開了一場私人會議。

人類初步進行了幾個回合有禮的爭辯之後，軍官英達決心要擺脫我這件事就非常明顯了。她一直想讓曼莎在「評估期間」先把我送到別地方去，比方說星球上某個特別孤立的地點。

我根本不知道要做何反應。首先，這想法真是糟透了。針對灰軍情報復仇一事的威脅評估報告顯示數字一直穩定攀升中，我必須待在曼莎身邊。我很討厭星球，但她如果去了星球，我就得跟她一起去。（我真的超恨星球。）我可不會自己它媽的跑去星球上，讓她自己在這裡被殺害、讓灰軍情報破壞整個太空站。

李蘋對那個建議也沒有反應，只對著曼莎使了個眼色，然後在頻道上傳訊息給我說，**你起碼也表現得可憐一點吧**。

嗯，我才不會回應那封訊息。

曼莎連眼皮子都沒眨一下。她平靜地說，「不行，我不能接受這種事。」

英達軍官的嘴角緊繃。我猜她是生氣了。曼莎沒有在我們從企業網回到這裡的時候就跟她報備我的事情。(一定是這個原因吧，不然我也沒做什麼會讓她生氣的事啊。)她說，「就算妳習慣使用危險武器，也不代表武器不會傷害妳。或其他人。」

好，哇喔。不過我沒有覺得這話會傷害到我之類的。完全沒有。我很習慣了。非常非常的習慣。

可是曼莎可不習慣。她眯起雙眼，稍微偏頭，嘴巴微小的變化把她那種有禮貌的星球領導人「妳的想法我都聽進去了」態度變成了別的東西。(如果她用那種眼神看我，我絕對會丟出個煙霧彈然後逃之夭夭。)(好，我隨便說的，但我一定至少會先閉嘴。)她用一種會讓環境溫度上升的口吻說，「我們討論的是一個人。」

曼莎在壓力下總是表現得如此冷靜，讓人忘了她也是會生氣的。從英達臉上細微的變化可以看出來，她意識到自己出包了，而且是一個很大的包。

李蘋的一邊嘴角露出一抹小小的微笑。我檢查了一下她的頻道活動，看見她進入太空站資料庫裡面開始把資料叫到她的頻道儲存區裡。因為她是人類，所以這一切的速度真是慢得可以(彷彿在看藻類生長)，但我看得出來她在整理的資料一定跟保護地原始章程和基本人權列表有關。還有擔任公職的規定。像資深太空站維安組軍官這種公職。

噢，英達這次可能真的嚴重出包了。李蘋在整理將英達解職的提案資料，讓曼莎拿去提交給政務委員會成員。

（我已經知道在保護地被解職實際上不會像在企業網被解職那麼糟，所以她不會被殺或是被餓死之類的。）

英達吸了一口氣正要開口，曼莎口氣平穩地說，「不要把情況搞得更糟。」

英達吁出了那口氣。

曼莎繼續說道，「我同意忘記妳剛剛說的話——」李蘋發出某種嘶嘶聲表達抗議，曼莎停下來露出深不可測的神情，但顯然李蘋看得懂。李蘋嘆了口氣，沒有繼續找資料了。曼莎回頭面對英達，繼續說道，「我也想維持我們的合作關係。要做到這點，我們對此事要合理處理，把自己像膝反應一樣的情緒反應先放在一邊。」

英達的神情沒有變動，但我看得出來她鬆了一口氣。「我很抱歉。」而且她不是膽小鬼。「但是我有我的疑慮。」

總之，又進行了很多關於我的協商內容（每次都這麼令人樂不思蜀），最後的結論是我得同意兩條限制。第一條是答應不會進入任何非公開系統，或者駭入任何機器人、無人機等。不論是我或太空站維安組都對於這條限制都非常不喜歡，只是理由天差地別。

太空站專用頻道系統也不是說有多好，保護地除了必要的機械工程地點和維安出入口以外，其他地方都沒有裝設監控攝影機。所以並不是我想要使用他們那套無聊又愚蠢的系統。如果灰軍情報突然現身，把整個太空站炸個粉碎，那就不關我的事了。

嗯，可能還是關我有事。只是我可能就沒什麼辦法阻止他們。

總之，正當我表面上與太空站維安組之間處於　個一觸即發的休戰狀態時，曼莎接到通知說在太空站購物中心發現了一名死亡人類。

（她當時把雙手平放在桌面上說，「是不是就是這起事件了呢？」

她指的是我們在等的攻擊事件。沒辦法進入監視系統的我覺得自己好沒有用。「可能吧。」

她做了一個複雜的苦瓜臉。「我簡直像是期待就是這次，至少快點開始就能快點結束。」）

而我現在就站在死亡人類身邊。

圖柔技術員回來了，另外還有兩名技術員在轉橫道上走來走去，透過頻道跑一些分析，以及毫無效率地在資料庫裡東翻西找。曼莎已經帶著兩名助理和我派給她的無人機小組回到政委會辦公室。既然走廊上都沒有站內攝影機（我得點出這點，如果有的話，我們就可以查明是誰殺了那名死亡人類——抱歉，死者），我算是用我的情報無人機建立了我自己的監控系統。

（我已經答應不會去駭太空站系統。可沒有人說我不能自己架設自己的系統哦。）

「仍沒有身分報告。」圖柔對英達說。

英達看起來很不悅。「我們需要身分證明。」

圖柔說，「我們已經試過ＤＮＡ檢驗，但是與資料庫裡所有人都不相符，所以受害人與大約百分之八十五的保護地星球居民都沒有血緣關係。」

英達盯著圖柔。我也是，我用無人機。那種結果合理嗎？

圖柔清了清喉嚨，勉強繼續說下去，「所以我們得繼續等待進行全身掃描。」

保護地聯盟的ＤＮＡ採樣為自願性行為，抵達太空站的旅客不會被採樣。因為ＤＮＡ相關的身分檢查方式太容易被竄改，所以大多數我知道的地方，至少在企業網裡是如此，在身分辨識的時候都不採用這個方法。完整全身掃描比較準確，雖然說也是有作假的可能。範例Ａ：我本人。

英達用一種挑釁的「不然來看看你會什麼好了」眼神盯著我。但英達一定不會想親眼看見我到底會什麼，所以我只問了圖柔，「你們有做鑑識採樣了嗎？」

「有。」圖柔看起來不像是我問了什麼怪問題的樣子，所以我一定用對詞了。給自己的備忘錄：鑑識採樣不是只是劇集用詞。「報告出來後我會傳一份給你。」

可惜他們已經做完了鑑識採樣，我真想親眼看看現場過程，不然我只有在劇集裡面看過。「你有原始資料檔案嗎？我可以直接讀那些資料就好。」

圖柔望向軍官英達，只見她聳聳肩。圖柔把資料檔案傳到我頻道上，我用快速分析流程跑了一遍裡面的資訊。這個路口有很多散落的接觸型ＤＮＡ，這是有許多人類在這裡來來去去、到處伸手觸碰的緣故。（人類一天到晚在摸東摸西，我真希望他們可以不要這樣。）但是屍體上沒有任何接觸留下的ＤＮＡ這件事就很奇怪了。我說，「肇事者攻擊後用了了某種清潔工具。」

英達剛轉頭要對另外一名軍官說話。她轉回來，圖柔則一臉震驚。「你看資料就知道了嗎？」

呃，對啊。處理原始資料、找出重點資訊正是公司的專業技能，而我仍在使用公司給的程式碼。「死者衣物上沒有接觸遺留的DNA，這件事很異常。」死者本身、兩名發現死者的人類，以及醫療中心派出的第一線支援人手的樣本，都已經被放入比較檔案中，上述樣本中後面這兩組的樣本如預期地出現在死者的衣物上。然而死者自己的樣本卻沒有出現，衣物乾淨得像是剛從回收機臺或消毒機器中取出的一樣。所以說……對，你已經想到了。我把我的分析資料轉成人類可以讀的形式，傳給圖柔和英達。

圖柔眨了眨眼，英達的眼神變得飄渺，兩人都開始閱讀內容，看來要花上一點時間，所以我蹲下身子看看遺體上明顯的傷痕。（可能還有其他傷口，而且這個傷口不一定會是致命傷。結果究竟為何，還是要等他們把死者送到具備病理檢測間的醫療系統去才會知道。）

傷口在那名人類的後腦杓，接近顱骨最下方的位置。透過目視我只知道傷口很深，沒有射出點，沒有燒灼痕跡。地板上應該要有更多血跡和大腦組織才對。「如果這個傷口是致命傷，死者應該不是在這裡被殺的。」

「我們知道，」英達的口氣很冷淡。她瞥了圖柔一眼後說，「我們要搜查兇手是使用哪一種清潔工具來移除接觸留下的DNA，太空站上能取得的又有哪些。特別是規格夠小，可以放在口袋或袋子裡的類型。」

可惜我們不信任專長就是跑這類搜查資料的維安配備呢。因為單純想找他們碴，我說，「工具也可能是太空站外帶進來的。」

她無視我的發言。

圖柔在頻道上做了筆記後說，「就算沒有接觸DNA，衣物應該也會有線索。死者的衣物很特殊。」

你可能會這樣想沒錯。死者身穿膝蓋長度的大衣，底下搭配寬褲和一件到膝蓋長度的上衣。這在人類穿著中並不是很少見的組合，但是這套衣物的顏色和圖樣非常搶眼。藉由這款設計，也許可以追查到跟星球或星系有關的線索，或者讓我們對於死者近期去過哪裡有個概念。但很可能不是這樣。我說，「不見得。在企業網的某些太空站購物商場裡就能用自動販賣機買到像這樣的衣物。如果你多付一點費用，還能自選顏色以及設計花樣。」我會知道這件事是因為我的深色長褲、上衣、夾克和靴子都是在那種地方買的，我覺得保護地太空站沒有這樣的服務實在很討厭。太空站的衣物來源大多來自星球，由星球上的人類手工製作衣物和織品，因為太受大家喜愛，市面上幾乎沒有任何回收機生產的布料。（我就跟你說保護地很怪了啊。）

圖柔說，「這我不知道。」然後拿著掃描器靠上去，從死者身上的大衣取下一個小小的樣本。

英達的眉頭皺得更深了。她說，「所以說衣物可能代表死者來自何種文化環境，也可能只是在其他太空站或星系中被選來混搭，或者是一時興起的時尚搭配而已。」

不要那樣看我，又不是我的錯，我只是把我知道的東西說出來而已。

圖柔研究布料分析報告。「你說的對。這是回收機製作的布料。很可能是來自像你說的那種販售店。」

「或是船艦。」他們倆人一起盯著我看。我說，「有些船艦上有很高級的內建回收機臺。」

英達緊抿雙唇。嘿，我知道我沒有幫忙縮小範圍，但是你本來就該考慮所有可能性啊。她說，「那衣物能給我們什麼線索嗎？」

嗯，當然有啊。「死者不怕被人注意。或者死者想要表現出自己不怕別人注意的樣子，想要表現得像遊客。」來自星球的人類會穿各式各樣的衣物，但是在太空站上，最常見的就是工作／休閒長褲、短夾克和短或長裙，或者長袍，還有比較正式的袍子或長衫，素色基底搭配衣襬花樣。像這樣明亮多色搭配的圖案通常會非常引人注目。「如果你擔心會有人注意你，那你有兩種方法可以在太空中轉環裡移動。你可以想辦法混入背景之中，現場如果有人潮的話，這件事比較容易執行。你也可以讓自己看起來非常突出，好像不怕被看見那樣。」

這招我永遠無法成功。但是真正的人類、具備真實人類肢體語言的人類、不用擔心手臂上的能源武器引起武器掃描機叮叮作響的人類應該就可以。「你得隨時準備好更換衣物和外貌。你得保持像是來自別的地方的樣子。」在有很多自動販賣機的大型太空站上要做到這件事並不難。

圖柔的神情從挫敗變成深思的樣子，連英達都開始思索了。圖柔說，「醫療中心得檢查看看這個人的肌膚或髮色有沒有在近期內做過變化。」

英達低頭望向遺體。「嗯。如果我看見這個人在走廊上閒晃，我一定會覺得這人是遊客，完全不會有其他想法。」

嗯哼，所以說我需要監督曼莎的維安規格。我說，「你還會需要帶個旅行袋。」說來滑稽，但這點真的很重要。如果這名人類的搶眼外貌只是他們的喬裝內容，那他們會需要一個包包。一個包包就能暗示你有地方要去，包包能幫你融入。我檢查過我的無人機在這路口這一帶拍到的畫面，但是都沒有看到任何被棄置的包包。「如果重點是要喬裝成遊客，那就一定會有包包。」

「去找一下無妨。」英達後退一步，對著通訊系統說，「請檢查鄰近地區，以及檢查全站失物招領處倉庫。我們要找的是任何類似旅行包的包袋。」她停了一下聆聽頻道上的回覆後接著說，「病理檢測人員來了。我們要先離場。」

圖柔問，「我可以把壞掉的控制介面帶回去分析嗎？現場已完成掃描，物件位置都標記過了。」

英達點點頭。「帶走吧。」

圖柔遲疑了一下，瞥了我一眼，然後英達對我說，「現在就先這樣。我們需要你的時候會連絡你。」

只要有「滾」的指令出現，我絕對不會錯認。所以我滾了。

3

我擔任太空站維安組顧問後接到的第一份工作最後沒有派上什麼用場，其實我也不太意外。他們很不希望我在場，不論曼莎怎麼說都不可能突然改變他們的想法。

不得使用太空站專用系統只是第一條限制。第二條限制是要求我不能隱藏我的身分。是說我根本也沒有主動隱藏。曼莎的員工、家人和政務委員會都知道我是什麼，只有太空站剩下的人不知道，而這些人不是根本沒注意到我，就是以為我是曼莎的維安顧問。太空站維安組本來想要我植入公開頻道識別證明，然後發布公共安全警告，告訴全站人員和居民，有一具維安配備在站上跑來跑去。曼莎拒絕考慮公共安全警告的事，但是在某一次與英達的愚蠢會議中，她問了，「這個所謂的頻道識別上面具體會顯示什麼內容？」

我的性能指數瞬間掉了百分之一點二。我敲李蘋的頻道跟她說，**請立法讓我不用照做。**

她回傳，**曼莎總得回應一些他們的要求啊**，但她傳給曼莎說，**它不想要頻道識別。**

人類和強化人的頻道識別可以空著。我從劇集上看過，取決於那個人住在哪一個政體、太空站、區域等等的差異，有不同的意思。在保護地，這就代表「請不要與我互動」。超完美。而且我已經同意不要駭入他們的系統了，他們還它媽的想要什麼？

軍官英達說，「頻道識別上不需要顯示跟其他人的資訊不一樣的內容，只有姓名、性別以及……」她沒把話說完。她的目光看著我，我也看著她。

李蘋指出，「有安裝頻道識別的人都是自願安裝的。或者可以稱為是經過雙方同意後安裝的。」

軍官英達的目光從我身上移開，轉為瞪著李蘋。「我們只是想要一個名字。」

我有名字啊，但那是私人資訊。

李蘋在與曼莎的私人頻道連線上說，**噢，這件事一定會很順利。等著看太空站居民遇到「殺人機」的時候——**

這就是這名稱是私人資訊的原因之一。

曼莎對英達說，「我們恐怕沒辦法同意這件事。」

「說老實話，我不明白問題在哪。」英達朝我做了個無可奈何的動作。「我連它想被怎麼稱呼都不知道。」

軍官英達表現得好像她不覺得自己做了什麼不合理的要求。但是她之所以要提出這個要求，只是因為她不信任我，且她想要所以跟我接觸的人類或強化人都接到警告，以免我決定突然發了瘋地大屠殺。因為收到我的頻道識別警告可以不知怎地，緩解被擊中的情況，之類的吧。

曼莎緊抿雙唇，轉過來望向我。她傳道，**你可以跟她解釋為什麼這件事對你來說有困難嗎？**

我不確定我做得到。站在他們的立場，我也能夠理解為什麼這件事感覺上如此微不足道。如果這樣做能讓這個會議結束、讓我不用繼續聽人類討論他們有多不想要我接近他們珍貴的太空站，也許也不是不行吧。

要名字，我可以用寫在神經元控制介面裡的內部頻道位址原始碼。那不是我的真名，但我使用頻道介面聯繫互動的系統會用這個稱呼我。如果我用了那個名稱，跟我互動的人類和強化人會以為我是機器人。或者我也可以用瑞安這個名字。我喜歡，企業網外也有些人類以為這是我的真名。我可以用這個名字，太空站上的人類就不用再去想我的身分是用複製人類組織、強化部件、焦慮、沮喪、專注力分散的怒火組合而成的合併體，是人類租來用的殺戮機器，一旦犯錯就會被控制元件摧毀大腦。

我上傳了一張頻道識別，上面寫著姓名**維安配備**，性別＝**不適用**，沒有其他資訊。

英達眨了眨眼，然後說，「好吧，這樣應該也可以了。」

這場會議就這樣結束了。李蘋和曼莎還沒談過，但李蘋已經用力踏著腳步去跟幾個朋友一起攝取麻醉物質了。而曼莎打給了人在星表的婚配伴侶，法萊和塔諾，跟他們說她覺得人類的未來很黯淡，他們應該帶著所有孩子、手足、手足的孩子和各式各樣的親戚，一起搬到地形改造區裡還沒開發的大陸上的小屋，開始進行土壤復墾，天知道那是什麼東西。

（我不會喜歡，但我還是可以努力。在那種地方要保護她不受灰軍情報威脅會容易得多。但是法萊和塔諾沒有同意這個想法就是了。）

兩個循環日後，有人把我的照片傳到了太空站新聞頻道上，指稱我就是所有企業網頻道傳聞中的叛變維安配備。

太空站上的監視攝影機非常少，但是至少在同意不駭入太空站系統之前，我還是能把自己從影像中編輯掉。這張照片是來自其他管道，可能是強化人類的頻道攝影機畫面。照片拍攝時間很明顯是在我完成記憶修復之後，在那間保護地政委會大會議廳舉行過灰軍情報事件的公開調查報告結束後。曼莎當時正在下樓梯，要離開政委會辦公室，我站在她身後，兩邊是李蘋和芭拉娃姬博士。我們全都望向同一側，臉上分別掛著不同的「幹，三小」的表情。（當時有一名記者問了政委會發言人說灰軍情報的代表會不會獲准參與會議。）（這問題實在太蠢，我都忘了不要有表情。）

把照片傳到新聞資料庫裡的人，應該不是軍官英達或其他太空站維安組的成員。對，當然。

那之後，曼莎就非常生氣，但是假裝自己沒有生氣的樣子，給了我兩箱情蒐無人機，小小臺的那種。（英達反對這件事，但曼莎告訴她這是醫療相關的問題，說我需要這些無人機才能完整與我所在的環境互動以及進行交流。）

我認為曼莎早就訂了無人機，打算拿來賄賂我，讓我不要指出她經歷了船羅海法的事件後，到現在還沒有去接受任何創傷治療或執行救援後客戶服務協定。英達不知道這件事，對吧，所以她覺得給我無人機（把情蒐無人機給沒有人想要看到的叛變維安配備）是曼莎叫她滾的方法。

她其實也沒想錯。曼莎很聰明，她可以同時做出類似買通我，又像是叫英達滾蛋的事。

除了監控灰軍情報的刺客行動和留意太空站維安組把我趕出保護地聯盟的企圖以外，我的確還有其他事情能做。芭拉娃姬博士已經開始為她的合併體紀錄片進行初步研究，所以我已經去她的辦公室討論這件事五次了，她想要跟我約定固定的會面時間。

（以人類來說，芭拉娃姬博士很好聊。第一次去見她的時候，那時我的照片已經被放在新聞資料庫，我們討論過為什麼人類和強化人對於合併體這麼恐懼，我本來無意對這件事多談，結果卻聊了起來。她說她明白那種恐懼，因為在我把她從巨大外星威脅生物口中搶救下來之前，她在某種程度上也有過那種恐懼。她一直在想，沒有類似這種差點被外星怪物咬個稀巴爛經驗的其他人類，要如何才能有她這樣的體會。（她當然不是這樣逐字說的，但是她的意思就是這樣。）

我們第二次談話的時候，我自然而然地對她坦承，說我覺得用我本身的身分待在保護地太空站、沒有假裝成強化人或機器人這件事既煩人又複雜，我不知道自己能繼續多久。她說如果我不覺得心煩又複雜才奇怪，因為我的狀況客觀來說就是非常讓人心煩且複雜。這話不知怎地讓我覺得好多了。）

我也在幫助拉鎊分析他的探勘報告要用的資料，他一直想說服我這件事可以變成一份職業，說我可以幫其他研究人員做這件事。這點是當然，我的意思是，沒錯，的確是如此，如果我想要重拾和以往站在原地不能動並且盯著牆面看的時候差不多一樣無聊的生活的話。跟拉鎊一起做事不無聊，但並不是所有研究人員看到我們一起做的報告成果都會那麼開心，也不是每個研究人員都會找我跟他們一起去太空站的劇場看現場演出。

不管了，現在我只需要蒐集做威脅評估報告的情報，這樣我才能確認到底是不是灰軍情報殺了那名死亡人類，然後回去過我那無聊的保護地它媽的太空站生活。

我從無人機拍到的畫面得知曼莎已經回到了政委會辦公室（我有一項固定程序是每隔十七秒就檢查各支由哨兵無人機組成的任務小隊的狀況）。如果太空站有更好的監控系統，或者如果我能獲得權限讀取中轉環上那寥寥無幾的攝影機畫面，我就可以用畫面尋找死亡人類的身影、確認時間軸看看這個人是何時抵達，並且跟港務局的登站紀錄比對。搞不好做完之後太空站維安組都還沒找到醫療中心的人來做全身掃描。

死亡人類看起來的確不太可能是灰軍情報的探員，因為有人殺了他。就我所知，目前太空站內，想找出灰軍情報探員並滅口的人只有我。

我剛發現我不喜歡「就我所知」這個詞，因為這話就代表了你有多少東西還不知道。我還是會繼續用這個詞，只是說一下。我沒像以前那麼喜歡了。

說到不知道的事情，我不能確定死亡人類是不是跟灰軍情報真的八竿子打不著關係。他可能是對手企業派來的，甚至是公司派來尾隨灰軍情報行動人員的探員，結果被真正的灰軍情報探員給殺了。

好，企業情報員被灰軍探員殺掉是合理的假想狀況，可是能夠指出這個假想跟真實情況有任何關聯的證據資料目前為零。而事實是，尋找異常活動就是你偵測維安破口的方法。發生在像保護地這種普遍來說，謀殺案非常罕見的太空站的謀殺案件，正是一起異常事件。

除非死亡人類來這裡的目的是要拜訪其他人類，那此人就會需要一個地方睡覺和放東西。人類需要各種東西，我從沒看過任何一名在旅行中沒有至少帶著一件東西的人類。

離運輸口不遠處，是一個佔地廣大的居住區，給短暫居留的民眾使用，這些人通常都在等某個東西：等交通船艦抵達、等前往星球或其他此星系內的目的地許可證、等成為長期居民的同意書，也有為了其他原因在等的人。

保護地太空站的短期過客人數遠遠比不上我在企業網去過的那些主要集散站。大多數來到這裡的人類都是要去保護地聯盟裡的某一顆星球，準備要永久居留或長時間因公停留。其他人則是企業網外的人，利用保護地當中繼點，目的地是其他地方，也有貿易商或跟著貨運船艦來到這裡的獨立商號。偶爾會有些人類是來自中轉系統外的地方，所謂「失落的」殖民地，那些沒有與中轉站維持聯繫的獨立單位，所謂「失落」太空站之類的地方。這裡沒有企業網的企業，所以企業單位沒有理由因公來這裡。有時候會有些企業網的人以訪客身分登站，但是他們大多很怕到企業網外的地方。（他們以為企業網外的地方就都是搶匪，到處殺人和吃人。）

除了居住區以外，還有其他地方可以住宿，比方說長期居民住的旅館，拉銻和其他在太空站上沒有永久住處的人在那邊就有自己的房間。我也算是住在那裡。這裡的監控系統一樣愚蠢地保持在最低數量，而我沒有辦法使用他們的系統……沒有權限使用才對。

但是要取得我想要得資料，還有個方法。

我先來到短期居住區，因為數據上來看，如果最初的理論沒有錯，而且死亡人類是近期來訪的旅客，那最有可能的地點就是這裡。

我停在入口處，一旁是幾組桌椅，由一片寬闊的植物群落包圍。這片植物一部分的目的是裝飾，一部分是展示給旅客看，讓他們知道等到了星表之後要避免觸碰哪些東西。（是啊，最好會有用。要叫人類不要去摸危險的東西可是一份全職工作呢。）我站在一個可以假裝在看旅館頻道上說明的位置，然後敲了個訊息。

過了一點二秒之後（我猜這空白是出於震驚所致）我收到了回應，接著走進入口，到了大廳。

這裡是一個圓形的挑高空間，放了登記手續用的資訊亭，好幾條走廊通往房間區，還有一條拱廊通往另一個放著架子和冷藏櫃的地方，這裡放的是給旅館住客取用的食物類產品。（其實只要走進這裡的人類或強化人都可以取用。保護地聯盟有個奇怪的堅持，像食物和醫療照護以及其他人類生存必需的物資，都依規定隨時隨地免費提供。）有一具機器人就在這裡，從飄浮搬運車上補貨。

這個機器人外型有點像人，但是功能性更強一點，有六條手臂，一片扁扁的圓盤形物體是「頭部」，能夠轉動和伸長進行掃描。它剛轉過了頭來「看」我穿過大廳，這個行為的設計目的是要讓人類覺得比較自在。（它真正的眼睛其實是分佈全身上下的感應元件。）

（我不知道這種單純為了讓人類安心的無用機器人功能會讓我這麼不爽。）

（好，也許我知道。打造我們的是他們，對吧？所以他們難道不知道這種機器人接收視線資訊的方式？感應元件和掃描功能又不是會隨機從不是人類安裝的地方跳出來。）

這就是你在保護地會一直聽到的「自由機器人」之一。他們有「監護人」（所有人）對它們負責，但是它們可以自己選擇要做什麼工作。（有沒有哪一具不用工作，只要整天坐在那邊看劇就好？我不知道。我大可以問一下，但是這整件事實在是太無聊，我怕我一問就會非自主關機。）

它說，「哈囉，維安配備。你怎麼會來這裡？」

嗯，隨便啦。我說，「你不用假裝我是人類。」

剛剛敲的訊息裡面的資訊已經讓我知道，這具機器人跟企業網上的機器人的通信協定不同，有可能是因為它是在其他地方組裝的。我辨識了它的語言功能，從檔案庫叫出來，下載後建立了一條頻道連結。我傳了招呼碼給它，它回傳，**需求？**

它在問我為什麼在這裡。我回答，**需求：辨識**，然後附上死亡人類的照片。

一名非死亡人類走入大廳，是其中一名旅館主管。他停下腳步盯著我們看，然後說，「一切都還好嗎，特爾斯？」

（機器人的名字是特爾斯。它們會替自己取名，光聽就讓人心很累。）

特爾斯回答，「我們在交談。」

那位主管皺起眉頭。「你需要幫忙嗎？」

有鑑於機器人的其中三條手臂仍在卸貨，顯然對方說的是我。機器人說，「不需要幫忙。」

主管遲疑了一下，點點頭，然後繼續往走廊走去。我不知道那人覺得我打算對他們的機器人做什麼事。教他們怎麼當駭客嗎？機器人又不像合併體，它們沒有控制元件，而且保護地的機器人本來就想做什麼就能去做了。

到頭來，我其實知道問題出在哪裡。我不是機器人，我不是人類，所以我不屬於任何一個類別。除此之外，我也很討厭被人家用高人一等的態度對待。（整個機器人—監護人系統就像是一個專門吸引喜歡自認非凡的人類的設定。）

機器人重回我們的談話，他傳來，**需求？**

因為我知道它已經開始在目視畫面檔案中跑搜尋流程，所以我把太空站維安組傳給曼莎的警告內容傳了一份給它。

它大聲地哼哼作響，吃驚又憂慮的樣子，這是另一套模仿人類會有的反應。若非它正好交出一份搜尋結果，我一定會覺得更厭煩：影像中那名死亡人類在移動，他走過門口，踏上旅館其中一條走廊。

哈，抓到你了吧。**需求：房間？**

機器人說，**需求：身分？**它沒有死亡人類的身分證明，就沒辦法找出那人住的是哪個房間。或者說死亡人類死前使用的身分證明。

我說，**身分不明**。我們得換個方式做事了。**需求：房間＋目標走廊＝啟動＋不要居民＋目標時間**。

機器人又跑了一次搜尋流程，傳來三十六個結果，全都是住戶目前不在的房間，並且離開旅館的時間都在死亡人類預估死亡時間之前。機器人接著說，**進入事由：空置客房維修檢查已授權**。**疑慮：隱私**。**需求：檢查物件？**

機器人有權限可以檢查無人居住的房間，以處理維修問題，它意指如果我跟它說我想看什麼，且那東西對它來說不會傷及住客隱私權，那我就可以跟著去。

如果可以去找記憶卡或是其他資料儲存設備會很不錯，尤其它們可能是隱藏型資料儲存設備。但要確認身分，我認為只需要看一樣東西。我對它說，**衣物**。

確認，機器人說。它收起手臂，帶路往我們要去的走廊移動。

我們檢查了十七間目前空著的房間，機器人雖然不讓我碰任何東西，它會打開衣物置物櫃，讓我看看在還沒亂到連床上和桌上都散落人類個人用品的房間裡有什麼東西。到了第十八間房間，它就不需要這麼做了。房裡雖然算是整齊，但是垂掛在椅子上的圍巾跟死亡人類的上衣是同一套花色，只是顏色組合不同。

雖然也可能只是巧合，那個設計和花樣可能在某些過境太空站內很流行又便宜。而且光憑這個畫面其實也不能直接確認身分。不過太空站維安組可以在這個屋內全面搜索並比對DNA來確認身分。

我用圍巾的照片、房間的地點和與之有關的頻道身分證明做了一份簡單的報告，（姓名：路特蘭，性別：男性），以及房間使用紀錄，從紀錄上看起來，路特蘭登記在這裡已經兩個太空站循環日了。我把機器人授權的房間檢視資訊附上，然後跟畫面一併傳到了太空站維安組，標註了軍官英達和技師圖柔。（太空站維安組已經習慣接到我抱怨他們在曼莎的維安強度安排上有多不夠力的訊息。）我複製了一份，傳給旅館機器人，這樣一來如果他們來問它問題，它會知道發生了什麼事。然後我傳訊讓它知道我要離開了。

它跟著我穿過走廊，回到大廳，只見幾名人類在大廳裡，站在一座資訊亭前，用一副他們此生從沒見過類似物件的模樣看著資訊亭。它靠過去提供協助，同時傳了訊息給我，**需求：下一步？**

我的資訊仍不足以跑一份威脅評估報告。我應該要回去監控曼莎的維安安排，同時在行政辦公室附近的旅館裡蹲點，一邊看影片才對。我不覺得太空站維安組會再來找我。（或者不會再為了這個案子來找我。我想他們應該會再想到其他可以擺脫我的方法。）我得透過曼莎的政委會頻道來取得他們的調查情報。為了讓機器人別再繼續煩我，我回答它，**任務完成**。

就在我踏出旅館門外的時候，機器人說，**需求：入站資料**，意思是我該去中轉環找找死亡人類的資料，看看他的旅程紀錄。

我沒有回應，因為我不需要一具「自由」機器人的批評指教，而且我沒有太空站維安組的批准也不能讀取入站旅客的資訊，它媽的。

嗯，我想到可以做到這件事的方法了。

想到「自由」機器人說對了，讓我有點煩，但是我的確該去一趟中轉環。

保護地的中轉環跟企業網的主要集散站相比小得多。就算跟企業網裡非主要的集散站相比也一樣。這裡只有一個旅客出入口，離資訊亭不遠，乘客可以用資訊亭來搜尋碼頭邊已停靠船艦中的載客艙位。商務碼頭上另外有一個出入口給私人船艦和純運貨船艦的船艦組員使用，這個死掉的路特蘭可能就是從那一區進來的，只是從民眾入口下手在統計上比較合理。

因為是保護地的緣故，中轉環入口大廳的一側有一區舒適的等候區，人類可以坐在這裡思考自己在幹嘛，有沙發和座椅，馬賽克磚地板拚出了星球上植物和動物的圖樣，頻道上全都有清楚的標註，可以查閱詳細內容。木製的錐形結構是這顆星球最初使用的居住建築的復刻版，現在大多都用來安裝給遊客使用的資訊亭或顯示器。

我在另一片植物群落後方找到一把椅子坐下（這個植物群落很大，在仿造溪裡面有許多蘆葦般的植物）。

死掉的路特蘭當初入站時，為了要取得短期居住的房間分配，一定就是使用我手上握有的這個身分證明。他進站時搭的船艦可能是重要資訊。根據製作出他身上衣物的技術來看，我賭他來自企業網，不是其他非企業政治體、太空站之類的地方，但是能確定的話就更好了。

我可以駭入運輸口的短暫停留系統，但我已經說了我不會那樣做，所以我就不會那樣做。除此之外，圖柔和其他太空站內的維安技術人員只要有花時間看一下我的報告，就可以跑這個搜尋流程，我實在沒必要特地去駭。但是因為第一次直接要求對方提供資訊這個方法很順利，我決定再試一次。

我往後靠在椅背上，叫我的無人機拉一條感應結界，並且確認過曼莎身邊的無人機哨兵任務小隊固定回傳資訊的設定都還是開啟的狀態。接著我便閉上雙眼，溜進頻道裡。

交通船艦不會一直在頻道上逗留、下載東西（並不是說持續不斷下載東西有什麼問題），但它們還是會用頻道與中轉環的調度與警告頻道保持聯繫，並且允許本地頻道連接船艦上的人類。我得把目前中轉環上連到太空站頻道上的數百個不同連結理清，人類、強化人、機器人、機器人駕駛、規模有大有小的運輸口系統，全都互相連通且忙著處理自己的工作。或者以大多數人類的情況來說，都在到處晃來晃去。我找的是特徵明顯的交通船艦，看起來會跟其他連結完全不同。如果我可以走訪每扇艙門，利用通訊系統直接聯繫每一艘船艦，一切都會簡單很多，但是這樣一來任何人一看就會知道我另有所圖，雖然人類看不出來我在幹嘛。

（人類無法判斷我在幹嘛這點只會保證一件事，那就是不論他們覺得我在幹嘛，都會比我實際上做的，也就是在跟停泊的交通船艦短暫透過通訊系統互動、以求替廢物太空站維安組取得資訊這件事還要來得糟糕非常、非常多。）

我找到了一個交通船艦的連結，敲了敲訊號。它很快就回敲我，訊號中還有充足的身分資訊讓我知道它是乘客船艦，返鄉目的地是企業網外的一座集散站。它定期會來訪保護地，運送貨物和乘客，然後會繼續前往五個非企業網政府領地，最後再繞回家。交通船艦不使用文字溝通（大多數交通船艦是這樣，王艦會用，但王艦是王艦），所以我不是真的在問它問題，而是在跟它來回交換畫面和程式碼。它沒有路特蘭登艦成為乘客的紀錄，於是我往下一艘船艦移動。

這個過程很快就開始變得很乏味了。而且是最討人厭的那種乏味，因為我無法在後臺播放劇集。我不能把這個詢問過程寫成程式碼，每一艘船艦都需要根據它的能力差異，用不同的方式聯繫，而從大量輸出、輸入訊號中，找出它們與太空站頻道的連結所需的技巧比我平常需要使用的還要多。我無法用資料範圍來剔除交通船艦，因為路特蘭搭乘的可能是任何一艘船艦，有些交通船艦並不會要求乘客一靠站就離艦，路特蘭很可能在寢艙內待了一陣子才申請短期居住許可。而且如果我沒有先跟船艦連線，我就沒辦法讀取船艦的入站資料。

除此之外，死者的船艦如果是在遺體被發現前就離站的三艘船艦之一，這整件事很可能就是白忙一場。

如果我什麼都沒找到，那我就是浪費了大把時間。

我實在應該停止跟人類一樣抱怨，快點把事情做一做。

檢查完登艦碼頭百分之五十七的船艦時，我遇到了異常狀況。我連上一艘船艦的連線，然後敲訊號打招呼。它回傳招呼語給我。（通常不應該是這樣運作的，它應該要回傳答話的通信協定，就算它用的語言跟我不同也一樣。）

但是也許那艘船艦是漏掉了我敲的訊號的部分內容，或者用的是不一樣的通信協定。（機會很低。企業網外的船艦，尤其是路線與保護地有交集的船艦，有各種不同的協議，其中有些甚至被人類改得面目全非。但是在這艘船艦的頻道內註冊符看起來，它是來自企業網的船艦。）

我又敲了它一次。它再次回應我，一樣是用招呼語。好，我要直接開始跟它交談了。

我在它的公開頻道翻找了一陣，發現這艘船艦是一艘低階自動型無組員的貨運艇，同時也會載送事先預訂行程的乘客。保護地本身有自給自足的能力，不會從企業網進出口原物料，但其它需要與企業網保持進出口關係的非企業政體的貨運會把這裡當作中轉點。與這艘船艦交談讓我想起與阿船互動的回憶，阿船是我搭去秘盧又搭回來的貨運艇，它沒有把我丟在太空中讓我自生自滅，不過我也不太確定它知不知道自己救了我一命，總之，我因此變得比較有耐性。

針對我一開始送出的需求，船艦初步確認路特蘭是乘客，但我說真的看不出來它這樣說是不是只是因為它覺得我想要這個答案，所以它出於禮貌就這樣回答我。我提出回溯需求，想多取得一些基準資料。它的路線？它有多少乘客，在哪裡登艦，目的地又是哪裡？

它傳了一份貨物艙單亂碼給我。

嗯。這……不太正常，低階船艦應該不會無法溝通才對。

我要求它跑診斷流程，五秒後收到一連串的錯誤碼。

我張開雙眼，從椅子上起身，嚇到一群坐在我對面等候區但不知道我在那裡的人類。我的無人機從結界位置降下來，跟著我穿過中轉環入站大門。

武器掃描機（我被禁止駭入、我也沒有駭入的機器）對我發出警戒訊號，但是它的允許攜帶武器名單上有我的身分證明，所以沒有啟動警報器。（我的雙臂內建能源武器，不是什麼可以留在旅館房間內不要帶出門的東西。）（不過我的雙臂可拆卸，所以理論上是可以留在房間不要帶出門，只是要有人幫個忙，不過以長期解決之道來看，這樣做很麻煩。）我確定武器掃描機會讓太空站維安組知道我來到這一區了。

我踏上寬敞的斜坡道往下來到登艦樓層，此時的人流比平時還少得多。現場還是有人類和強化人在閒晃，另外也有些搬運機器人和維修機器人在趕著進行要在運輸口關閉前完成的貨物搬運。有些人類瞥了我一眼，但顯然不知道我是什麼東西。太空站維安組派駐在斜坡道尾端求助區的人員知道我的身分，他們看著我走下樓層，往那艘交通船艦停泊的碼頭移動。

（我很討厭被像那樣認出來。我花了很大的心力，只為了不要被立刻認出是維安配備，現在那些苦心都白費了。）（我還讓毛髮長長那些的。）

我已經從那艘迷惘的船艦身上取得了足夠的資料來確定它是停靠在哪一個碼頭，也在公共運輸口查詢目錄上確認過了。九分鐘後，我已經站在它與中轉環相連的緊閉閘口。我摸了下艙門，並再次敲它訊號。直接的連線讓我感覺到船艦傳出的那種急迫感，這是我本來透過太空站頻道無法偵測到的的東西。

這次我沒有收到回應訊號，而是收到另一份貨物艙單亂碼，它知道第一份亂碼不知怎麼地傳達了它需要協助的訊息給我，它現在傳來第二份想強化那個訊息。船艦上發生了很嚴重的問題，讓它沒辦法向港務局求援。我不覺得它知道我是什麼東西，但是我認為它知道我在場之後才終於鬆了口氣。

我得登艦。我也得想辦法不要讓太空站維安組找到機會惡整我。登艦樓層有監控攝影機，就算我不能夠進入系統，我也知道自己哪時候會被拍到。

從我的無人機哨兵的訊號，我知道曼莎在開政委會的會議。我敲了敲李蘋的頻道確認她的狀況，但她在開另一場會議。我知道其他人都在星球上：芭拉娃姬博士的家人來訪，亞拉達和歐芙賽在先登學院為她們想做的探勘任務準備，沃勞斯古退休了。

這樣一來，我能找的就只剩下最有可能會想要丟下一切、跟我一起闖入受損船艦之中的人類，以及最有可能會想要看我闖入受損船艦之中、只為讓他有機會跟我爭執一番的人類。

所以我打給了他們兩人。

4

看著我試圖打開船艦閘口，拉銻說，「你不覺得我們應該聯絡太空站維安組嗎？」

我的手放在輸入面板上。船艦想放我進去，但它開不了閘口。我在嘗試透過船艦的頻道，用緊急開啟的方式強制打開閘門，但是連結無效，這感覺就像在一個裝滿故障小型無人機的巨大垃圾桶裡面想撈出一架沒壞的無人機一樣。我說，「不要，他們跟我說他們不需要我的協助。」

「他們這樣跟你說嗎？」拉銻說。他的表情充滿懷疑。「他們到底是怎麼說的？」

我把畫面從檔案庫裡叫出來。「他們說，『需要你的時候，我們會再聯絡你。』」

葛拉汀說，「我看不出來你是在消極抵抗還是只是故意裝傻。」我本來會對他這樣說更火大，但是(a)消極抵抗的部分他說對了，(b)他站在我要他站的位置，擋住了離我最近的運輸口攝影機畫面，讓它不會拍到我在幹嘛。

拉銻現在正好是完成上一次探勘任務的工作之後，下一次探勘任務的工作又還沒開始的假期中。我運氣很好，找他的時候他剛跟人類朋友結束餐會，正準備要回去。而就我看來，葛拉汀沒有其他人類朋友，不過他當時正在循環日中的休息時間，人在一間有很多植物群落的休息室裡閱讀。

「反正一定不是故意裝傻，」拉銻對他說。他對我說，「我覺得我們應該聯絡太空站維安組。」

「船艦有說我可以進去，」我說。「但它損害的狀況太嚴重，導致它開不了閘門。」

「所以我們應該要告訴太空站維安組——」

「可能只是維修問題而已，如果是的話，那就是港務局的職權範圍。」我說。我快成功了。「要先進去才會知道。」

葛拉汀嘆了口氣。「你說話的方式聽起來跟李蘋一樣。」

「不，李蘋比這更糟。而且如果它是她，這時候已經開始罵髒話了。」拉銻說。

他問我，「我一直很好奇，你罵髒話是跟她學的，還是你早就知道怎麼罵髒話了？因為你們兩個罵很多一樣的——」

我終於成功讓船艦使用故障頻道啟動了開啟艙門的功能。我踏進船艦內，並且把葛拉汀從運輸口攝影機拍攝範圍中拉走，這麼一來不論是誰在看這段影像，都能看出來艙門沒有受損，是船艦內部開啟了艙門。我也沒有讓船艦自動觸發任何太空站的警報器。所以說雖然動手的是我，在太空站維安人員或港務局的人抵達之前，我們應該還有幾分鐘時間可以到處看一下，把船艦系統的資訊叫出來。

拉鋉伸長了脖子往船艦裡看，不過他讓我先登艦。「你確定船艦上沒有人嗎？」他一邊跟著我走進閘門口，一邊問道。

我不確定。應該沒有，但我沒有機會跟船艦確認過這件事。我把無人機派出去，然後說，「跟在我後面。」

「這實在不太明智。」葛拉汀喃喃說道，但他仍跟在拉鋉身後鑽進了船艙。

透過目視和無人機的畫面，我們面前是一條窄小、低天花板的走廊，陰暗又老舊，但基本上還算乾淨。我們穿過的小休息區裡有沿著艙壁安裝的座椅，灰色和棕色的裝潢看起來有磨損的痕跡。燈亮著，維生系統的設定是人類需要的標準，但是這艘船艦顯然主要是設計來載貨，後來才想到乘客的需求。我的無人機在主走廊前方遇上了船艦的維修無人機，只見其搖搖晃晃地飛，蜘蛛一樣細長的手臂垂擺著，可憐地嗶嗶作響。

「你有沒有聞到一種臭味？」拉銻皺眉。

葛拉汀說，「垃圾回收那邊應該出問題了。」

空氣清淨功能是啟動的，不過濾網需要維護，而船艦無法執行。或者它是故意停止動作，希望藉此引起某人的注意。

搖搖晃晃的無人機從我的無人機旁轉向，帶著我的無人機通往一條短短的走道向上移動，進入主要組員休息室。好，看來不是垃圾回收機的問題。

我跟著無人機，但是在通往休息室的艙門前停下了腳步。拉銻和葛拉汀茫然地跟著我停下腳步。我把他們訓練得很好，在這種情況下，走在陌生環境裡，他們都知道不可以走到我前面，但是拉銻從我身側的縫隙往前望去，葛拉汀則踮起了腳尖從我肩膀上方往前看。

眼前的休息室看起來十分正常，沿著牆邊有鋪了軟墊的座位，靜止的顯示器飄浮在空中。艙內另一頭有一段階梯通往上方的艙房區。中間的地面上有看起來是人類死亡後身體會流出的各種噁心液體乾掉的汙漬。（我受傷的時候也會流出液體，噁心程度一樣，只是是不同的液體。）（但我身體會流出液體的部位較少，除非把開放性傷口算進去。）（對，這是完全無關的資訊。）

沿著艙壁擺設的弧形沙發上擺著一個有肩背袋的藍色萬用包。

「那是血跡，還有——」拉銻恍然大悟，話聲突止。「噢，不。」

「有人在這裡被殺了嗎？」葛拉汀問道，他仍在想辦法看個清楚。（給自己的備忘錄：提醒某個人去提醒葛拉汀他的視覺強化部件需要調整了。）

「有人死在這裡，」拉銻對他說。他後退一步，憂慮之餘顯然非常不開心。「我們現在可以聯絡太空站維安組了嗎？」

我的無人機剛完成了船艦內部的快速掃描／搜尋，我知道這裡沒人，不論是誰殺了路特蘭——希望在這裡被殺的是路特蘭而不是其它我們還沒發現的人類——那個人早就不在這裡了。船艦系統遭到的破壞程度之嚴重，代表除非進行大規模的記憶修復，不然無法調閱影音檔案。我們在此已經無計可施。

我說，「你可以叫太空站維安組了。」

太空站維安組用一種很有那麼一回事的態度衝到現場，而不是晚了好幾個小時所以抓不到人的模樣，一到就要我們在船艦艙門外的登艦區等。他們光是抵達就花了七分鐘，這段時間裡我蒐集了許多目視資料和掃描資訊，包含照拉銻的建議，下載了生物掃描過濾器的資訊。我覺得我們已經做完了整套工作，即便葛拉汀一直在艙門邊嚷嚷著要我們離開船艦這個行為讓人很分心。

替港務局做事的機器人比太空站維安組早一步抵達現場，它敲了我訊息，然後就站在原地。我常在登艦區見到它，但從沒見過它做任何事，每次都只是站在那裡。（我打算留下幾架無人機躲在船艦四周，替我留意調查過程。但是我看過他們在路特蘭被發現的區域做的全面影像掃描，如果無人機被發現的話就會很丟臉。我覺得我目前如果沒有比太空站維安組多得兩分，至少也有一分的領先優勢，我想維持下去。）

前線反應小組由二名太空站維安主管和一名港務局督導員組成。他們一起聽著葛拉汀的口頭報告，同時一直盯著我看，彷彿希望他會舉報我做了什麼事一樣。第一名主管，頻道識別是多倫，他說，「你們怎麼知道船艦上沒有人？」

拉銻和葛拉汀望向我，我說，「我檢查過船艦上有沒有潛在身亡和受傷組員，或需要協助的乘客，同時我也檢查是否有潛在威脅。以上在船艦上都沒有出現。」

只見人類的表情範圍從猜疑到質疑都有。

葛拉汀發出厭煩的聲音說，「維安配備本來就會這樣做，這是它們的工作。你們何不去做你們自己的工作呢？」

「我們來這裡就是要做我們的工作。」主管多倫說道，口氣變得有點緊張。

我說，「太空站維安組的初始事件評估流程，包含要你們其中一人去檢視並且驗證現場，確認現場安全後，再聯繫主要事件小組請求增援。」我抵達這裡後沒多久就把所有太空站維安組的流程全都下載下來了，所以我知道自己現在要面對的是什麼狀況。我補充道，「現場很安全。」

拉銻得把嘴唇抿到幾乎完全在嘴巴裡，才能避免自己做出任何反應。

「這我們知道。」主管多倫對港務局督導員說，「我們會登艦，你在這裡等。」

港務局督導員翻了個白眼，走去跟港務局機器人站在一起。

他們登艦後三分鐘就又走了出來，站在一旁用頻道交談。港務局督導員起身用頻道標記塗料拉了一條結界，警示搬運機器人不要接近。港務局機器人跟著她移動，雖然沒有真的提供什麼幫助，至少看起來比單純站在原地好一點。

然後英達帶著在路特蘭事件現場出現過的同一群技術人員和軍官來了。港務局的第二反應小組也來了，這組人馬帶來了更多機器人和不同的技術人員來到現場閒晃。拉銻說他們是來現場評估船艦的損壞狀況，並且會嘗試修復損壞處。（顯然在保護地，這種服務是免費的？葛拉汀說這個服務包含在一種他們稱之為旅客服務規則的條款裡面。要是在企業網，損壞的船艦就只能繼續處於損壞的狀態下停在那裡，眼睜睜看著罰鍰累積得越來越多，直到持有者或持有者的代表人抵達為止。）

太空站維安組要求港務局小組先原地待命，因為船艦損壞部分屬於證據，必須先記錄在案才能開始修復。

葛拉汀一直說我們該走了，但我沒有離開，拉銻也是，所以他也就跟著留在現場，不自在地左右移動，偶而原地踱步。「你應該不覺得這件事跟灰軍情報有關，對吧？」拉銻聯絡了太空站維安組之後這樣問我。

「有這個可能性。」我說。我把路特蘭可能是另一個企業的探員、在這裡被灰軍情報探員殺掉的情境給他聽。「但是沒有確實的證據，就沒辦法做威脅評估報告。」我也可以想一個情境，是灰軍情報探員出於某種理由，在自己的船艦上殺害了另一名乘客，但是沒有證據的話，這些都只是胡扯而已。（如果我要開始胡扯，那我寧可扯一些別的東西，而不是一名人類是如何被另一名人類殺害。）

「那這個路特蘭為什麼被殺？」葛拉汀問道，他的眉頭深鎖。

「我們還沒有足夠得資料去推測，」我說，口氣沒有控制元件在的時候那麼有耐性。「整個事件中有太多元素，比方路特蘭和殺手在登艦之前是否認識彼此，到底殺手是另一個乘客還是受邀入站的人，是某個靠瞞騙技巧入站的人，還是強迫船艦讓其登艦的人，這些我們都不知道。我們不知道對方是怎麼把屍體從船艦上移動到太空站購物中心的路口。我們不知道動機，不知道這是企業間諜事件、是小偷、是口角導致還是只是隨機殺人事件。」我們基本上連個屁都不知道。

因為這裡是保護地，所以拉錫說，「什麼是隨機殺人事件？」

「就是一個人類單純因為自己可以殺人而去殺掉另一個人類。」這也是那種比較常出現在劇集而非現實生活中的事件，但就是這樣。

聽聞答案後的兩人看起來都不太開心。我也一樣。從我看的那些劇集裡面看起來，喜歡殺其它人類的王八蛋是很難抓的。但是因為沒有更多資訊，我覺得路特蘭會被殺應該是有原因的，這原因會跟路特蘭是誰、為什麼他在旅行有關。威脅評估報告也同意。

除此之外，只要等太空站維安組終於開始動作，我們就能——他們就能取得中轉環的監視攝影機拍攝到的畫面了。

英達踏出艙門，對另一名我之前沒見過、頻道身分識別設為私人的軍官說話。然後她朝我們走來，身後跟著那名軍官和圖柔，就是那名嘗試要驗證路特蘭的身分但失敗的技術人員。

他們的肢體語言讓拉銻向前走到我身邊。我這才意識到這一次，也許葛拉汀說對了，我們應該要先離開。如果我一開始是把事件報告傳給太空站維安組，然後在太空站維安組抵達船艦現場之前，就先回到旅館或曼莎的辦公室，表現得像是又過了尋常一天一樣，搞不好我就可以算是多得一分。但是現在為時已晚。

英達的腳步停在人類認為舒服的交談距離的界線上，盯著我看。然後她遲疑了一下，用不悅的神情瞥了葛拉汀和拉銻一眼，然後又回來望著我，眼裡有更多不悅。圖柔的視線看著英達，感覺有點焦躁，好像想發言但又得先等對方批准。另一名軍官試著用冰冷的目光緊盯著我，但是我只能祝他好運，這招要成功，你得先戴上不透明頭盔才有用。英達說，「軍官愛倫，這位是……維安配備。」她說起來沒有什麼困難的感覺。「還有探勘學者拉銻與葛拉汀，他們是我們另外兩位目擊者。」

葛拉汀說，「我們沒有真的目擊什麼事。我覺得應該沒什麼可以跟你們說的。」葛拉汀似乎跟我一樣厭惡跟陌生人類談話。而且他說的沒錯，他和拉銻沒有目擊任何我沒錄到的場景。但他在講話的時候，讓我有機會可以在愛倫的頻道識別隱私封條動點手腳，看見了她被標記為特別調查員。我不知道那是什麼意思，但這個職稱很不錯，說老實話，我都有點忌妒了。

英達又盯著我看了。我什麼都還沒說，因為此時此刻我還能說什麼呢？噢，我想我本來應該可以說「哈囉」。嗯，反正已經來不及了。英達說，「我看到報告了，我知道你查出了死者是路特蘭。後來我們也收到醫療中心全身掃描報告確認這點了。但你怎麼知道路特蘭是這艘船艦的乘客？」

拉銻從防禦的態度轉變為彷彿這是一場我們全員出席的會議。他說，「所以在這裡被殺的就是那個人嗎？那個被發現的人？」

圖柔說，「除非被假情報惡搞，不然DNA是相符的。也有可能是假情報，但是這個案子——」英達怒目望向圖柔，對方立刻閉上了嘴。

我回答道，「我拿這人的資訊問這艘交通船艦的時候，船艦向我確認了。但它的系統故障，沒辦法向港務局提出船艦事故報告。」

圖柔點點頭。「船艦只給我們故障碼，其它什麼都沒有。分析師準備進行系統重啟，但是他們會先把記憶核心複製下來，才能取得最新版乘客清單，並且在需要的時後重建——」英達對圖柔做了一個「不要現在講」的揉眉動作，圖柔再次閉上了嘴。她問我，「你是怎麼知道就是這一艘船艦的？」

「我不知道，所以我跟所有船艦都確認了一遍。」然後我補充道，「所以才花了這麼久時間。」對，我故意的。

英達瞇起一眼。愛倫把我上下打量一遍，就是人類試圖嚇唬你的時候會做的那種打量，但他們不知道的是你上半輩子都被當作一個物品對待，所以就算此刻再次被冷漠對待，也不會讓你覺得有什麼特別之處。然後愛倫說，「有件事我想先釐清。你跟這件事有關嗎？」

哇，真的假的？在經歷這麼多的練習之後，我已經比較擅長控制表情了，但我很驚訝這話讓我有多憤怒。跟我身上經歷過的許多事件相比，你會以為這種問題大概沒什麼關係。但是此時此刻，不知為什麼，我覺得很有關係。

拉銻發出生氣的悶哼聲。葛拉汀不悅地瞪著中轉環天花板的拱頂看。他們之前就覺得這一刻遲早會來，這就是為什麼葛拉汀一直想要我們撤離現場，然後看我們不願意離開，他也跟著留下來。我說，「不，與我無關，為何會跟我有關？」

愛倫刻意盯著我瞧。「我不喜歡有具藏有私心的私人維安配備在太空站上這件事。」

噢，等等，她覺得是灰軍情報。她覺得我發現路特蘭是灰軍情報的探員然後殺了他，然後現在我想要利用我這兩位對真相一無所知的人類好友當掩護，來引導調查工作往特定方向發展。

好，現在問題是這個想法並非完全不可能。如果我真的在太空站上發現了灰軍情報的探員，我可能就得這麼做沒錯。也就是說，我得非常小心地回答這題。

《明月避難所之風起雲湧》裡有很多人類對彼此說謊，我知道當下立刻發飆地否認會看起來超級有鬼，就算這種表現通常是無辜的人類的直覺反應。你大概以為說謊對我來說不是什麼難事，畢竟我花了三萬五千多個小時一邊執行公司合約工作，一邊假裝自己不是一具叛變維安配備，然後又假裝不是強化人，接著是假裝不是叛變維安配備，還編了個假的人類主管。但是最後這兩次並非完全沒有失敗，最有效的做法其實是誤導，以及不要讓我自己在對的時間在錯誤的地方被抓，還要確保沒有人類會想到要問出錯誤的問題。

誤導，讓我們試試看這招吧。「如果是我的話，我就會把屍體丟掉，絕不讓任何人找到，或者讓現場看起來像是意外事故。」

英達和愛倫都皺眉，兩人交換了個眼神。英達盯著我說，「你要如何棄屍才不會被人發現？」

我又不是公共圖書館頻道，這位資深軍官，請妳自己做功課好嗎。我說，「如果我跟妳說了，那妳可能就會發現截至目前為止我棄置的所有屍體。」

「那是在開玩笑。」拉鎊勉力表現出自己完全沒有懷疑這點的口氣。「它在開玩笑的時候看起來就是這樣。」他在頻道上對我說，**不要再開玩笑了**。

葛拉汀嘆了口氣，抹抹臉，視線往遠方看去，好像是在悔恨自己做過的每一個導致他現在站在這裡的人生選擇。他在我們的私人頻道上說，**你可以讓他們看看在這個人被殺的時候你人在哪就好**。

（嘿啊，回想起來，我發現我搞錯自己的誤導方向了。我說的話如果是人類或強化人來說，應該就能脫身了，但是叛變維安配備恐怕不行。就算他們知道我只是個很機歪的人，我那番話也已經讓他們開始思考，我讓他們的腦海裡產生了那些念頭。）

（所以現在如果我真的殺了灰軍情報的探員，我就得非常小心處理屍體。）

（把現場弄得像意外事故可能比較好。）

我實在不想承認，但葛拉汀說的有道理。我從無人機檔案庫裡叫出對應的影像檔案。（我沒有保存所有無人機攝影畫面檔案的習慣，因為這樣太佔儲存空間了，我大可把那些空間拿來放劇集，但是我會先跑分析，處理過重要內容後才刪除檔案。因為進度有點落後，我還有最近七十二小時的檔案沒有刪掉。）我把重點片段剪輯好以後傳給英達和愛倫。

這段影片來自停在曼莎政委會辦公室天花板上的哨兵無人機的攝影檔案。影片中的我坐在她的辦公桌一角，她在一旁踱步。我把影片靜音，她抱怨桑傑委員是個渾蛋的內容為受保護的資訊。我讓影片自動播放，從中看到我收到另一架哨兵無人機的警告，提醒過曼莎後我便起身站到牆邊，正好趕上伊法連委員走進辦公室的那一刻。然後我把影片按停。

所以說，在路特蘭被殺的時間，有一名星球領導人以及一名委員目擊我站在太空站另一頭的政委會辦公室裡。

英達嘆了口氣（是的，她在我身邊的時候常常這樣），說，「請繼續，愛倫軍官。」

愛倫說，「我之所以會這樣問是有原因的。」她透過頻道，傳了一段影片給我。這是中轉環監視攝影機拍到的畫面。影片已經被處理過了，但是上面的時間碼沒有被動過。畫面裡是那艘船艦的閘口，還有路特蘭走向閘口要求進入並且獲准的過程。艙門在他身後關閉。我把影片快轉，但是後來就什麼也沒有了。沒有人接近船艦艙門，沒有人在路特蘭之後進入船艦。我說，「當時已經有人在船艦上了嗎？」

我的無人機把愛倫沉重的神情拍給我看。「沒有。除了路特蘭以外，沒有任何人進出過那艘船艦。」一定是被駭了。跟我把自己的身影從監視攝影畫面中移除的方法不同——我是從系統內部下的手，把我的身影從畫面中移除後，我會用我進入畫面之前或之後的影像把剪掉那部分補上。這手段幾乎可做出天衣無縫的影像，但是也會比她們給我的這段影片還要容易露出馬腳。做出這件事的人知道有人類在檢查監視畫面，而不是只是監視系統在監控而已。

前提是對方是個人。灰軍情報有可能派另一具維安配備來嗎？或者派戰鬥配備？

我的有機肌膚出現了刺刺的反應，好像突然接觸到冷空氣一樣。他們有這種財力可以單純為了復仇就用上這種等級的火力嗎？我檢查了一下曼莎身邊的無人機，並且把還是把無人機哨兵在辦公室區巡邏的結界緊縮了點。我不想要拿我自己的緊張去驚動她。

（拉銻問英達，「可以也讓我看一下嗎？」

「不行。」她對他說。）

我把影片拆解開，看看裡頭的編碼，但是什麼都沒看出來。愛倫說，「從你把曼莎博士由企業太空站解救出來的報告看起來，你可以做到類似的事？」

我說，「我可以，但是只有在特殊情況下。」就是我不會跟妳解釋的特殊情況，特別調查員。「你的維安系統是否遭入侵？」這問題十分迫切。

英達緊盯著我。「我們的分析師說港務局的系統沒有被駭。他們認為可能是干擾裝置。」

這樣好，因為這就代表對方不是合併體。合併體就會用駭的，不會用工具。「我不知道有什麼東西可以做到這件事。」我開始在自己的檔案庫裡搜尋，內容包含我用來挑選讓曼莎博士買給我的新無人機型號的科技目錄。「而企業網的營運方式就建立在監控系統上，像這種工具在那裡一定已經被禁用，或者至少要被禁止進行商業買賣。」我的搜尋一無所獲。我看過唯一類似的干擾裝置是在劇集裡面出現的，是一種祕密武器還是什麼魔法神器。「可能是來自企業網外的世界。」

「那就是一種間諜工具。」愛倫瞥了英達一眼，只見她一臉陰鬱。

我開口想說他們從沒用維安配備進行過間諜行動，才意識到其實我也不能確定。把我們的盔甲脫掉，改造外觀，提供正確的功能單元……

我不能肯定的事情太多了。

我不能再繼續嚇唬自己了。

我問道，「他們把屍體移出船艦的時候也有用這個工具嗎？」

「沒有。」愛倫傳了另一段影片給我。「他們用了比較簡單的手法。」

影片中看起來完全沒有要掩飾的意思。一架飄浮的送貨廂來到船艦前，船艦的艙門打開，讓其進入。七分鐘後，艙門再次打開，送貨廂飄了出來。嗯，簡單明瞭，情況爛透了。那個送貨廂看起來就是個標準的大型貨廂，三公尺的方形箱子，是運輸口常見的運貨工具。我說，「對方跟屍體一起進入了那個運貨廂。是誰叫的運貨廂？」

愛倫說，「我們現在已經在搜查那個運貨廂的位置，但是兇手很可能已經清理過內部。我們已知他們有辦法取得能夠移除接觸遺留的DNA的滅菌工具。而且他們也不太可能用自己的身分證明去叫送貨廂。」

現在這件事更爛了。只要有地址就能叫送貨廂，對方也可能是使用船艦的閘門身分證明。

葛拉汀說，「那這個人為何沒有清理船艦內部？如果他們這麼做了，我們就不會知道這裡就是那個人被殺的地方。我們只會知道船艦受損了，就這樣而已。」

這問題問得很好，而我已經有了答案。「他們本來是要清理的。他們以為自己還有時間可以回來。」

英達發出了一個思考中的悶哼聲。愛倫仍瞪著我看，好像她在懷疑什麼東西一樣。然後英達搖搖頭說，「鑑識小組和醫療人員需要占用這個現場一陣子。調查員，妳的下一步是什麼？」

愛倫沒有措手不及。「我們還沒有辦法找到這艘船艦的包商，但我們已經掌握了要來送下一批貨給這艘船艦的外星系船艦身分證明。我打算去私人登艦碼頭跟他們談一談。」保護地說的「外星系」代表的是企業網說的「非企業政體」，也就是行星居住地、太空站、衛星、飄浮的石塊之類不是屬於企業體所有的東西。他們可能跟保護地一樣友善，或者是徹底的瘋子，到底是哪一種，你永遠無法事先知道。

英達說，「好。帶維安配備一起去。」

對，我也滿意外的。

5

拉銻和葛拉汀沒有受邀同行，這沒問題，畢竟葛拉汀本來就不想去，而拉銻則很樂見現況，因為他覺得這代表太空站維安組知道我跟路特蘭的死沒有關係。愛倫沒有明確表現出她不高興我也受邀同行這件事。如果她有清楚表達，那就會容易點，因為那樣一來我就會知道自己立場在哪，能確定自己要不要表現得像個混帳。

我身後是兩名太空站維安組人員（頻道識別為法里德與蒂芙尼）、港務局主管（頻道識別為葛米拉），還有港務局機器人。我們一行人來到公共登艦碼頭，穿過閘門來到了貨櫃區。我在保護地本地（公共）新聞資料庫很快地搜尋了一遍，發現愛倫的職稱代表她是由保護地當局召來調查他們自己無法弄清楚的事件，不論事件是在太空站上發生或是在星表發生。她也負責家庭和職場的仲裁，代表要進行很多讓人類不開心的談話。所以說，職務內容並不如職稱那麼酷。

港務局主管葛米拉一直在拉資料到自己的頻道上，然後她說，「這筆貨物轉移已經暫停兩個循環日了。我們在等授權下來，但是截至我們聽命關閉運輸口為止，都還沒等到。」

愛倫問她，「妳知道原因嗎？」

「不清楚。這艘船艦，拉羅號沒有回覆訊息。」葛米拉的口氣有點不悅。「它沒有使用模組，也沒有貨物離艦的紀錄，所以我們認為東西還在船艦上。」

愛倫沒有反應，但我的無人機鏡頭拍到法里德和蒂芙尼交換了一個意味深長的神情。他們沒想錯，現在已經有一名死亡人類跟這艘船艦有關，拉羅號沒有回應訊息這件事，有百分之四十二的機率代表實情遠比無視港務局頻道訊息還要可疑。

商業碼頭跟公共碼頭的貨櫃區差異不大。兩者皆有寬闊的登艦大廳，大廳另一頭可見一整排密封的停泊艙口。大型貨運機器人（這種機型通常只會派駐在太空站外艙殼，用來拖拉跟船艦差不多尺寸的套間模組）就四處坐著，或處於休眠狀態，沿著挑高天花板的弧度吊掛著。低階搬運專用機器人停在一旁，零星幾名人類和強化人在堆疊的加壓貨櫃旁閒晃。大型的模組套間被堆放在艙壁旁，等著裝載貨物或被推出套間出口，以裝載到船艦上。目前停靠的船艦大多沒有使用模組套間，而是裝有必須靠難用的專用艙門卸貨的貨櫃艙。以外星系／非企業政體船艦來說，這種事情並不少見。

保護地的安全標準很高，所以我們先經過了兩道空氣牆，才來到那艘貨櫃船艦的艙門口。（如果目的是要預防人類在艙門故障或艙殼破損的時候出事，那麼高安全標準很好，如果是要來幫助人類對抗叛變維安配備，那就沒那麼好了。）

我試著丟訊息給船艦，但只收到了中轉環指派給船艦的標記內容，上面有船艦的停泊號碼以及拉羅號的註冊名稱。也就是說，船艦上沒有我可以取得資訊的機器人駕駛。有夠悶。身為這組人的成員，我完全不知道自己還能做什麼，只能跟著人類走，聽他們說話，感覺好像又只是具維安配備了。是說，我是維安配備沒錯，但是……你知道我的意思。

愛倫敲了敲船艦的通訊系統喚起其注意，然後傳送自己的頻道識別證明給船艦，並加註道，「我是太空站維安組的特別調查員。這裡有我和港務局主管。我們要跟你談談，是急事。」

此時我已移動到艙門攝影機的拍攝範圍外站著，因為維安配備就是會這樣做。港務局機器人過來站在我身邊。太好了，超棒的。不知道它除了站在一旁以外到底還會做什麼。

通訊系統傳來收到訊息的通知聲，然後一個透過頻道自動翻譯軟體處理過的聲音傳來，「只有妳和港務局的。港務局殘餘留在外面。」

不知道對方原本選用的字是哪一個，會讓頻道的翻譯演算法決定那個字等於保護地標準用語裡的「殘餘」。

（不只我在想這件事。只見蒂芙尼瞇起雙眼，法里德用嘴型緩緩地說了「殘餘」。）

愛倫瞥了葛米拉一眼，然後對著其他人員，我猜也包含我和機器人吧，說，「你們在這裡等。」

艙門滑開來，兩人往前走去，我的威脅評估報告數字突然飆高。

我先檢查了一下曼莎身邊的無人機任務小隊的訊號，雖然它們本來就有照時間表回報狀況，也就是十一秒前才回報過。一切正常。曼莎還在政務委員會辦公室，大會議現在分散成好幾個小討論。她跟四名委員坐在一起，一邊在頻道上討論文件，一邊喝著人類喜歡的熱液體。

愛倫和葛米拉剛走過艙門，只見艙門正在緩緩滑動關閉。我感覺到一股想要衝上前去擋住艙門不讓它關上的衝動，但我沒有這麼做，因為我不想要讓別人更加覺得我就像一具叛變維安配備。

艙門就這樣密封上了。噢，殺人機，我覺得你剛犯了一個大錯。

法里德清了清喉嚨。「那……你真的是維安配備喔？」

對，我在這裡很常被這樣問。我說，「你的頻道有跟愛倫連線嗎？」她可能跟這兩名人員有不包含我在內的頻道私人連線。

「現在沒有。」法里德皺起眉頭，目光移動到艙門上。「貝林，你有跟督導員葛米拉的頻道連線嗎？」

它媽的誰是——噢，是那個機器人。貝林歪頭說，「報告長官，沒有。」

蒂芙尼抓緊了警棍，緊張地移動了一下腳步。

這件事也是。太空站維安組人員身上沒有武器，只有這種可伸縮的警棍（甚至也沒通電，只能拿來打／恫嚇激動的喝醉人類），而且只有在有能源武器出現的緊急事件中，維安組人員才能取得能源武器。這很好，因為越少人類帶著武器到處跑來跑去越好。（我這話是以一具常常被槍擊的維安配備的立場說的，而我那些槍擊經驗往往來自我自己的客戶，意外或故意皆有。）但這也代表愛倫是在沒有武裝的情況進入內部。

我試著與愛倫或葛米拉建立連線。沒有回應。我試著傳送測試訊息，發送一些會從船艦通訊系統或頻道回彈的訊號，但什麼都沒收到。這表示有東西在干擾我，這東西從艙門關閉後就啟動了。

去它的不能駭入系統。我點開港務局行政頻道，連上安全監控器，這是港務局用來與碼頭上各船艦與運輸船艦保持聯絡的系統。我利用安全監控器找到了船艦與頻道的安全連線後駭入其中，嘗試叫出內部攝影畫面，但是除了愚蠢的艙門攝影機以外，我找不到任何影像連結。我收到一些音訊來源，但是只聽得到人類在遠方大叫的聲音。他們一定是在船艦其他位置，遠離收音的地點。我找到了愛倫與碼頭的頻道連線，然後把訊號加強，想藉此跟她連上線。

我把訊號強化到能收到她傳來的一連串雜訊，然後我把訊號轉發到太空站維安組的頻道上。蒂芙尼和法里德看起來很震驚，機器人貝林則從它的後頸處展開了一面感應網。我把雜訊抽掉，訊號內容的身分識別是愛倫，她傳送的是太空站維安組的緊急求助碼。

媽的，我早就知道這事不妙，但我卻只是站在那裡，像個白癡一樣讓這種事情發生。我轉向蒂芙尼和法里德。「我得進去。」

法里德一手放在自己的控制介面上，再次往太空站維安組通訊系統發送緊急求助碼。蒂芙尼的反應比較直接。她抽出警棍說，「貝林，讓我們進去。」

港務局機器人站起身後比我的身材高大一倍（老實說我直到此刻才意識到它一直以來都維持蹲踞姿勢），它伸長了一條機械臂，把像蜘蛛腳一樣細長的手指頭塞進艙門旁艙殼裡的控制介面裡，送出一連串訊號，我判讀後發現是一種解碼器。艙門滑開來。

好，原來港務局機器人是在做這個的，不是只會站在一邊而已。

我的無人機從我身邊咻地飛過，我緊跟在它們身後衝了進去。我沒有只是站在一邊的時候，就是做這個的。我經過減壓艙，收到其中一架無人機回傳的破舊走廊畫面，走廊尾端有扇開著的艙門，一名一身破爛的人類／目標一號就拿著一把大型能源武器站在那裡。音訊訊號傳來憤怒的人類叫罵聲。目標和艙門後方是一間寬大的艙室，裡面有三扇艙門可以離開這間艙室。愛倫和葛米拉被逼到角落，愛倫站在前面，雙臂展開，試圖擋住葛米拉。這裡另外有四名目標，身上攜有武器的兩名目標面對著她們倆。目標二號距離最近，一邊把手裡的一把發射型武器對著她們，一邊大聲喊叫。目標三號：初始評估＝最可能開火。她離人質比較遠，也在大喊大叫，並揮舞著手上的發射型武器。

艙門開啟先驚動了目標一號，讓他有空檔可以轉過來面對我，並且朝我舉起武器。我身後還有兩名人類跟著，所以我沒有閃身，但我也不想用我的頭來擋下能量脈衝波。我用右臂開火，擊中了目標的武器。（我大可瞄準他的臉，但我不覺得他的威脅性有這麼大。）我朝他走去，他一邊大叫一邊往旁邊縮身。我把他的頭往艙門邊一撞，然後扯掉他手上那把被我打壞的武器。

我把他丟進艙門內當誘靶，然後走進去把壞掉的武器扔到有武裝的目標二號身上。只見那把武器打到她的頭之後彈開，我同時把左臂的武器對著有武裝的目標三號發射，擊中了她的胸口和肩膀。此時的我仍在橫越艙室，我把沒有攜帶武器的目標四號揮倒，然後把他往目標二號丟過去，她腳步踉蹌地後退，武器掉在地上，兩人摔成一團，而我則一個滑步停在愛倫和葛米拉前方。我讓無人機任務小隊在艙內很快地巡了一圈，然後分成好幾個小隊。其中三個小隊負責站哨，其他則往艙門飛衝出去搜查船艦上是否有更多目標。

這樣的介入行動／人質救援行動並不理想，我的速度有點慢。要防止蒂芙尼和法里德中彈拖累了我的時間。除此之外，我其實還不確定目標到底是有惡意還是只是蠢，所以我也有點保留。目標三號倒在地上，神智清醒並且試圖伸手去抓武器。我還沒來得及再次朝她開火，蒂芙尼和法里德一個翻滾進來，法里德搶走了地上的武器。目標一號和四號一臉茫然，沒有打算移動的樣子，目標五號已經倒在地上、毫無理由地拼命尖叫。目標二號趴在地上，假裝失去意識的樣子。

這時候有一名不明目標企圖把我們反鎖在裡面，我本來會有點擔心這件事（這招不會有用，但是要處理就有點煩）（沒有人會想跟一具心情很煩的維安配備一起被反鎖在船艦上）（真的沒有人），但是我的無人機哨兵拍攝到的畫面顯示貝林把自己卡在艙門口，然後伸長了四肢把艙門給擋住。（我猜港務局之前就跟有問題的船艦組員打過交道了。）

蒂芙尼往艙內走，在我左手邊做出戒備姿態，同時法里德說，「我們已經叫支援了，然後，呃，我會通知醫療中心待命。」

無人機回傳的畫面讓我知道這是一艘被拆解得差不多的貨運艇，內部只有狹窄的起居空間。無人機沒有找到其他人員。從船艦內部比較容易把干擾訊號擋下來，我從船艦頻道上叫出一張清單，重複檢查一次載運內容。我說，「船艦內部安全，人員名單上的人員都到齊了。」因為我實在懶得理目標二號，所以轉身問愛倫和葛米拉，「妳們有受傷嗎？」

只見目標二號突然一個大動作，想去抓掉在地上的發射型武器。我把武器往蒂芙尼的方向踢過去，她把武器一把抓起收好。（對，此舉的確既多餘又愛現。）

愛倫說，「我們沒事。」她的聲音聽起來很冷靜，只有一點點不悅感，但是她的額頭沁著汗，心跳也仍很快。她的夾克和上衣很凌亂，像是有人抓住她，進行了一番推拉。「感謝你出手救援。」

葛米拉斜靠著牆面，一手撫著胸口。「我連到底是怎麼回事都不確定！他們威脅我們，完全不聽我們解釋來訪理由。」

「你們是要來沒收我們的船艦！」目標二號咆哮道，話聲經過了頻道翻譯。「你們這些噁心的企業人員！還派維安配備來對付我們！」

我轉過身低頭看著她。「我們衝進來之前你們根本不知道她們有帶維安配備。我看妳最好是先想好再說。」

目標二號的眉頭糾結，張著嘴抬頭看著我。

目標五號低吟道，「閉嘴啦，芬恩。他們要把我們的船艦押走了。」

愛倫疲憊地搖搖頭，葛米拉說，「你們攻擊我們之前應該要先想到結果可能會這樣吧！」

我的無人機哨兵看到太空站維安組的反應小組趕到了外艙門前。死守艙門的貝林鬆開身子，走過走廊，把自己摺疊起來好進入艙室內。它朝葛米拉伸出了一條機械臂，等她握住後，它便帶著她走出船艦。

直到他們離開視線之前，所有人都沒有動。接著，反應小組成員擠了進來，愛倫說，「逮捕所有船艦人員。他們顯然不想在這裡跟我們交談，那就回站內再說吧。」

讓我說得婉轉點，自願走進太空站維安組辦公室的感覺實在很怪。我之前不論在哪一座太空站上都沒進入過維安組辦公室。（如果有的話，我早就變成零件和回收機臺裡的垃圾，你也就看不到這段話了。）企業網的太空站通常不使用維安配備，在一般太空站的管理下就更不用說了。我們只有在採用極端手段的時候才會被派駐到太空站上，比方說要來抵抗搶匪攻擊的情況下。（設有出勤中心的太空站通常也不太會被攻擊，除非有真的爆炸多的搶匪，或者他們是真的超蠢，或者兩者皆是的情況。）替灰軍情報做事的絕壁保全就曾因為擔心我會出現，所以在船羅海法的人質安全小組中安插了維安配備。我帶著曼莎逃走的時候，他們用了兩架維安配備和一架戰鬥配備來追捕逃犯。看看這樣安排的他們又是得到怎麼樣的結局吧。

反正我身為叛變維安配備的時間裡，跟太空站維安組保持距離這件事一直都挺重要的。

保護地的太空站維安組辦公室就在港務局辦公室旁邊，也是把港口的登艦區與太空站其他部分劃分開來的屏障一部分。兩間辦公室都有入口可以進入商場的行政區以及中轉環。

我到這裡之後沒多久，就從太空站檔案庫裡取得了維安組辦公室的設計圖檔。第一層是公共區域，讓人類進來抱怨彼此、繳交貨運和停泊罰鍰的地方。（保護地有兩套經濟體，一套是複雜的以物易物系統，給星球居民使用，一套是貨幣系統，給訪客用，還有在與其它政體互動的時候使用。這裡的多數人類都不知道在企業網中的貨幣有多重要，但是政務委員會懂這點，曼莎說港口透過各種收費來避免太空站把星球的資源消耗殆盡。）第二層的空間大得多，有工作空間、會議廳以及存放意外／維安用設備的儲藏室。這裡也有個獨立的拘留空間，還有一區更大的獨立區域，用來存放、分析可能有害的貨物樣本，還有一間小小的醫療中心，通常都是喝醉的被拘留者在用。

反應小組從中轉環入口把被拘留的人帶進來。目標二號和三號已經被輪床推往醫療中心，其它人則基本上可以自己行走。

太空站入口旁的武器掃描機被我觸發，真不意外。

現場一度有點混亂，因為反應小組以為是有人出包、沒有對被拘留者仔細搜身。我在那裡站了兩分十二秒，心想這些人一邊替被拘留者搜身、企圖找出是什麼武器觸發掃描機的同時，會不會想通到底是怎麼回事。幫他們說句公道話，其實第一次搜身就已經做得很好了（我用掃描和目視替他們確認過），他們也沒收了被拘留者的控制介面。（這些人之中沒有強化人——顯然出了那些利用保護地當中繼點的企業網政體範圍後，加裝頻道強化就不是很常見了。）但幫說話也是有限度的，畢竟他們忘了有一架維安配備就站在他們身後。

最後我捲起袖子（使用內建能源武器導致布料被打了洞，我得把衣服送去修補了），舉起雙臂。「嘿，是我啦。」

他們全盯著我看。口氣仍很孱弱的目標四號說，「是該死的維安配備，廢物，你們到底有多笨？」

嗯，跟這幾個目標聊天一定會很有意思，我已經有預感了。我對他說，「把自己搞到被太空站拘留的可是你們，不如先想想看你們自己有多蠢吧。」

目標四號一臉震驚。「維安配備不應該會回嘴才對啊。」目標五號虛弱地說。好像我不知道一樣。「運輸船艦的組員不應該挾持港務局督導員當人質才對，結果你看。」

站在人群最前面的愛倫生氣地說，「把他們帶進去！」

工作人員動作很快地轉換成更有效率的隊形，把目標帶到門廳裡。我放下袖子的時候，愛倫朝我走來。我不知道自己對此有什麼心理準備，反正不是什麼好事。可是她只壓低了音量說，「我剛收到港務局調查人員的初步報告，他們掃描了拉羅號的儲藏艙，貨櫃裡是空的。而且也沒有東西離開船艦的紀錄。」

是空的？搞屁啊？我還在整理袖子的動作就這樣停頓了一秒鐘。威脅評估報告剛衝高了，連風險評估報告（這個功能實在應該被整個洗掉重灌）都試圖要出報告給我。

我同時在思考很多不同的東西，但是脫口而出的是，「那船艦在那邊等什麼？」我從無人機搜查的結果就已經知道路特蘭被殺的船艦沒有加裝貨櫃套間。當時這點並不是什麼問題，因為船艦還停在停泊口，可能就是在等著加裝套間。

「好問題。」愛倫說。她的表情仍維持不慍不火的樣子，但我看得出來她跟我身上的威脅評估功能一樣，對這份報告非常好奇。

我不確定她為何要告訴我這件事。除非是因為她剛收到這個消息，而在武器掃描機出包事件後，這起調查事件中唯一還沒惹到她的人只剩下我。如果她認為我是現場唯一一個知道怎麼調查一起不單是違反貨櫃安全法規的可疑事件的人，那就太好了，但我猜八成不是這樣。我說，「以非企業註冊身分的船艦來說，他們很了解維安配備。我們通常只會以出租器材的身分，被派駐到礦場或其它獨立合約勞力駐點，或者是由有執照的維安公司來派駐。他們可能在影視節目中看過維安配備，但是……」我沒辦法把話說完。他們的恐懼和厭惡感跟類似《無畏戰士》這種節目帶來的恐懼和厭惡感不一樣，那類節目常會把叛變維安配備寫成恐怖的反派。那些組員的反應感覺上比較像是他們有親身經驗，但我沒有數據資料可以證實這點。

「嗯。」愛倫挑眉。「根據他們的航行報告內容看來，他們根本從未造訪過企業碼頭。」

「應該還有其它的解釋。」我說，因為的確有可能，而且我已經習慣了要想辦法越精準越好，不然大腦會被人下令燒掉。你可以說這是積習難改吧。

「我們來問問看吧。」她說，然後走進了太空站。

過程耽誤了一點時間，因為他們必須先完成逮捕文件，目標也全都需要先做完醫療檢查，因為規章就是這樣規定的巴拉巴拉巴拉。另外更重要的是，有一組技術人員在船艦上搜尋任何看起來像是(1)接觸型DNA清潔劑的東西以及(2)能夠造成中轉環監視攝影機視線干擾效果的設備，或者(3)有可疑液體沾染痕跡的飄浮送貨廂。港務局也利用這段時間找出了那艘船艦及其消失的／不存在的貨物佐證文件。

我收到了頻道訊息，一封來自拉錦，問我情況還好嗎，還有問我抓到兇手沒。另外一封來自葛拉汀，內容跟拉錦的大同小異，只是沒問我還好嗎。還有一封來自李蘋，說要我現在聯絡她，不，就是現在，有急事。

我已經跟著其他人來到了二樓的辦公室，辦公室正中間有一面巨形太空站地圖的全息投影，還有顯示所有太空站閘口、空氣牆和其它維安系統的運行狀態的顯示器，以及一面捲動畫面，上面有整個港口的貨物監管檢查數據。這些東西被工作區域和飄浮的顯示器環繞。還有為數過多的容器，裡面還有食物殘渣，噁。好幾名人類坐在各處用頻道工作，我走進去的時候，沒有人抬頭看我一眼。

我找到了一個沒有人的角落站著，回傳收到／稍後回覆的訊息給拉錦和葛拉汀，然後敲了敲李蘋的頻道。她傳來的第一則內容是**我看見英達傳給曼莎一份貨櫃碼頭的事件報告。是灰軍情報嗎？**

我回她，**我不知道**。我實在還沒有足夠的資訊做出有意義的百分比數據，現階段有的都只是理論上推測的垃圾話而已，就算加上愛倫給我的資訊也一樣。我接著說，**有可能**。

頻道上的她聽起來很疲倦。**我們真的等得到能夠把那些王八蛋忘掉的那天嗎？**

我不想只是說「早晚吧」，所以我對她說，**我沒辦法給妳時間軸。但是灰軍情報沒辦法拿到足以用來買斷公司的貨幣，就算有辦法也已經太晚了。**灰軍情報下令要一家維安公司攻擊一艘公司炮艦，更糟的是他們差點就成功了。這件事已經是不可能逆轉的事實，至少從公司的角度來說是如此。法里德走進辦公室，看見了我，然後走過來說，「呃，我們在泡茶，你要——」

我把頻道按下暫停後對他說，「我不進食。」

「噢，對。」然後他就晃走了。

李蘋傳來，**太空站維安組來跟法務處辦公室申請文件，要的是企業網與外星系政體間的貨櫃中間商交易以及貿易相關的文件內容。感覺上謀殺案的調查方向在往詐騙或走私的方向走。我們發送文件的時候你要一份嗎？**

要。法里德又回來了，這次他揮手要我跟他走。**先講到這裡**。

去查清楚到底是怎麼回事吧，李蘋回傳，然後就切斷了連線。

我跟著法里德走出了工作區，轉了個彎進入了會議廳。英達和圖柔坐在桌邊，面對著一面大型的飄浮顯示器。顯示器被畫分成三個分區，每區各自顯示著一間不一樣、比這裡小得多的會議室。每間會議室裡都有反應小組成員坐在一名目標面前。愛倫在目標五號那一間裡（對，我認為最可能知道他們到底有什麼計謀的應該就是五號），另外兩名反應小組成員則跟目標二號和四號在一起。一號和三號可能還在醫療中心。

我拉了個別頻道，讓他們的訊號在我這裡都是獨立輸入狀態，留著之後如果想要重看用。現在愛倫和其他反應小組成員分別在對自己面前的目標解釋他們在保護地聯盟領地中被拘禁時應享有的權益。（是一大堆權益。我敢說企業網的人享有的權益都沒有被太空站維安組拘留的人類享有的多。）

幾張椅子分散放著，英達指著其中一張向我示意，所以我坐下了。還是要說，這實在有一點，比一點還多一點，奇怪。我人在太空站維安組辦公室裡，還坐著。（只要有被抓到的可能，不是叛變的維安配備值勤時間內不能坐下，就連不是值勤時間也不能。)

法里德、蒂芙尼和其他三名人員在後方門邊看著。(我永遠搞不清楚人類到底是怎麼決定哪些人要坐哪裡、做什麼事,每次都不一樣。)(桌上有更多杯子和有食物殘留物的小盤子。他們總是在吃東西。)

三個頻道上,愛倫和另外兩位組員開始問初步的問題,基本上就是「你是誰」、「你來保護地太空站要做什麼」,以及「你們的腦袋有洞嗎?」

目標的說法基本上還算是滿一致的:他們是貿易商,要前往一座名為衛博戈坦站的獨立太空站(我在保護地公共圖書館頻道很快地搜尋了一下,確認這個太空站真實存在),並表示他們專走固定路線、運送小型貨件,從來也沒有跟企業網有過交集。他們也從未載過乘客,從未,沒有可能,就是從來沒有過!衛博戈坦站對這類業務有特殊規定,他們沒有相關執照。(這是目標五號真誠的發言內容。)

圖柔喃喃道,「最好是會挾持太空站人員當人質的人就這麼遵守執照規定。」

英達也同意。「不論他們到底在怕什麼,一定跟乘客和貨物有關。」她敲了敲問訊人員的私人頻道,這我沒有權限,也沒有駭進去,因為顯然我可以來坐在椅子上,但不能參與過程。

接著另外兩名問訊人員，跟目標二號一間的索兒以及跟目標四號一間的馬蒂夫都開始用船艦那絕無乘客的運貨路線相關的問題問訊，要求目標非常仔細地交代船艦載過什麼東西、卸下過哪些東西，又接載了哪些東西。

愛倫也對目標五號進行一樣的偵訊，然後她露出微笑，不是友善的那種，然後說，「好了。要不要解釋一下你們為什麼要綁架一名太空站維安組主管和港務局督導員？」

「會不會太早了點？」法里德問英達。

她輕輕搖搖頭。「可能不會。」

目標五號沮喪地微微顫抖。「我沒有——我們沒有做那種事——全是一場誤會——」

奇怪的是，我覺得這似乎是實話。這一切就是一場誤會。

愛倫說，「在妳開始跟我爭辯之前，請先記得，我就是那個被你們綁架的太空站維安組主管。」

「可是——那是——」目標五號像洩了氣的皮球，悶悶不樂的樣子。

「我的上司現在正在準備把綁架未遂這條罪名上呈到送保護地軍法署。」有鑑於愛倫的上司此時此刻就雙手環胸地坐在這裡，專注地盯著顯示器看，我猜那番說法只是話術而已。在我看來，一切再透明不過了，但畢竟把自己搞到被拘留的人不是我，而且我本來以為他們被拘留的原因是他們蠢得不可思議，現在反倒覺得可能是他們犯下了不可思議的愚蠢錯誤。

愛倫聽著目標五號語無倫次地辯解。最後她說，「還是妳有其他解釋？」

「我們只是運貨的，」目標五號拼命地解釋道。「我們做錯了，是我們反應過度。芬恩和米羅絕對不會傷害任何人。」

「他們拿槍瞄準我的臉的時候，站在槍口這頭很難用別的角度去思考這件事。」愛倫的口氣仍很冷靜且直接。

我說，「他們在等人。等他們不認識的人。他們以為愛倫只是假裝自己是太空站維安組成員。」

屋內所有人類都轉過來看著我。我一直都很討厭這樣，但是蒂芙尼在點頭，而英達說，「我也是這樣想。」

目標二號和四號提供的運貨路線描述非常有說服力。顯然他們已經準備好統一說詞。但是目標四號在交代那套細節過多的說法的時候，講到第三站之後就搞混了，現在非常牽強地在圓場中。可能只是目標四號記性差吧。（我總是得提醒自己，人類沒有辦法取得神經元裡儲存的所有內容，這也解釋了他們為什麼會有那些行為。）

英達在頻道上默聲講話。愛倫停下來聆聽頻道內容後說，「你們本來以為我們是誰？」

目標五號一慌，然後傾身向前，開始口吐真言。「我們去過的中轉環都沒有這裡那麼好，以前隨時可能會被中轉環上工作的人搶劫。我們一開始就是以為我們要被搶了。」

愛倫點點頭，彷彿她有半點可能會相信這套說詞。「妳說的那些中轉環是在企業網嗎？」

「不，不，不。」目標五號激動地做了個搖動的動作，看起來是堅決否認的意味

「我們沒去過企業網。要申請太多許可證，我們負擔不起。而且那裡很危險。」

愛倫凝視著她。然後她說，「妳認得這個人嗎？」然後她用頻道把路特蘭的照片丟

到會議室裡的顯示器上。不是死亡路特蘭的大近拍照，而是他還活著的時候，在旅館被拍到的照片。會議室裡的掃描器是開著的，畫面傳來的同時，也在產生報告。因為是權益的一部分，所以愛倫有先告知目標五號掃描器會啟動的事，針對這點，我認為他們太坦白了，但現在看起來也許其實沒差，因為目標五號既沒有心跳加快，也沒有顯示出認得照片裡的人的任何徵兆。

目標五號皺眉，一臉「這人它媽干我屁事」的表情。她說，「呃……不認得。」

馬蒂夫和索兒問到的答案大同小異：目標二號覺得這是陷阱，目標四號則堅持要知道那個「衰鬼」是誰。

人類全都在看掃描結果，我說，「他們在說謊的機率低於百分之二十。」我有連接掃描器的原始數據，所以我處理起來更快。（連接在我面前播放東西的頻道並不算駭入行為。）

大家再次轉過來看我，然後看著英達，只見她點點頭，目光始終沒有離開顯示器畫面中目標五號的臉。看起來她知道自己在幹嘛。把她的數據和我的相比一定會很有意思。然後我想起了我在這裡的主因是要確認這起事件跟灰軍情報無關，我沒有要優化我的做事方式，就維持現狀。（現狀主要是：我需要用的時候當場編造出來、雖爛但可用的東西，以及公司時期殘存至今的分析碼。）

愛倫歪頭，收到馬蒂夫和索兒從頻道傳來的報告時，她會無意識地做出這個舉動。她說，「這裡有更清楚的臉部照片。」這次照片上的路特蘭就是死亡路特蘭了，躺在被棄屍的走廊口。目標五號瞇起雙眼，緩緩搖頭。「不認得。我不知道他是誰。妳為什麼要問我這個人的事？」

目標二號和四號的反應也相似。（嗯，目標四號想知道兩張照片裡面是不是同一個人。馬蒂夫看起來非常勉強地在忍住不要嘆氣。）

從愛倫露出了片刻分心的表情看來，我猜應該是英達在頻道上傳了另一個指令給她。然後愛倫說，「他叫做路特蘭。他被——」

她話聲突然中斷，因為掃描器的數值衝高了。目標五號出現了反應，雖然刻意壓抑，身子仍是一縮，她的肌膚也因為內部體液流動而轉紅。目標二號連眨了好幾次眼，一樣滿臉通紅。四號則說，「幹，屁啦。」

英達輕聲說道，「好樣的，開始了。」

愛倫問目標五號，「所以妳認識他？」

目標五號強逼自己恢復撲克臉。「不認識。」目標二號雙臂環胸，往椅背一靠。

「我要說的都說完了。要拘留就拘留吧。」

目標四號很著急地說，「那其他人呢？」

馬蒂夫本來瀕臨崩潰的神情一秒恢復冷靜又中立的樣子，只能說掃描器沒有對著他是算他走運。他說，「我去確認。你要跟我說一下他們的名字嗎？描述一下他們的樣貌？」愛倫和索兒都停下手邊動作，聽目標四號描述了十名人類，其中三名未成年。顯然他的記憶力讓他不擅長說謊，但很適合交代實話，我不覺得（掃描器也不覺得）他的話裡有造假成分。

馬蒂夫傾身向前，確保頻道錄製功能有把所有細節收錄下來。「你是說，這些人應該都跟路特蘭在一起嗎？」

「他要帶他們回家，回一個家。」目標四號真誠地拍了拍桌子。「我們從未見過他，就，分隔制讓他們很難接到所有人。」

「他們？」馬蒂夫問。「他們是誰？」

目標四號說，「布雷哈斯。布雷哈斯什麼的。」

我很快地在公共圖書館跑了一輪搜索指令，人類還在手忙腳亂地要進入自己的控制介面。「可能是布雷哈沃漢，是一家挖礦公司……」我叫出更多結果，尋找關聯性。噢，找到一個大的。「這家公司擁有一個星系，用蟲洞跳躍的話，跟衛博戈坦站只有二十八個循環日的距離。」

英達的臉專注到皺成了一團。圖柔悄聲說道，「各位。拉羅號在走私人口。」

索兒把目標二號送回拘留間去了，但是愛倫在旁聽馬蒂夫的頻道內容，神情顯得很專注。目標五號看著她，皺起眉，越發顯得驚慌。「米羅開口了，對不對？」她絕望地說。英達把我找到的資訊轉發給馬蒂夫，他問目標四號，「這些人是來自布雷哈沃漢嗎？」

「對，他們是奴隸，」目標四號對他說。「他們用的是別的詞，但就是奴隸對吧，嗯？就是那樣。在石頭堆裡面做奴隸。」

把目標四號的說詞和我從圖書館搜尋到的資料拼湊在一起，布雷哈沃漢在小行星帶有一座採礦作業區。那種採礦工作意味著合約勞工有能力可以到處移動，在不同的小行星之間遊走，但是不能去星系的其他地方，布雷哈沃漢也會控制所有補給品的供應狀況。但是有人（目標四號不知道是不願意或是沒辦法說出名字）發起了一個任務，就是讓合約勞工想辦法來到小行星場邊緣，另外會有一艘船艦溜到這裡來，把他們接走後透過蟲洞離開，到某處跟拉羅號的目標碰面，再由拉羅號帶他們到逃跑路線的下一階段要去的太空站。

「企業不會發現嗎？」馬蒂夫聽得入迷，但仍抱懷疑態度。「你們都一次帶走這麼多人？」

目標四號不為所動。「因為我們也要帶走他們的小孩，嗯。這些人在石頭堆裡的時間久到有些小孩年紀都比我大了。」

蒂芙尼在我身後說，「幹，什麼鬼？」

「等等。」馬蒂夫在消化資訊。「你是說這些人被送到這個星帶上當合約勞工，但是已經待得久到組成家庭——有小孩——然後這些小孩是出生就變成奴隸？他們不能離開那裡嗎？」

「就是這樣。」目標四號在桌上攤開他的大手。「賤招，對吧？所以我們才要做這件事好嗎。我們的祖先是合約勞工，很久很久以前了，後來他們逃出來，買下這艘船艦。」

愛倫對目標五號說，「噢，沒錯，他現在無話不談了。」

目標五號說，「他腦袋受過傷啦。」

愛倫一臉不買帳的樣子。「他看起來思緒挺清楚的啊。」英達再次在頻道上對愛倫默聲講話。「就算你們是收錢送他們來這裡的，這個行為沒有違法，在保護地當合約勞工難民也不是違法行為。妳可以跟我們說他們在哪裡，我們會提供適當的協助。但妳得先跟我們說路特蘭在這整件事裡扮演的是什麼角色。」

馬蒂夫也說了，「這整件事跟路特蘭有甚麼關係？」

「他就是那個人，那個計劃的人，懂嗎？」目標四號說。「他本來應該要負責處理接下來的事。」

「接下來什麼事？」馬蒂夫問。

目標四號舉起雙手。「我不知道啊，所以我才問你。」

目標五號往椅背一靠，對愛倫說，「路特蘭是我們的聯絡人，他總是在太空站跟我們碰面，不論哪個太空站。」她口氣哀傷地接著說，「如果有人殺了他，那個人一定也知道我們的事。」

我說，「兇手是布雷哈沃漢的探員。」我的意思是，可能啦。機率大概有超過百分之八十五。

英達對著顯示器彈彈手指，愛倫和馬蒂夫都停下話聲。她說，「不一定。我們得弄清楚那艘船艦上到底發生了什麼事。我們現在知道路特蘭是搭那艘船艦來到這裡，知道這艘船艦跟拉羅號有貨物運輸的合約，還知道路特蘭是在拉羅號上遇害的。這告訴我們什麼？」

圖柔說，「我敢說那些難民本來應該是要登艦，要被帶去下一個地點。」圖柔做了個意味不明的手勢。「難民可能根本沒有到過船艦上，或者也被殺害了，而……我們還沒找到他們的屍體而已。」

英達皺眉。「還是難民殺了路特蘭？因為他跟他們要東西，比方錢？」

我說，「商業碼頭監視攝影畫面的報告內容怎麼說？」

對，我故意問的。我那些還留在主要辦公區域的無人機讓我知道，攝影畫面檔案才剛從港務系統傳送到太空站維安系統，負責這件案子的人類都還沒有機會下載檔案。

英達看著我，我發現她很清楚我想幹嘛。她說，「如果你是想要問你可不可以看監視攝影畫面，那答案是可以。」她朝圖柔點點頭。

回想起來，我可以處理得更好才對。

圖柔進入自己的頻道，把下載影像檔案的權限開給我的頻道識別。她還在解釋要怎麼進入與播放素材的時候，我已經拉下檔案，開始做事了。

英達示意偵訊過程繼續進行，但已經沒有太多要問的東西了。目標五號最後放棄抵抗，提供了足以證實目標四號證詞的資訊，兩人都堅持他們不知道難民離開船艦後的階段是要做什麼。他們只知道路特蘭會負責把他們送離太空站，到安全的地方去。

我們須要弄清楚難民現在在哪裡，確認他們不是(a)兇案受害人或(b)兇案殺手。我鎖定拉羅號停泊口附近區域的畫面，在一點三分鐘內，我就找出了難民離開船艦時被拍攝到的段落。這樣一來，我們就不是只有目標五號提供給馬蒂夫的描述，儘管攝影機的估值還是比不上全身身體掃描的數字來得精準就是了。

難民身穿工作服，其中幾人背著肩背包。他們看起來很茫然，頻繁地停下腳步看頻道上的標記，移動的速度很慢，像是從沒看過這類太空站一樣。（長期受困在分散的小行星帶中的合約勞工營，他們很可能真的沒見過。）他們的舉動在碼頭區這一帶並沒有引起其他人的注意，因為這裡有來自各地的船艦停靠，許多人類都不知道自己在幹嘛。而且現場有一艘走定期路線前來停靠的商艦剛放了一大群吵鬧的組員離艦，還有三個貨櫃在卸貨，速度和效率各不相同。拉羅號可能就是一直等到碼頭上開始熱鬧起來，才讓難民混入人群中。港務局人員顯然更擔心人類造成搬運機器人意外事件，所以沒有發現有一群不吵不鬧、舉止明顯舉棋不定的人穿越了碼頭層。

我發現路特蘭在難民離開拉羅號一分鐘後進入了商業碼頭。十七分鐘後，他再次離去。他在碼頭上的時候成功躲掉了所有攝影機的拍攝，所以無法得知他到底在碼頭做什麼。可惜他已經死了，以人類來說，他挺擅長這些事的。

我把難民畫面傳給英達和圖柔，然後檢查商業碼頭出口附近的畫面，看看能不能找到難民後來往哪裡去了。

然後情況變得很奇怪。

怪到我還多花了點時間前後重播影像，檢查影片是否有異常或編輯的紀錄。

目標都被移送到拘留室等待了，愛倫、馬蒂夫和索兒回來後只是加入英達和圖柔一起驚嘆剛剛發現的資訊，沒有提供更有用的想法。我說，「他們始終沒有離開商業碼頭。」

「什麼？」英達轉過來看著我。

我把影片傳到顯示器上。我調快播放速度，只要畫面中有任何人類、強化人或機器人進出兩個出入口之一，我就暫停兩秒鐘。「沒有跡象顯示難民中有任何人離開過登艦碼頭。他們在碼頭攝影機和出入口攝影機拍攝範圍之間某處消失了。」

人類盯著影像，愛倫移動到能看得更清楚的地方。「他們改變了外貌——」索兒開口。

「沒有相符體型紀錄。」因為維安攝影機也是採用相同的校正標準，搜尋時把比對功能加進來就不是件難事。維安系統中有太空站已知的人類和強化人的頻道識別紀錄（比方維安人員、港務局人員、固定會停靠保護地的商艦組員），我利用這些紀錄替我加速播放的影像註解。在這段時間內，只有七名身分不明的人類晃過碼頭出口，這些人的身材全都與系統對難民影像估算的體格不符，而且這七人後來都有從碼頭入口回到碼頭上。我在碼頭攝影機拍到的畫面比對他們的身影，證實是他們無誤。

愛倫搖搖頭，伸手拿去拿掛在椅子上的夾克。她臉上有一種想要大聲罵一堆髒話但沒有真的要罵出來的表情。「我們得出發去把他們找出來。」

這應該不用解釋了，如果他們沒有離開，那就是還在那裡。

隨便啦，反正灰軍情報造成路特蘭死亡事件的可能性正在大幅下降中。我可以離開太空站維安組去收個尾了。回去繼續看劇，同時留意曼莎的狀況。我應該要這樣做。接下來就是太空站維安組的工作了，我可以閃人。我可以假裝成那個令人費解的維安配備，直接站起來走掉。李蘋幫我寫的員工合約就是這樣列的，所以我可以直接離開。

我沒離開。我覺得要推這件事，眼前是最好的機會了。我一直等到英達對所有反應小組下令要他們去搜尋商業碼頭之後才說，「太空站維安系統、航務系統以及所有相關系統有做過診斷分析報告了嗎？」

愛倫、馬蒂夫和東兒正要去拿裝備，圖柔則在頻道上支派技術人員。愛倫停下動作，但英達只揮揮手要她繼續做她的事。見會議廳的門在他們離開後關閉，英達口氣不耐煩地說，「沒有，你第一次問過後就沒有，我當時就跟你說過分析人員已經檢查過是否有被駭的跡象，可是什麼都沒有，也沒有警報被觸發。」

警報？她第一次沒這樣說。「他們靠警報器判斷嗎？」

此時圖柔聽著我們的談話內容，臉上露出了那熟悉的戒備神情，寫著「有人要倒大霉了」。英達口氣死板地說，「我不知道。他們傳來的報告上列出了他們的看法，就是沒有駭入事件。」

我說，「整個太空站的維安就靠這個了，妳確定不想要採納第二意見嗎？」

那一瞬間，氣氛有點緊張。英達說，「你想要系統權限。」

我可以把所有理由都搬出來、可以說我的威脅評估功能指示器顯示太空站上有干擾裝置的可能性只有百分之三十五。（我有百分之八十六的信心認為那種設備是真的存在，但是我不太相信有那麼容易取得，就算是維安公司也不一定拿得到。最主要的原因是，如果那類裝置這麼容易就弄得到手，那公司的維安系統就會有對應的對策，我也會知道怎麼應付。當然，有可能在我其中一次記憶清洗時丟失了這個知識，或者說這東西可能只存在在企業網世界外，但我的意思就是這樣。）如果有人真的深入到港務局系統內部改動了攝影機畫面，他們可能已經做了／會去做任何你能想像到的事。

我也可以說英達明明有我，這個太空站的維安組最佳資源，而她卻因為太害怕所以不敢善加利用。我說，「去檢查有沒有駭入狀況，沒錯。」

圖柔不自在地動了一下，但勇敢地開口，「我們的確該確認。如果攝影畫面遭到變動，我們很可能根本找錯地方也說不定。」

英達沒有回話。我突然發現，如果她拒絕我的要求，我會有種……感覺，大概是某種被羞辱的感覺，並且基本上會覺得自己像個白癡。這樣的話就爛透了，因為我等於又自找難堪了。但是她卻是說，「你要多大權限？然後要花多久時間？」

好，嗯哼。

「行政管理權限，五分鐘內。」我知道，五分鐘真是長得荒唐，但是我想在裡面好好看個仔細。

英達沒有回答。我猜現在應該是一個四六比的狀況，介於「它會拿下整個太空站，殺掉所有人」和「這其實不是什麼很糟的提議」之間。然後她說，「只要五分鐘？」

「我動作很快，」我說。「如果碼頭監視系統被駭，那港務系統所有東西可能都已經被影響了。」英達說，「你不用那麼故意說出來，我明白嚴重程度。但我們的維安系統有資料保護——」

資料保護咧，好喔。猜猜看資料保護功能是誰提供的——另一套維安系統。我得讓她理解才行。「大家都這樣說。我走進船羅海法、再帶著曼莎博士離開的時候，他們就是這樣說的。」

（我知道，非常戲劇化，而且不正確。曼莎博士當時是赤腳，我則是跛著腳、靠在拉銻和葛拉汀身上。但你懂我的意思。）

英達的嘴角弧度顯露滿滿懷疑。好，不然這樣。我說，「太空站維安組辦公室裡的所有系統都有防外部入侵的監控嗎？」

她的眉頭緊蹙。「有。」

我選擇太空站維安組辦公室是因為他們有非常高維安規格的巢狀系統，沒有與港務局連線，所以用這裡示範引發敵方注意的可能性最低。我有許多選項可以選，因為曼莎第一次帶我到這裡的時候，我就已經把系統稍微翻過一遍了，那時我還沒有蠢到保證不會去碰任何東西。我決定弄得浮誇一點。

我拿下主要工作空間的目視和音訊顯示器的控制。辦公室裡的人類發出的驚呼聲從敞開的門外傳來。英達怒瞪著我。「你做了什麼——」

我把攝影機畫面放上顯示器。主要辦公區域裡那座三維太空站維安地圖現在正在播放《明月避難所之風起雲湧》第兩百五十六集，在三十二點三分鐘的場景裡，那名律師、她的保鑣和人事士管本來在為感情關係爭執，結果突然被一艘搶匪船艦撞進停靠區給打斷了。

蒂芙尼、愛倫和其他準備進行搜查行動的人，全都目瞪口呆地盯著顯示器看。「有沒有搞錯啊？」有人說。英達的表情……很有意思。她往顯示器一比。「你怎麼能取得辦公室的畫面？那裡又沒有攝影機。」

我大可用無人機的攝影機，但這樣做的示範效果更好。「是法里德背心上的攝影機。」我告訴她。

英達咬牙切齒。「你已經表達得很清楚了。快把顯示器恢復原狀，」她說。「然後去檢查系統有沒有被駭的紀錄。」

6

總而言之，我花了六分鐘確認完成，監控系統沒有被駭。

我什麼都沒找到。紀錄裡面沒有像差、沒有異常刪除、沒有外來程式碼，什麼線索都沒有。

實在是太棒了呢。

我一定是漏掉了什麼東西。或者說我就是一架腦袋裡塞了太多人類神經元組織、導致變笨的機器人，應該留在公司，繼續保護合約勞工、盯著牆壁看就好。好在英達和圖柔已經去辦公室拿搜索用的裝備，所以我可以在這個還算有點隱私的空間裡任憑臉上流露出情緒。

我決定留下來，但我真的很想走。

我本來那麼肯定自己一定沒搞錯。

我走到辦公室對英達說，「沒有駭入跡象。監視系統紀錄正常。」

我已經做好了準備，具體是要準備接受什麼，我自己也不知道。但一定不是英達臉上稍縱即逝的失望神情。她露出痛苦的表情，然後用頻道把我的系統權限收回。

愛倫從隔壁走進來，一邊穿上防護背心。「沒當班的自願者提早到了，」她說。「督導員葛米拉在幫忙協調中。」

「很好，把全部的人都帶上。」英達瞥了我一眼。「還有維安配備也是。」

嗯，好吧。

蒐證組還在拉羅號上工作，英達透過頻道下令要他們找找看「棄屍線索」。其中一個理論是難民已經在碼頭上被拉羅號組員殺掉，遺體則不知怎麼地已經被轉移回到了船艦上。

（對，如果十位難民都能處理掉，那為什麼不這樣處理路特蘭就好？但是有時候就是所有可能性都不能放過，就算很扯也一樣。）

在拉羅號上的搜索小組已經找到證據，證明難民的確曾經在船艦內停留，且停留時間與船艦從布雷哈沃漢礦場附近移動到這裡的所需時間雷同：船艦內的回收機臺顯示垃圾與飲水轉化次數等於至少十五名人類在該趟旅程中消耗量，船艦內的儲藏空間也有量大到可疑的床組與食物，以及給未成年人類的遊戲。

（對，這也是。到底為什麼大老遠帶著活人過來、全程維持其舒適程度、讓他們離開船艦後再把他們殺掉？理論上來說，拉羅號組員可能是收錢辦事，但是如果真的有貨幣交換事宜，也不會是在太空站上進行，所以我們是沒辦法找到證據的。）

太空站維安組只能拘留拉羅號組員一個保護地循環日，然後就要找到起訴罪名起訴他們，或是放他們走。英達隨時可以用他們對愛倫和督導員葛米拉的行為來起訴他們，看是威脅還是妨礙人身自由之類的罪名，但是她一直沒有這麼做。在我們再次出發前往商業碼頭之前，英達對特別調查組說，「如果這群小丑說的是真的，他們就是受困布雷哈沃漢那些人的唯一活路，那我們就不會起訴，而是要釋放他們。在那之前，我不想冒險讓這整件事任何消息走漏到外星系新聞頻道上。通常這不是什麼問題，但是——」她對我挑眉。「企業網最近似乎特別喜歡關切我們。」

好像是我的錯一樣。

她繼續說道，「我相信大家現在都已經意識到，不論是謀殺案還是失蹤人口事件，這恐怕都不是本地兇嫌的個人行為。眼下最有可能的嫌犯應該是布雷哈沃漢企業政府的探員。對方專門來到這裡，就是為了阻止這起難民計畫。現在運輸口關閉，對方受困在此地。」

直到「對方受困在此地」之前，我都同意她說的話。我不想要指望這個可能性，因為這個情況中要依賴人類和機器人的能力，以及我沒有權限使用的系統。

雖然太空站維安組人手快要不夠了，愛倫仍另外組織了兩組人馬，準備搜尋目前停靠在站內的船艦。有些船艦沒有停靠在碼頭，而是在太空站四周處於暫停不動的狀態，這些船艦不是正要停靠進站，就是剛要離開碼頭的時候被喊停。如果運輸口搜索沒有收穫，接下來要搜索的就是那些準備離開但被阻止的船艦。就算救援船在外面巡邏阻止大家離開，情況還是會一團混亂。

從我在小組頻道上聽到的看來，截至目前為止，已經停靠的船艦還算配合。小組人員的對外說詞是他們在找「由在太空站內有暴力行為的人員陪伴的成人及未成年人」，這說法可能是對的。

不，我沒有幫忙一艘接著一艘船艦地搜索，因為人類認為如果搜索小組想帶著維安配備登艦的話，可能會造成「驚慌和反抗行為」。（好啊，下次你們被挾持的時候我們再回來討論這件事吧。）

所以我是跟著有害物質維安技術人員和貨運機器人搜索碼頭設施區域。這些套間都有傳動設備，但是不是那種可以在太空站內啟動的類型，所以要由貨運機器人把套間搬起來，替我們移動到各處，讓技術人員檢查內部狀況。

因為這裡是整座中轉環最老舊的地方，我們是沿著碼頭區的太空站這一邊移動，在已經不合時宜的貨櫃儲藏間、維安設備部屬棚，還有被棄置許久並已變成儲藏室的辦公空間裡爬進爬出。其中一名技術人員喃喃說道，「我們拍到的畫面都能剪輯成一部歷史紀錄片了。」

另一名技術人員朝我走來。「呃，維安配備，我們需要有人來幫忙搬這個櫃子——」

「那你就應該去找人幫你。」我可沒那個心情。

「嗯，可是櫃子在一個很小的空間，快樂寶貝進不去。」只見那人朝聳立在我們身邊的貨運機器人揮了揮手。

「它的名字叫做快樂寶貝。」快告訴我它的名字不是快樂寶貝。這東西高達五公尺，用蹲坐姿態窩著，看起來像是移動版的、用來挖礦坑豎井的工具。

快樂寶貝在頻道上發佈：**頻道識別：快樂寶貝**。其他貨運機器人，以及所有在這一區裡只要運算功能比一架無人機大的東西，全都在瞬間回敲訊息，並且加上開心符碼，好像這是什麼愚蠢的圈內笑話一樣。

我說，「現在是在搞我是不是。」我已經很想直接走掉了，這一切可沒有幫上半點忙。（比人類幼兒化機器人更糟的事情，就是機器人自己幼兒化自己。）

快樂寶貝與我建立了一條私人頻道候傳：**回覆：稍早訊息＝開玩笑**。然後它加上了自己真正的頻道識別，也就是它的實際頻道位址。所以剛那的確是個愚蠢的圈內笑話。我不覺得這樣有讓狀況看起來比較好。

人類仍一臉無助地盯著我看，我說，「它媽的港務局機器人在哪裡？這不是它的工作嗎？」那麼多條機械臂一定不是只有要拿來撐住艙門而已吧。

然而人類只茫然地聳聳肩。「我想應該是在港務局主管那邊吧。這些碼頭不是它的工作範圍。」快樂寶貝又傳了一條私人訊息給我：**貝林≠貨運艇，貝林=貨櫃管理**。

貝林不搬重物嗎？好啊，那就去它的貝林。我說，「好吧，這它媽的櫃子在哪？」

馬蒂夫在小組頻道上對英達說，**那這些難民有沒有可能有那個會干擾運輸口攝影機的設置？**他也不認為難民殺了路特蘭。他接著說，**而且還知道可以叫一臺運貨廂到船艦上棄屍？感覺這整件事應該要是某個已經在太空站上的人才能做到**。

另一段是圖柔和愛倫之間的交談，圖柔說，**這些難民為什麼不留在這裡就好？為什麼要搭船艦去別地方？**

愛倫回答道，**也許另一組人，或者另外好幾組人有留下來。但是他們不能冒著被人發現、揭露這個計畫的風險，把所有人都帶來這裡**。

在事件發生的時間範圍內，沒有任何接駁船艦出發去星表或這個星系裡的其他目的地，我猜我們目前只是假設難民沒有被拋入太空中，但其實太空站外部掃描結果也還沒出來。

難民不可能離開這個碼頭，殺路特蘭的兇手也不可能在港務局系統裡的攝影資料沒被駭的情況下進入他的船艦。而我當然早已證明了沒有被駭的事情。

以我的立場……這個部分是個大災難。

因為這就是維安配備能做到的那種駭入行為，尤其是戰鬥配備。如果這是布雷哈沃漢為了阻止人員脫逃而展開的行動，他們可能就會找有戰鬥配備的維安公司，做我在秘盧假裝做的事：讓機器人幾乎完全獨立行動，另有一名人類主管藏身在太空站某處。只是我能力不夠，沒找到那臺機器人在港務系統裡留下的痕跡。

我不知道自己接下來要怎麼做。我可以打給曼莎，請她給我建議，這樣做基本上表面是在問意見，實質是在請她幫我收爛攤子。但我沒有證據證明有外部駭入，我連證明給自己看的方法都沒有，就算是要曼莎收爛攤子，我都不知道要怎麼個收法。

其中一名技術人員在通訊系統上說，「愛倫長官。」說話的是那個剛說私人碼頭存放的垃圾能拍成歷史紀錄片的技術人員。「空套間有些問題。」

愛倫回話的口氣聽起來有氣無力，「什麼問題？」

那名技術人員解釋道，「根據盤點表來看，現場少一座套間。我猜是已經被拿出去準備移動，所以得先把那座套間搬進來，這樣才能確認——」

我跟英達、愛倫和索兒同時插進頻道裡，我說，「少了一座套間嗎？」馬蒂夫已經在頻道上對港務局索取備用的套間使用紀錄，並問他們能不能確認太空站外是否有空套間。

「問他們這筆搬運工作是誰安排的，」索兒對馬蒂夫說，同時愛倫也說，「那些套間內部是可以加壓的，對吧？」

我說，「正確。」我已經在從老舊儲存區走回登艦區的路上了。他們不需要我的幫忙也可以完成歷史紀錄片工作。如果我要當個沒用的廢物，那我也要去有事發生的地方當。

英達說，「把那個該死的套間給我找出來。」

我來到人類稱之為「行動指揮中心」的地方，其實就是移動式的港務局工作站，有能夠進入所有中轉環交通資料的顯示器連線。站在英達身邊的是港務局督導員葛米拉。愛倫、圖柔和其他主管以及技術人員紛紛從四面八方朝這裡奔過來。葛米拉透過頻道指揮工作站，顯示螢幕飄在她頭上，在各太空站外艙殼的感應器畫面之間切換。我連上在執行糾察任務的太空站救援船艦直播頻道，救援船正在協助提供其他畫面。葛米拉在跟救援船上的某人通話，「不對，那些套間是靜岸漫步號要用的，這個是已經安排好的轉移工作，全都有紀錄可以對照。我們要找的是單一件沒有登記的套間——」

沒有已授權轉移工作的紀錄，馬蒂夫透過太空站維安頻道回報道。**憑空消失了**。

索兒接著說道，**一定是有人把紀錄給刪掉了**。

（如果說他們這次的聯想速度比其他時候還要快，單純是因為貨櫃維安／走私與危險物質預防就是他們的主要工作。我相信他們也很擅長拷問喝醉的人。）

愛倫一邊因為衝到碼頭來而氣喘吁吁，一邊對圖柔說道，「套間裡有沒有可能被安裝了可長時間使用的維生系統？」

「我猜理論上可以吧。」圖柔的表情因為憂慮而糾結成一團。「但是很趕的話應該沒辦法。這些套間只是運輸用的套間。有加壓，也可以留得住空氣，但是……這些套間不是用來……」

不是用來裝載任何需要呼吸的東西用的，只能勉強撐一個循環日左右，圖柔是這個意思。如果難民真的在裡面，他們的時間所剩不多了。

如果是要很快地把人類從私人商業碼頭移動到船艦上，不會有什麼問題，尤其是在像這裡這種小型中轉環，移動路程頂多只需要半個小時左右。若要從太空站一處移動到另一處，且不要引起任何人注意，這就是絕佳的方法，尤其如果你剛好急著想要掩蓋行蹤，並且甩掉企業派來追趕的殺手的時候。

「難道從頭到尾都只是一個把戲嗎？」蒂芙尼壓低了音量說道。她和法里德不知為何站在我身邊。「把這些人帶來這裡，然後安置到套間裡面殺掉？」

「不可能，如果只是想要殺掉逃跑的人員，這也太大費周章了。」法里德對她說。

嗯，對啊。拉羅號以為自己是要送一群難民去某處，進行避難的下一階段而已。登船艦組員把難民送去跟聯繫人員會面，他們只知道這個人叫做路特蘭，不知道長相。登艦樓層沒有任何干擾紀錄，沒有人打架、攝影機沒拍到掙扎拉扯畫面，所以難民不會知道自己身陷險境。

好，現在看起來有可能的理論：路特蘭與難民會合，把他們送到套間裡，這個套間預計會從商業碼頭轉移到他的船艦，船艦當時已經在公共碼頭待命。（轉移工作都是由機器人執行的，搬運機將近期裝載完畢的套間搬到閘口後推出去。如果是無驅動能力的套間，那貨運機器人就會接手把它安裝到船艦上。如果是有驅動能力的套間，貨運機器人會把套間放在太空站外其中一條固定通道上，套間一收到通行訊號就會自行往目的地移動。抵達目的地後會有另一架貨運機器人來把套間裝上去，如果船艦本身有適合的裝備就由船艦接手。難民安全進入套間後，路特蘭就要回到自己的船艦上，確認套間抵達時正確安裝，難民也都登上船艦。但是套間沒有到對的地點，而是改道去了不明終點。有人登上了船艦，而且那人殺了路特蘭。接著，不知道用什麼手法駭入了港務系統的那個人把路特蘭的套間轉移紀錄給刪除了。

這整個情境是最可能的假設，機率輕鬆就飆到百分之八十六。但是除非攻擊者可以⑴駭入路特蘭的船艦，⑵駭入港務監視攝影機，以及⑶駭入港務移轉紀錄，否則這個假設就不可能成真。

所以說那座套間到底在哪？不可能就在外面亂飄啊。這樣的話救援船早就發現了才對。不論那座套間去了哪，看起來一定像是要往某個合理的目標移動，所以專門掃描和監控太空站所有移動與交通的系統才沒有對其發出警報。

一定是裝在某艘船艦上了。

而且這艘船艦，還有布雷哈沃漢的探員，都還在附近。路特蘭被發現、運輸口關閉之前，船艦沒辦法離開。大多數太空站不會因為有人發現屍體，就把中轉環關閉，但是隨機的死屍在大多數太空站出現的次數也不像在這個太空站那麼稀有。

布雷哈沃漢船艦還沒逃走，也沒有跟救援船打起來，因為英達說的對，他們想要低調行事。他們想要拉羅號繼續執行任務，直到布雷哈沃漢能追蹤到每一條難民逃脫使用的路線、使用的每一座太空站，也許直到他們可以弄清楚採礦廠內接風的地點在哪裡為止。

這一切的結論只有一個……噢，死定了。這表示……我得阻止搜索任務。

我可以打給曼莎，讓她叫英達聽我的。我可以那樣做，但是我覺得這樣聽起來會很像那次曼莎最小的孩子搶到了通訊系統，用來要求曼莎阻止其他比較年長的手足把所有瓜肉餃子夾走一樣。曼莎可以命令英達聽我的，但是這樣很浪費時間，且英達被迫違背自主意願來聽我發號施令就是踏向失敗情境的第一步。（我對人際關係的了解不多，但就連我都知道這點。）

我得讓英達信任我才行。

我想應該能從跟她說話開始吧，這件事我一直沒試過。

我建立了一條與她之間的安全頻道連線，然後傳送道，**軍官英達，妳得中止搜索行動。套間一定是被裝上某一艘仍在太空站外待命的船艦了。如果布雷哈沃漢的探員知道我們找到了套間，他們就會殺掉難民後逃跑。我們要當作港務局系統上的所有東西都已經被滲透過。不論是誰在那艘船艦上，此刻都很有可能在利用碼頭攝影機和督導員葛米拉的通訊系統聽妳和妳的手下交談。如果妳在他們竊聽的期間找到了套間——**

她反對道，**你自己說過系統沒有被駭。**

我說，**我錯了。不論是誰做的，那個人的技術都好到沒有留下線索證明自己進入過系統。這人的技巧跟我一樣高明，甚至可能比我還強。**（噢，沒錯。說出這句話令我很痛苦。）

愛倫正要跟她說話，只見英達舉起一隻手，表示自己正在使用頻道。她瞇起雙眼，嘴唇拉成一條直線。我不懂那是什麼意思。她說，**你怎麼知道這個駭客現在沒有在竊聽你說話？**

因為會讓這種事情發生的白癡，就會害自己被永久刪除，我想這樣說。但我說出口的是，**我可以防禦得了自己的內部系統。我不能防禦港務局的系統或是妳的系統。**

英達停頓了一下，然後切換到小組通訊系統上說，「愛倫，跟我來，我們得重新規劃了。套間的事情，我覺得我們搞錯了。」她對馬蒂夫說，「告訴搜索組恢復作業，然後把範圍擴大到公共碼頭。」

馬蒂夫瞥了索兒一眼，明顯充滿懷疑。「呃，好吧。我是說，報告，是。」

英達和愛倫已經走開，我跟在她們身後。英達壓低音量說道，「把通訊系統關掉。」

愛倫立刻照做，我的無人機拍到她的態度有明顯變化，從困惑又反對變成仍很困惑但沒有反對了。

英達接著說，「維安配備，我猜你可以拉一條安全連線給我和太空站救援船？」

「可以。這裡。」我拉好安全連線到曼莎博士的頻道。**嗨。我有個請求。**

我從她身邊的守衛無人機拍攝畫面看見她人還在太空站購物中心另一頭的政委會辦公室，在頻道上工作。**怎麼了？**

軍官英達和我要借用妳的私人辦公室。

曼莎的私人辦公室很近，跟港務局在同一個行政區域。但是重點是她的通訊系統和維安監控都沒有跟太空站維安系統或港務系統連線，而是一條政務委員會專用的個別系統。

而且這個系統真的很安全，因為曼莎派給我的第一份工作之一，就是確保這個系統「更新到最新版本，並能抵禦企業或其他惡意入侵行為」。

踏進一個維安由我控制的環境裡的感覺真的很紓壓。我們一邊穿過鋪了磁磚的大廳，我感覺到自己背上的有機部位放鬆了。曼莎已經通知了她的工作人員讓我們進去，保險起見，我也把監視攝影畫面中我們的身影都抹去了。

曼莎的其中一位助理替我們打開內部辦公室的門。他已經關閉俯瞰行政廣場的露臺透明大門，並且將其切換成不透明。他已經很習慣我的存在，對於政委會那些保密事宜也不陌生，所以連抬頭瞥一眼我的無人機都沒有，僅朝我們點點頭，等我們走進屋內後他便閃身離去。他說：「我會在接待區，使用完畢傳訊息給我就可以了。」然後他啟動了門上的隱私屏障。

英達之前來過這裡，但愛倫顯然沒有。她環顧四周的家庭合照和植物。（這間辦公室很舒適，我在那張沙發上打發了不少時間。）我用頻道打開安全的終端機，只見大型顯示平面在桌面上空顯現出來。我替英達和曼莎開了一條安全頻道，這期間曼莎都在政委會辦公室的安全頻道上等待。然後我傳了一個招呼訊號給救援船。接到它的回應後，我打開連線。

英達下令要救援船掃描太空站外所有待命中的船艦，並且把套間的規格傳給救援船。她對救援船表示，港務系統可能遭外部入侵，現在救援船溝通聯繫對象只能是她或愛倫，並且要透過政委會系統，不可以使用太空站維安系統。救援船向政委會確認指令內容，曼莎核發了。接著曼莎便先離線了，她告訴英達，如果需要其他幫助就立刻聯絡她，英達表示感謝。

然後就是我、愛倫和英達站在辦公室裡，面面相覷。或者應該說是她們看著我，然後我的無人機看著她們。

「妳真的覺得我們的系統被駭入了嗎？」愛倫問。

英達雙臂環胸，神情嚴肅。我這才意識到，她可能也會擔心如果我們搞錯的話，她會覺得自己很蠢。她說，「對。只有這件事說得通。」

這間辦公室的通訊系統和頻道的輸入訊號都在我的控制之中，我攔下了一通頻道識別是港務局機器人貝林給英達的來電。葛米拉可能有急事才打來，但如果有東西爆炸了，政委會系統會通知我們，除此之外的事情都可以等個五分鐘。現在是坦誠以對的時間。我對英達說，「妳說不可能是本地兇嫌的個人行為，這是錯的。但我認為妳現在已經知道了。」

英達瞪了我一眼，但眼神裡的苦澀多於憤怒。「你是這樣想的嗎？畢竟你本來一直堅持是一個神祕的超級駭客。」

好，算你狠。「我沒用『神秘』或『超級』這種詞。」

愛倫用一種在看人類往彼此丟球的那種比賽的模樣看著我們。（我在執行公司合約的時候，常常要阻止那種遊戲，因為那違反了公司的個人傷病安全保險條款。）（是啊，告訴人類他們不能玩那個遊戲，只因為維安配備永遠想讓客戶找到更多恨它們的理由，真是件最有趣的事了呢。）但是愛倫看起來也像是鬆了口氣。好像她突然開始心想我們到底是笨還是怎樣。她喃喃說道，「謝天謝地，我們現在可以用成人的方式溝通了嗎？」

英達的怒視轉向她。「如果港務局系統沒有被駭，那檔案和攝影機資訊就是被太空站上某個有合法權限的人改動的，這個人知道要怎麼隱藏自己的行跡。」她做了個不耐煩的手勢。「用來移除遺體上的接觸型DNA的工具也就說得通了。港務局會用消毒劑來處理危險物質，整個港務局辦公室都有。」愛倫點點頭。「但會是誰？大家都在這裡工作很多年了，是在這裡長大的人。」

我對英達說，「妳以為是我。」

她不悅地發出了一聲悶哼。「我們以為路特蘭是灰軍情報探員的時候，覺得是你下的手。但是後來推翻了這個觀點——我忘了那是幾小時前的事，今天實在是它媽的漫長。」

愛倫一副很厭煩的樣子。「如果是你，你又何必告訴我們原始犯罪現場在哪，還讓我們找到拉羅號和難民？」

英達接著說，「你是我見過最疑神疑鬼的人，而我可是在犯罪矯治的專業領域裡工作了二十六年的人。」

聽到這話，我連要做何反應都不知道。她說的沒錯，但是嗯，我就是需要這種疑神疑鬼。說到這點，我問愛倫，「路特蘭遇害的時候妳人在哪？」

她的眼皮連眨都沒眨一下。「我在接駁船上，我去先登學院辦完了事要回來。」

「有人發現遺體的時候，她的接駁船還在停靠中。」英達厭煩地說。「不要這麼瞧不起我好嗎。」

救援船一直維持著頻道連線，我們可以聽見組員交談的聲音。「賽特雅姆雷特眼五號所在位置最好……這很清楚……如果他們不是本地船艦，應該不會知道我們的衛星布點……來了。英達軍官，我們找到了。有一艘船艦裝了套間，躲在太空站第零區，就在普雷希號上艙殼陰影裡。」他們把資料傳了過來，我轉發到位於我們上方的大型顯示器上。

資料是一份太空站遠拍的感應器圖面，中轉環的弧線穿進主建築物底下，外型看起來就是初始建造的那艘巨型殖民船艦的樣子。遠拍畫面轉換成感應器掃描圖，然後聚焦到一艘躲在殖民船艦右舷艙殼外不遠處的船艦上頭。

那不是套間搬運船，是一艘比較像拉羅號的船艦。外型像是笨重的管狀物，有圓圓的部件從各處突起，套間就鉗在艙殼上，從感應器畫面看起來好像……好像一個奇怪的東西被放在不該在的位置。愛倫鬆了口氣地咒罵了幾句，英達要救援船先原地待命，等她的指令。

英達說，「現在最重要的就是要想辦法接近那些人，如果他們還活著，就把他們接過來。」

愛倫一臉陰鬱。「很難。雖然那艘船離殖民船艦距離夠近，我們可以派一組人馬，穿艙外行動太空衣過去，但沒辦法從這裡安排。如果布雷哈沃漢探員在港務局裡有內線，可以竊聽我們的通訊系統和頻道，他們就會知道我們在幹嘛。」

對，不是我們，是我。我說，「這就是我上場的時候了。」

7

我被帶到保護地的時候，搭的是他們比較老舊的船艦之一，整艘船艦已經經歷了數次改裝。殖民船艦這一區則從未被改動過。走廊都很陰暗，暗色金屬上的塗裝因為被手和肩膀摩擦，都斑駁了。

這艘殖民船艦並非就這樣放置在這裡任憑它敗壞，人類太喜歡這艘船艦，不會這樣對待它。這裡的空氣中有一種不可能出現在人類居住環境中的清潔、淨空的氣息。艙壁上零星的幾幅畫作被用透明保護材質籠罩住，夾在艙壁上面、有潦草字跡和退色顏料的紙張也被罩起來。太空站歷史／環境管理處設置了頻道標記塗料、加上保護地標準用語的翻譯。我的無人機收到一些輕聲放送的失物招領處公告、食堂營業時間，以及我不認得的遊戲的規則。

這一切本來會讓人覺得毛骨悚然。我到過那種環境像這裡、感覺超級詭異的地方。但是這裡不會。也許是因為我知道最後使用這艘船艦的人類和強化人都不在這裡了，現在是他們的後代在這個星系裡到處跑來跑去，且其中一人現在就跟我保持安全頻道連線，跟我要最新狀況回報。

我快到了，我對愛倫說。**給我它媽的一分鐘**。

英達已經回到臨時指揮中心坐鎮，但她想留個支援給我。愛倫等在進入殖民船艦這區的入口處，負責確保沒有其他人會跟著我進來。如果情勢讓她不得不呼叫團隊救援，那她就得想辦法掩飾越久越好，希望能拖到本地兇嫌知道我們在幹嘛的時候也已經來不及動手為止。

愛倫說，**你要知道，在執行任務期間罵髒話並不符合太空站維安組的專業行為舉止標準。**

好在我這時候已經聽得出來這是愛倫說笑話的表現了。我回答道，**好像軍官英達從沒叫任何人去它媽的滾一樣。**

回得好。

我來到閘口走廊後傳道，**我要離線了**。

了解，她回傳。**祝你好運**。

我明白人類為什麼會這樣說，但運氣這東西最惹人厭了。我找到了閘口，把艙外行動太空衣的容器放在地上後展開取出。

拿出太空衣後，我拉下標籤啟動太空衣。然後我照著下載到頻道裡的說明步驟動作……**此緊急裝置會發送警報到港務局緊急通知網，轉發器會將您的所在位置發送到……**

呿，艙外行動太空衣當然有裝轉發器，它基本上等於緊急用精簡版的太空站，不是我之前用過的那種完整版船艦企業品牌的艙外行動太空衣。

本地兇嫌就算不是一艘惡意船艦，也一定會監控太空站的搜救頻道。對方會發現有人打算偷偷摸摸地接近。

我得把轉發器關掉才行。這種事不是光靠頻道就可以做到，我得找到實體開關。

我從說明書裡找出線路設計圖，發現轉發器被埋在封起來的驅動裝置裡。

噢，是在跟我開玩笑吧。要不是我自己沒先檢查就把這東西帶上來這裡，我一定會對人類大發飆。我在這裡浪費寶貴的時間。要拆開驅動裝置，必然會把驅動裝置整個破壞掉，我實在想不到怎麼動手才好。我沒有能力掩蓋信號。我可以干擾訊號，但是距離這麼近的情況下，只要有任何雜訊外流、在相對安靜的搜救頻道出現任何動靜，都可能會讓敵方船艦起戒心。如果我在對方的位置，肯定會有所警覺。我也沒時間回去換另一套艙外行動太空衣或……

或什麼或，殺人機，你這傻瓜，你現在人在一艘巨大的太空船艦上，這艘船艦被當作歷史文物，上頭的一切都被精心保存下來。如果不知道多少年前在用的午餐菜單都還在，那安全裝備也在的可能性就很高了。

艙壁上有大大的綠色箭頭，告訴我最近的緊急用品櫃的位置，我打開了第一座櫃門。櫃子裡整整齊齊地放著安全用品，每一樣物品上都有說明標籤，容器上也有繪製符號，全都簡明扼要，讓驚慌又沒受過訓練的人類也能輕易讀懂。只可惜我沒有載到這套語言。

所以我只得短暫恢復連線。我與拉銻和葛拉汀連上線後說，**我需要幫忙**。

他們正一起在太空站購物中心的食物區吃東西，拉銻猛地站起身，撞倒了椅子，葛拉汀則是把手中杯裡的液體撒了出來。拉銻說，**維安配備，發生什麼事了？**

我可以理解這個反應。我不太常尋求協助。我把無人機拍到的畫面傳給他們：**這些東西裡面，哪個最像艙外行動太空衣？**

呃，你在普雷希號裡面嗎？拉銻驚愕地問。**這裡面看起來最像艙外行動太空衣的是一套維生袋。可是——**

在那裡，往下數過去第三層，有紅色標籤那個，葛拉汀說。我把一套裝備從架子上扯下來，他說，**等等，你為何要用這東西？你在幹嘛？**

是太空站維安組的事，我晚點再跟你們說，然後我就切斷了連線。知道那東西的名稱後，我用太空站的頻道連到公共圖書館，在歷史資料庫裡頭找出描述和操作說明。

維生袋實際上是一臺小型載具，跟艙外行動太空衣其實不太一樣。打開後會變成有點像是鑽石形狀的袋子，內建基本導航功能、推進力和維生系統。根據圖書館紀錄看起來，維生袋的設計是要用來讓一艘船艦上的多位人類能夠一次移動到另一艘船艦上，通常這狀況是發生在第一艘船艦即將發生重大故障事故的時候。這套設備上也安裝了轉發器，但是用的是船艦的通訊頻道，而這條頻道已經從現行系統頻道中退役了，現為音訊紀念碑，專門播放這艘殖民船艦剛抵達這個星系時的歷史知識和故事。敵方不太可能會監控這個頻道，播報員活潑的對談聲也能用來掩飾我的通訊頻道與維生袋所在位置的發信訊號。圖書館的資料還說現今不使用維生袋的原因是這套設備少了轉發器以後，便很難找到所在位置，且不符合保護地現存的安全標準。但是很難找到所在位置聽起來不錯，因為這樣敵方船艦就不會知道這東西已經出動，除非他們特別針對這項設備掃描。這正是我需要的。

此刻在殖民船艦通訊系統上播放的歷史故事聽起來很有意思，所以我把其中一個訊號來源拿來錄音，然後拿起維生袋，往減壓艙走去。我照著說明步驟，把拉環拉開，啟動設備後丟進減壓艙，讓減壓艙開始跑循環。這設備雖然老舊，但是上頭的密閉儲存空間原始設計目的就是要讓設備長時間維持運作，就跟這艘船艦上的其他東西一樣。這類老舊殖民船艦都是這樣運作的。（任何人只要登上保護地超過五分鐘，就一定會被迫聆聽跟其歷史有關的紀錄內容。）

我只希望所有的紀錄內容都屬實。

維生袋對船艦的通訊系統發出準備好的訊號，我走進減壓艙內等循環完畢關閉艙門。從減壓艙攝影機畫面，我可以看到維生袋把自己沿著外艙門鉗住的樣子。哇，看起來就是個袋子。

我雖然不像人類需要那麼多空氣，但是多少還是需要一點，而且在殖民船艦的影子範圍內，外面很冷。這表示如果維生袋故障，我會更慢才死掉，也就是說我會有比人類更長的時間來品味自己的愚蠢。

木已成舟。我下令叫無人機進入我身上的口袋休眠。然後打開艙門，往前一踏，半飄浮半跌落到維持器裡。好，新的問題來了。這裡真它媽的黑。

殖民船艦巨大的艙殼擋住了所有來自主星、太空站、星球等所有地方射出的光芒，這大概就是敵方船艦挑這裡來躲藏的原因吧。

既冷又暗，不知道空氣是由什麼東西打進來的，聞起來很噁，我就這樣在一個袋子裡，飄在太空中。我想過回去換回艙外行動太空衣，但是敵方掃描太空站搜救頻道、尋找轉發器訊號的機率仍有百分之九十六之高。如果說我此時此刻在這愚蠢的袋子裡算一樁蠢事，帶著一顆我關不掉或藏不住的信標出來這裡就更蠢得多。

好，算了，速戰速決吧。

我把袋子的入口密封好，關閉船艦艙門。要控制維生袋，得連線到其本體的驅動引擎和導航系統，所以假設你的船艦爆炸，且你不能使用船艦通訊系統或頻道的話，還是可以控制維生袋。我已經掌握了敵方船艦的所在位置，我把資訊輸入簡單的系統裡，接著這個小袋子就開始往黑暗移動。

我小心翼翼地摸索控制功能，然後哇塞，我現在知道為什麼這袋子會被形容為「在戰鬥情境中難以鎖定所在位置」，因為這東西的電力來源小到跟沒有一樣啊。光是我的體溫就已經開始造成水氣凝結了。我找到監控維生系統的功能表單，至少名稱是這個。袋子上有燈，但是開燈就真的太蠢了，況且我其實不想看得那麼仔細。

然後袋子撞上（也不算真的撞，比較像是一個波動搖晃）某個固體，停了下來。我檢查了一下導航，我的老天，我們抵達了。

袋子的感應系統非常陽春，但是它知道自己晃動著撞上了一艘船艦的弧面艙殼。我偵測該船艦的頻道連結，可是只收到一片寂靜。頻道沒有封鎖，只是非常安靜，像是船艦上的人想要把聯繫降到最低那樣。

套間沒有減壓艙，需要的時候是靠著連接到搬移船艦門或太空站的貨櫃閘門。如果是穿艙外行動太空衣，我沒辦法在不害死套間裡所有人的前提下打開套間的艙門進入內部，所以原本的計畫是從減壓艙進入敵方船艦裡，然後到處跑來跑去、一路被槍擊、不論船艦上有誰，總之大殺四方，直到我控制住船艦為止。（我跟英達和愛倫報告計畫的時候沒有完全用上述文字，但是我們都知道狀況是怎樣。）但我這個也許沒那麼蠢的袋子有自己的減壓艙，這就是重點了。

如果我可以在敵方人員都沒發現我的存在的情況下，讓難民離開套間，移動到殖民船艦的閘口處，那麼到時候救援船就可以無所顧慮地拿下敵方船艦了。

這個計畫不但比較簡單，且將殺戮率降低了百分之一百。我也比較喜歡這個計畫。

嗯。我比較喜歡這個計畫，因為這不是戰鬥配備計畫，或說不是人類想來給戰鬥配備執行的計畫。偷偷把處於險境的人類從船艦上轉移到安全地點，然後把敵方成員留給其他人解決，不論公司和所有其他企業怎麼使用我們，這樣的做法才是維安配備計畫，我們的設計就是要這樣做事才對。重點是讓客戶活著被救出來，其他東西管他去死。

也許我花了太長時間等待灰軍情報現身、試圖殺掉所有人。導致我開始用戰鬥配備的思維思考，媽的，我活像一架戰鬥機器人。

我讓袋子沿著艙殼搖搖晃晃地移到套間的位置，然後移動到側面，也就是掃描套間外型的時候偵測到的出入艙門的地方。袋子就定位後，內建自動功能啟動，袋子開始把自己撐大，把艙門完全覆蓋住。袋子向我確認它已經完成了完整的密封流程。好，到目前為止它沒有騙我。

現在這個步驟就有點棘手了。我仔細地在空蕩蕩的頻道上摸索，尋找船艦機器人駕駛的蹤跡。噢，找到了。這艘船艦配的是功能有限的機器人駕駛，單純只有控制方向和停泊船艦以及引導船艦穿過蟲洞的功能而已。看到我找上來，它嚇了一跳，即便我用的是假的港務局身分識別。通常跟低階機器人駕駛交朋友不是件難事，但是這個機器人的程式碼中寫了抵禦功能，直接將運行模式切換成隱形模式，並且開始警戒入侵行為。只見機器人駕駛試圖警告艦內維安系統，但是俗話（我剛編的）說得好，如果你還可以敲維安配備訊息，那就表示為時已晚。

我接過控制權，把維安系統停掉，讓機器人駕駛進入睡眠模式。讓它休眠這件事有點煩，因為這麼一來我使用船艦功能的能力就會受限，但是也代表敵方因此無法把船艦飛向蟲洞，或者對救援船艦或任何想射擊的目標發射武器。

接下來我進入套間的艙門控制功能裡。我不想冒險用通訊系統或頻道來確認裡面有沒有人，因為採用這個計畫的重點就是要避免驚動敵方人員。

我再次檢查袋子的減壓密封是否完善，然後要套間打開出入艙門。

噢，該死，我那愚蠢至極的頻道識別把我標記成維安配備。眼看艙門滑開的同時，我把頻道辨識抽換成我緩衝區裡最後用過的那個身分，也就是我在船羅海法用過的名字奇朗。

如果我的眼睛有那個功能，套間內的光線就會亮得我睜不開雙眼。我本來打算在進去套間之前先說點話，但是袋子沒有引力，而套間有，所以這樣說吧，我的出場方式既突然又不優雅。

套間是個寬闊的長方型空間，有梁柱支撐，沿著艙壁是摺收好的架子，整個空間裡沒有任何軟墊，一看就知道是放貨物用的空間，而不是載人用的。這裡面比袋子裡還要冷，空氣的味道聞起來也不對勁。一群人類嚇得失聲尖叫，跌跌撞撞地從艙門邊逃開，畢竟從他們的角度來看，艙門是對著空無一物的太空敞開來。然後他們意識到我站在那裡，於是再次放聲大叫。

好在面對驚恐的人類對著我大喊大叫以及死盯著瞧這類情況，我已經很有經驗。雖然沒辦法說這樣的處境有多舒服，且我也不能派出無人機，所以我只得用自己的雙眼看著他們，但是現在的我可以算是習慣了。除此之外，我曾在一整趟蟲洞旅程中假扮成人類維安顧問、提供協助給急需我出手相助的人類，所以我早有應對機制。算是啦。

我舉起雙手說，「請冷靜。我來自保護地太空站維安組，我要帶你們到安全的地方。」只見他們全都縮在套間另一頭，雙眼圓睜地瞪著我，不過我想這應該是又驚又喜的表現。我接著說，「你們遭到這艘船艦上的不明人士綁架，他們不是你們的聯繫人路特蘭派來的。」

「這我們知道。」其中一名人類說。意識到我不是要對他們大開殺戒之後，他們開始從防禦姿勢稍稍放鬆一點。我沒有看到任何嚴重傷勢的跡象，但是從衣著凌亂的模樣以及幾處明顯的瘀傷看來，他們曾在這個套間裡遭人拳打腳踢。我沒有搜尋到任何強化部件或控制介面的訊號。這很合理，只有沒有強化部件的合約勞工能離開布雷哈沃漢且不被追蹤，這些逃亡者一定也知道出發前就要丟棄控制介面。挾持他們的人沒收了拉羅號組員給他們的通訊系統或介面。人類一號繼續說道，「他們是賞金捕快，是督導員派來的。」她向上指了指。

雖然可能是陷阱，但我還是抬頭看了。媽的，套間居然跟閘口相連。那是一扇明顯只是臨時開出來的閘口，尺寸實在太小了。

套間的另一個艙門，用來裝載大型貨物的大艙門是開著的，直接封死在船艦艙殼上頭。我的老天，我甚至能看得見其中一段船艦的註冊號碼。

在開口大概中間處，可以看見這艘船艦的閘門，長寬約兩公尺，上頭沒有透明面板，只有一臺攝影機，而且從這一端完全沒有控制開關可以打開閘門。不論是從安全的角度來看還是從「噢幹」的角度來看，都恐怖死了。好在我可以在心裡湧現嚇得要命的情緒時，把船艦維安系統中最新的影像畫面拉出來，刪掉我自己的身影和打開的艙門影像，然後讓畫面開始自動重播，要是敵方有人檢查套間攝影機，一切看起來會毫無異狀。那扇閘門後搞不好連空氣牆都沒有。它媽的，到底是誰做得出這種事？

船艦上的敵方人員可能已經聽到剛剛的尖叫聲。我壓低音量。「我們要快點離開這裡了。」我本來不是打算要說這句，但話已經脫口而出，因為眼前的一切很可能會演變成一場災難。

敵方成員只要把套間的密封處解除，我就會失去所有人類。因為機器人駕駛已經離線，他們不能從船艦頻道解除密封，可是密封處有很高的機率裝了手動機制。

在進出艙門口靜悄悄地飄動的我的袋子，在眼下的情況看起來突然變得友善許多。

我再次連上敵方船艦那被截斷的維安系統，開始感覺其他攝影機是否存在。沒有一整套完整部屬，顯然這組船艦組員不喜歡一邊追捕合約勞工難民、一邊把所有樂子都錄下來。但我需要看看這扇可怕的臨時艙門另一頭艙室內的景象。

「所以說你的太空站可以把我們送回督導員那裡，再領取賞金嗎？」人類一號說。眼前的人類個個都在發抖，明顯表現出生理與心理都苦不堪言。我不知道這地方的空氣品質等級怎麼樣，但是我猜得出來一定好不到哪裡去。現在完全不是解釋保護地對於被迫勞動的勞工的態度，以及議會基本上不可能同意收取企業賞金作為太空站的替代收入這種事的時候。（反正一筆賞金大概也不夠支付快樂寶貝一個禮拜的年度保養費用。）

我說，「合約奴傭在保護地是違法的。你們在這裡就享有難民身分，沒有人有權力把你們送回去或逼你們做不想做的事。前提是我要能把你們弄回太空站。」我指了指袋子。我知道，我也覺得自己像個白癡。「這是維生袋。你們得進去裡面。」

站在前面、比較勇敢的三名人類往前走來，看起來仍很恐懼，但看起來也非常希望自己可以被說服。人類一號走近到可以往艙門外瞥一眼的距離，然而那裡的套間燈光對我的巨大袋子沒有什麼幫助。「進去那東西？」她的口氣彷彿真的很震撼。其他人也有點退縮。

「實際上沒有看起來糟。」我對她說。袋子已經自動設定好要回殖民船艦閘口的路線，正在等待收到出發指令。我想要把所有人類直接堆在袋子裡，但說明中明確標明每趟有限載人數。我可以覆寫那條指令，但是……嗯，不要好了，最好還是不要這樣做。我在船艦的頻道上找到了機械室的攝影機、通往艦橋的攝影機，還有對準套間銜接的閘口另一頭的攝影機。閘口另一頭沒有空氣牆，沒有完整的閘門，就只有那扇圓形艙門。噢，這樣啊，這可能是一艘改造過的搶劫船艦，艙門的設計可以讓他們直接船艦對船艦登艦。旁邊還裝了個盒子，看起來非常像手動開關。真夭壽。（好，其實它存在的機率本來就有百分之八十幾，但是親眼看到就讓那種噢幹的感覺強化了不少。）

我得繼續說服人類進入袋子。「這裝得下六個人，你們得快點進去，就是現在。」我指著套間天花板上那個明顯就只是臨時弄出來急速減壓用的大洞。「一定比那東西強。」難道我該出手讓他們進去那個蠢袋子嗎？我真的希望可以不要走到那一步，因為如果他們發現我是一架維安配備，這個狀況就會從古怪變成它媽的超古怪了。「這會自動導航，路途很短，你們只要等它幫你們打開太空站減壓艙的時候走出去就好。」

然後仍眺望著袋子的人類一號作出了決定。她轉身面對其他人。「走吧，小孩子先。」

她叫了三名未成年人類和三名人類。她催促這些人進入袋子裡的同時，現場出現了一些強壓住音量的哭聲和抗議聲。他們很害怕、他們不想離開其他人，諸如此類的內容。

艦橋通道攝影機拍到身穿戰略裝備的人類移動的身影。我說，「船艦上有多少人？」

人類一號說，「我們只看過兩名，但是一定還有更多人。我們被關進來後，他們打開艙門看過我們一次。」

人類二號說，「他們說他們想要活捉我們換賞金。」

然後人類三號說，「他們還有一架維安配備。」

「有嗎？」他們有嗎？我沒有收到任何人敲我訊號，而且維安配備不可能沒有注意到我接管了船艦的維安系統才對。我本來的理論是港務系統被維安配備或戰鬥配備駭入，但是那套理論跟現存理論，也就是有一名具備港務系統權限的本地內應的假設不符。「你們有親眼見到它嗎？」

「它在其他人身後，身穿盔甲。」三號說道。二號跟四號點點頭。

一號發出了個小小的聲音，我說，「妳不認為是維安配備。」我實在應該更謹慎一點，但我當時在想辦法進入船艦的記憶庫，並且不要喚醒機器人駕駛。加上無人機都藏起來了，我的視線大多是在看艙門或袋子。我想要找出設計圖，找出控制臨時閘口的方法。沒有，他們還是可以用手動裝置開啟閘口，我無法從這裡把門堵死。又一名身穿戰略裝備的敵方成員離開了艦橋。嗯，我認為他們不知怎麼地已經發現我的存在了。

人類一號說，「他們在處理中心上面的時候有用維安配備，但是我們大部分時間待的後區沒有。」

第六名人類跌跌撞撞地進入袋子裡以後，袋子發出訊號表示已達人數上限，準備啟程。我關上套間艙門。然後我馬上就後悔自己沒放一架無人機在袋子裡讓我可以直接監控狀況。算了，我反正也只能相信那個該死的袋子。

至少袋子的頻道被我設定成其中一個輸入訊號，我可以判斷袋子有沒有密封好、飄上能夠直接回到「家」的減壓艙的路線上。「要花多久時間？」人類三號問。

「不會很久，幾分鐘而已。」我說。如果我們走運的話，時間就夠跑第二趟，我也不用來硬的。

一陣震動透過艙殼傳了過來，人類全都身子一縮。「怎麼回事？」人類二號質問道。

「他們要把我們丟掉了！」人類四號的聲音很尖銳。他說的對，艦橋上有人在試著（但失敗，因為我控制住了維安系統，此舉讓指令傳不出去）放開夾住套間的鉗夾。有東西嚇到了敵方人員，現在他們想把套間這個定罪證物丟掉然後跑走。好，有夠倒楣。該切換到B計畫了。我連到太空站頻道，用其傳送「行動」代碼給救援船。既然已經沒什麼躲藏的必要，我也傳送了頻道訊息給愛倫，告訴她難民即將抵達殖民船艦。

人類一號用力地吸了一口氣。「謝謝你做了這個嘗試，太空站維安人員。」

此時，上方的船艦攝影機拍到一名敵方成員身穿盔甲裝備的影像，也就是被難民誤認為維安配備的那位，只見該成員走進我們上方那扇臨時開口的攝影機範圍內。噢，我明白了。敵方成員若沒穿盔甲，就沒有足夠力量啟動手動開關。但我終於找到了他們用在那扇臨時艙門的程式碼了。

要是在我看的其中一部劇裡面，這一刻就很適合說點勇敢又激勵人心的話。但我實在不太擅長這種事，所以我說，「去套間尾端趴在地上，保護頭部。」

我檢查了一下維生袋的訊號，它已經抵達殖民船艦的艙殼外，正在搖搖晃晃地往減壓艙移動。我的眼角餘光看見人類一號用力往其他人的方向一甩頭，接著全部的人便衝往套間的另一端。我說，「我一喊安全，你們就要立刻跟著我上去船艦裡。」

人類一號口氣顯得有點疑惑，「你要怎麼——」我把爆破發射型武器從固定帶扯下來，然後爬到離套間開口最近的摺疊貨櫃架上，雙腳貼著艙殼，用我空著的手臂撐住。一看到身穿盔甲的敵方成員彎下來要拉開關，我便觸動船艦系統的開關，打開臨時安裝的那扇艙門。

只見艙門轉動，發出空氣流動的嘶嘶聲響，套間裡的空氣瞬間聞起來好多了。

我沒有移動。攝影機顯示那名身穿盔甲的敵方人員嚇得往後一彈。通訊系統上傳來艦橋敵方人員的驚慌叫喊聲，一定是發現機器人駕駛沒有回應了。但是盔甲敵方人員現在沒辦法拉開開關，而閘口開了，船艦沒有先減壓。（我也把所有內部艙門固定在開啟狀態，從通訊系統上再次傳來的驚呼聲看來，艦橋組員八成是現在才發現。）

盔甲敵方成員遲疑了一下。快啊，快往下看過來，你明明就想這麼做。接下來，船艦和套間的重力場方向會出現變化，我得把這點考慮進去才行。人類全都擠在套間另一頭，一動也不敢動地等著。

盔甲敵方人員傾身向前，小心翼翼地將武器伸過閘口。

（我已經知道盔甲底下那個人不是另一架維安配備，但是這也是一個明顯的露餡行為。如果對方是維安配備，動作一定會很快，瞬間就進入套間裡。如果你的工作就是要開火，那又有什麼好小心謹慎的呢，對吧？）

我把無人機喚醒的同時，伸手抓住那條穿著盔甲的手臂，用力往下一拉。我把武器從對方手中扭下來丟到一邊，然後把自己甩過去，用身體夾住盔甲的頭盔和對方上半身。

我有大把啟動程式碼可以用來控制住那套盔甲，但是那樣做很花時間，而且這套盔甲是很貴的牌子，程式碼可能比我手上的還新。這也是我認為這傢伙不是維安配備的理由——我們從來沒用過這麼高級的盔甲。

因為頭盔被我的胸口抵住，盔甲敵方人員什麼都看不見，加上一切發生得太快，這人來不及使出盔甲的掃描、攝影機或防禦功能這些優勢。我把發射型武器槍口塞到重要部位所在的後頸關節處，把能量開到最大後，扣下板機。只見盔甲一陣抽動（發射型武器擊中電動功能控制處就會發生這種事），然後癱軟下來。

我的無人機飛過閘口和貨艙，直接迎面撞擊兩名身穿戰略裝備、在走廊上往我們直衝而來的敵方人員。兩人發出慘叫，踉蹌地後退。

我爬過盔甲敵方人員沉重的身軀，向上進入船艦內部。然後我把那副皮囊拖到一邊去並喊道，「安全了！」

我站在內艙門邊，採取防禦姿勢，看著我的無人機在船艦內移動。人類在我身後手忙腳亂地爬上來到艙門口，個個精疲力盡，奮力掙扎地想幫彼此一把。等到最後一人癱倒在地板上大口喘著氣的時候，我關上閘口。終於。既然現在已經不用再擔心大家會被吸到太空去，我檢查了一下我的其他訊號來源。

我收到袋子回傳的確認訊息，表示它已經把裡面的人類送達殖民船艦，船艦上的減壓艙接受了它的安全代碼後讓他們進入，並且完成了循環。救援船已經傳過確認代碼，而且根據敵方船艦的維安系統看來，救援船還呼叫過敵方船艦並且告知敵方船艦即將遭到逮捕。

盔甲敵方人員還活著，只是被電暈後受困在不能動的盔甲裡面。其他敵方成員則毫無頭緒，對無人機驚慌失措，看來應該很快就能讓他們投降了，或者至少能用暴力鼓勵他們投降、不用殺人。我對人類說，「我去追其他人，你們待在這裡——」

我感覺到來自後方的一記重擊。位置打在身子一側的低處，如果我是人類，那個位置會有挺重要的部位。

我轉過身。只見人類一號拿著盔甲敵方人員的武器，那把被我奪下後丟進套間的武器。她用那把武器對我開槍。

我在她能擊發下一槍之前先伸手搶下了武器。然後我就走出了貨艙，讓艙門在我身後關閉。

等到救援船完成與這艘船艦的連接流程、武裝小組也登艦後，我已經解除了其他敵方人員的武裝、用我在櫃子裡找到的手銬銬住，讓他們坐在主要減壓艙旁的地上了。我找到了他們的醫療間，是一個不知名品牌的型號，還裝在廚房，但隨便），在這裡把背上的洞補上了。（只是一般的發射型武器，不是爆裂型的，所以背上的東西大多還在。我只是不想此時此刻在這些人類面前一邊走來走去一邊漏液而已。）我讓愛倫連上通訊系統，確認她已經找來了她的團隊支援，現在正在好說歹說地要把那六名難民帶離殖民船艦的減壓艙走廊。顯然他們不相信那整套「我們是太空站維安組，是來幫你們的」說詞。隨便，反正不是我要煩惱的事。

我已經把我的頻道識別切回了維安配備。

軍官英達走了進來。我從其他救援人員的通訊頻道上聽到她搭了一艘接駁船過來，不過我沒料到她會來找我。她對廚房皺起眉頭。只見廚房的檯面都是乾掉的食物汙痕，聞起來也很臭，比平時的人類備餐區還難聞。她看了看我後說，「你受傷了？」

我要醫療間停下療傷流程，把衣服放下來。「真不知道妳是怎麼看出來的呢。」

她把雙臂環胸，斜靠在艙門旁。我的無人機拍到她一臉不悅。「難民跟我說他們朝你開槍。他們發現你是維安配備，然後想說……」她抓了抓頭，讓一頭短髮不對稱地亂翹。「我不知道他們想說什麼，我實在累到不想去想這件事了。你要不要提出犯罪申訴？」

嗯哼，好幽默。「不用。」我不想談這件事，所以我盯著牆面看。我只想離開這艘船艦，回到太空站，回到我平常的工作崗位上，確保沒有人刺殺曼莎。「我的短期合約已經完成了。」

「是嗎？」英達挑眉。「你知道殺害路特蘭的兇手是誰嗎？」

發生了太多事，我已經忘了這團混亂最開始的事由。「不知道，是誰？」

這下她翻了個白眼。「我是在問你呀。」噢，對。「但是敵方人員會知道自己在跟港務局的誰合作吧。」

「我們剛很快地問了一下，他們說不知道。他們接獲一些指令去發送到亂碼頻道位址，且不知道接收的那方是誰。我們檢查了一下，位址已經被刪除了。我不知道我現在是不是相信他們真的不知道自己在跟誰對話，看來要讓他們明白跟我們坦承一切才能自救這件事，得花點時間。」她的嘴巴緊繃成一條直線。「可是我不想等。我想要在這個叛徒造成更大傷害之前先把那人揪出來。」

我也想嗎？想，我想。現在問題的參數改變了，大幅的改變，讓其變成是可以解決得了的問題。之前我們的嫌疑犯清單上盡是一些在商業碼頭上晃來晃去的人類和強化人，既沒有人監控，也沒有與太空站系統互動，而我們想要找出來的肇事者可具備了隨意把自己的身影從那寥寥可數的監控攝影機畫面中刪除的能力。現在我們知道對象就在太空站內，有合法權限可以使用港務局系統。住在太空站內的人的行為多少會留下線索、日誌檔案中也會寫下紀錄。「妳需要找人稽核監控系統。」

她緊蹙的眉頭變成疑惑。「需要什麼？」

「把事件發生期間，已掌握的所有資料拿出來，不只是港務系統，還有太空站維安系統、太空站通訊中心系統、本地交通系統、販售亭系統、讓人進入私人寢間的門鎖系統，所有會存下身分證明、能讓妳知道在我們確定兇手行動中的那段特定時刻之中，所有人在做什麼事的系統都要，然後把這些資料跟嫌疑犯比對，開始把不相干的人刪除。因為你們的監控系統很爛，所以這件事做起來會比較難，但是還是可以大幅縮短嫌犯清單。」見她沒有反應，我接著說道，「如果我們能確定在那艘船艦發生重大故障的同時，某個人正在太空站購物中心使用食物販售亭，那我們就可以把這個人從嫌犯清單中刪除。」

她凝視我的目光裡出現了一抹好奇。「這些系統之中有些受隱私保護，我們得找法律人員才能取得使用紀錄，但是其他……」然後她搖搖頭。「我們已經把死亡時間縮小了，只是仍不是確切時間。現在的理論是那些行動，比方使用運貨廂拋棄路特蘭的遺體在商場裡這種事，是事先安排好的。兇手很可能在那個當下正在太空站商場裡吃東西。」

我解釋道，「可是那艘船艦被駭的時候就不是了。那件事沒辦法透過頻道進行。那艘船艦斷線的時候，那個人就在現場，在船艦上。」

英達的神情變得有點複雜，我猜她是在忍住不要露出太熱切的表情。「這件事會花你多少時間？」

「幾個小時。我還需要外部處理和儲存空間。」我得從檔案庫裡叫出一堆老舊的公司程式碼，建立資料庫後寫出需求碼。

她離開艙門邊。「那我們離開這裡，開始做事吧。」

8

我們登上救援船，難民和敵方人員都已經被接上船了，船艦正準備離開。太空站的拖曳船也已經抵達，正在調整位置要把敵方船艦和套間一起拖回太空站扣押區，準備進行進一步蒐證。有鑑於港務局有內鬼，英達下令要拖曳船把船艦和套間隔離起來，直到太空站維安組批准開放為止。她不算是說謊，只是暗示船艦可能被某種東西汙染。（對於這個說法，看過廚房狀態的人應該都會買單。）

在折返中轉環的短短路程中，我檢查了一下頻道訊息。曼莎要我有時間就跟她回報狀況，拉銻想知道我是不是平安無事，葛拉汀想知道我是不是用了維生袋，如果是的話，運作狀況是否沒問題。

我也收到一份圖系傳來的報告，是鑑識／醫療的綜合報告，除了該有的資訊，還確認出路特蘭的死亡原因是遭一種「長針頭狀器具」刺入頭部，沒有留下可供辨識的碎片。圖柔也說那艘船艦正在修復過程中，但是團隊沒辦法從中救回什麼可用的資訊。然後李蘋的法務長報告也來了，內容顯示路特蘭的名字在保護地太空站以及其他三個同盟政體的貨櫃轉運相關資料庫中出現了很多次。這表示實情的確跟我們的理論相符，那就是路特蘭已經透過好幾個不同的太空站偷渡難民很多年了。而他現在已經沒辦法繼續下去，所以沒人知道那個組織的其他單位以及仍受困於布雷哈沃漢的人類會發生什麼事。

我回傳收到／稍後回覆的訊息給所有人，這麼一來他們就知道我還活著。因為現在的我真正需要做的事情就是站在原地，看一下《明月避難所之風起雲湧》第一百三十二集的片頭。

我跟著英達來到救援船的艦橋，她在這裡跟救援船艦長一起騙港務局說救援船在這邊做什麼。（他們對港務局說，有一艘交易船艦發生了艦內緊急事件，造成通訊系統和主機當機，救援船之所以收到警告通知，是因為那艘船艦看起來像是要違反太空站港口封鎖限制並駛離。這個誤會目前已經釐清，現在救援船艦正在安排將該船艦拉回太空站修復的流程。）（我本來覺得這套說法太複雜，要撒謊的話不算太好用，但隨便啦。）

救援船在碼頭停好之後，我跟著英達下來到減壓艙前準備離艦。快到走廊的時候，她突然停下腳步，我之所以沒有撞上她，是因為我跟平時跟著我走的人類不一樣，我可是有在注意四周狀況的。音訊訊號收到前方有動靜，我派出一架無人機到轉角處一探究竟。噢，原來如此，他們正要把難民帶下船，而她不想讓他們看到我。好啊。

但站在這裡的時候，我想起了一件事。不論港務局裡的內應是誰，一定是一個覺得自己很聰明、能操弄系統的人類或強化人。也許我們可以引誘這人再次出手。我在英達的頻道上建立了一條獨立連線：**我有個想法。**

她回答，**嗯，你上個想法最後還算可行。這次是什麼來著？**

這件事難處在於要決定要讓誰去當誘餌。不能是我，這整個理論的重點（命題要點？是嗎？）就是在於那個內應就在本地，若非連太空站維安組系統的權限都有，也至少有港務局的權限。所以這個人會知道我是什麼東西，且嘗試攻擊我會不太妙。（我現在心情可不太好，所以那麼做會比平常更不妙。）而且誘餌人類是如何知道／為什麼知道內應是誰，一定有得解釋，所以這人不能是太空站維安組的成員或隨機從太空站居民中找人擔任。我提議派出拉羅號上的目標四號，因為他一看就是隨便叫他做什麼他都會去做的人類。

英達不同意，在她看來，目標四號被拘留在太空站的期間，一有人進入視線範圍，目標四號就會立刻跟對方交談，而那名內應知道目標四號早就吐實的機率實在太高。她覺得得找其中一名難民，因為每個難民都有可能從賞金捕快那裡不小心聽到／取得資訊。也就是說，雖然這是我的計畫，我本人卻不能參與。但隨便，我本來就不想要在刺激現場，我想要在辦公室操作巨大資料庫，以免愚蠢的計畫沒有成功。

至於難民／誘餌，英達選擇了人類三號，也就是一度深信盔甲敵方人員是維安配備的那位。她帶著從救援船組員中徵召的新調查小組一起去跟他交談了一會兒。（他們人全都在救援船上執行糾察任務，所以沒有人有機會在那艘船艦上殺害路特蘭。）（另一支特別調查組中除了愛倫和英達以外，其他人仍有遭滲入的可能性。）（我猜除了愛倫和英達以外，應該也還有我吧。）

人類三號在救援船的醫療艙，因為不知道是他還是其他人（我賭是他），在離開布雷哈沃漢之前，用鑷力從他額頭肌膚下方取出控制介面，傷口現在有感染症狀。（可能是拉羅號的組員沒有提供他們的醫療間給他用，也可能是人類三號的蓬鬆頭頂毛髮遮住了傷口，讓他們沒有注意到這件事。）

他坐在診療檯上，聽英達解釋我們要他做的事，其他新小組的成員就聚集在一旁。（我不在場，因為我是邪惡的維安配備。我在救援船外頭的維安坪等待英達申請來給我們資料庫用的處理空間的批准消息，一邊檢查我的訊號來源、整頓記憶庫裡的程式碼，一邊透過無人機看他們交談。）

頭髮往後梳、額頭上有一大片新皮膚的人類三號說，「我會幫你們，但是你們有維安配備。它搞不好就在偷傳消息給布雷哈沃漢。」

這種成見如果不是這麼他媽刻板，我可能更火大一點。所以我很訝異自己竟聽到其中一名英達徵召的救援船小組成員說，「把你們從那座套間裡救出來的人就是維安配備。還是你想留在裡面？拖曳船要把套間拖過來了，你可以跳回去。」

「不，不可以，我們不是企業，我們是有法律要遵循的。法律明文規定，把人放在運輸套間裡面是違法行為，所以就算他想也不能進去。」英達說，只見她雙臂環胸，身子斜靠在艙壁上，一附好整以暇的模樣。「我們應該要做的事情是起訴他那位對太空站維安組顧問開槍的朋友才對。」

人類三號（真名是米希）看起來有點緊張。「你們真的會起訴嗎？」英達說，「不會，因為我了解她是因為經歷了重大創傷，而且顧問也拒絕提出投訴。那你現在到底要不要跟我們合作，幫我們找出兇手是誰，讓我洗清拉羅號船艦組員的嫌疑，並且送他們回船艦上？還是說你們這班人馬就是這樣回報為了救你們而受傷的人？」

「我又沒說我不答應，」米希怨聲說道。「我只是想知道你們為什麼有維安配備，除非是——」

所以情況是這樣。

時間已經到了循環日的尾聲，太空站各單位都要打烊休息了，但我請曼莎幫忙加速一下太空站維安組提出的要求處理進度。英達來到維安坪的時候，我已經收到了太空站資源分配部門的頻道訊息，批准了我們申請的臨時處理與儲存空間。我也已經收到通知，說我現在已經取得使用太空站維安系統的權限，以及使用港務系統的臨時權限。我們還得安排太空站購物中心各系統中那些不用取得法官律師批准就能拿來用的數據轉儲，但就算沒有那些資料，我覺得就目前手上有的東西，已經可以開工了。如果我運氣夠好，可能可以用現有的資料讓原本的特別調查組掙脫外力控制，只要我能先把這些資料變成可用的形式。有他們的幫忙，進行誘餌任務的時候會容易些。

英達走向我，「那個部分已經完成了。我剛收到愛倫傳來的頻道訊息，她要請你去一趟維安組辦公室。救援船組員會帶米希一起走，我到那邊跟你碰面。」

威脅評估報告數字突然衝高。嗯。我說，「所以妳要留在這裡？」

她的神情突然變得嚴肅。「雖然你沒有權限問這個問題，顧問，但是我得去一趟商業碼頭，想個不會引起叛徒注意的方式，叫搜索小組暫停行動。」

「因為在我們打算用誘餌引誘出殺人兇手的時候，一個人在中轉環晃來晃去在妳看來是個好主意。」

英達瞪了我一眼。「妳都是這樣跟曼莎博士說話的嗎？」

「對。這就是為什麼她還活著。」

她繼續瞪著我。我則是瞪著她頭旁邊的空氣。她揉了揉雙眼中間的地方。「好。我會帶幾個救援船組員跟我走。」

我在現場等到確認她真的這麼做了以後才離開。我跟他們一起穿過維安入口和空氣牆，經過了救援船調度站之後，我就跟他們分道揚鑣，要走過公共碼頭，前往維安組辦公室。這裡一片寂靜，只聽得到空氣吹動的聲音，還有能量力場運作的低鳴聲。這情況並不奇怪，因為最後一批貨物移轉早在幾小時前就完成了，這時間點沒有人會在這裡逗留。運輸船的組員通常不是在自己的船上，就是在太空站購物中心。眼下的情況非常非常地正常，一點都不會令人感到毛骨悚然。

我在翻看威脅評估報告，想找出造成評估數字往上飆的變因。我有很多無人機的訊號源，會傳給我影像和其他資訊，但是這次波動是源於英達說的話，跟曼莎的維安狀況或其他我在監控的東西無關。而且數字飆高的時候，我還沒看因為貨運機器人都去商業碼頭協助搜索任務而一片空蕩蕩的公共碼頭。若是平常的工作日，貨運機器人就會在這裡派發、組裝套間。

嗯。我們已經知道路特蘭安排它的套間從商業碼頭派發，目的地是公共碼頭和他的船艦。我們知道有人，那個港務局的內鬼，將其目的地改到了賞金捕快的船艦。賞金捕快的機器人駕駛已經接到了套間，用的方式就跟搶匪固定無武力船艦時一樣，不需要貨運機器人，但是應該有一具貨運機器人被指派去協助路特蘭的船艦安裝套間才對。套間的轉運紀錄被刪除了，可是貨運機器人可能仍有接到支援安裝的命令紀錄，以及後來任務被取消的紀錄。芙達給了我臨時權限，而貨運機器人在太空站外的行動紀錄並不受隱私保護，所以我寫了一條需求碼。

我有點分心，所以有無人機幫我拉出一個球面的安全界線很好。其中三架飛在球面頂端的無人機收到了金屬斷裂的聲音，給了我五秒的警告時間可以移動位置。飛在比較遠的弧線位置的兩架無人機粗估出掉落物體的尺寸，讓我得以知道該往哪個方向移動。

我衝了出去，身子重重落在起重機第二和第三根機械臂之間空隙的金屬地面。我沒有被任何東西擊中，但是重物落在四面八方發出的巨響以及震動把我嚇得屁滾尿流。想殺掉我並非易事，但是把一整座高空起重機往我身上砸一定可以成功。

我的無人機回報消息表示已經沒有其他物件繼續掉落，所以我從起重機手臂之間爬出來。我動用我在太空站維安系統的權限，把卸貨樓層的監控攝影機全部斷線，這麼一來不論動手的人是誰，這人都沒辦法再次出手。

我傳了一串警告碼給救援船小組，並且讓無人機重新拉好安全界線。既然已經沒有重物會繼續落下，我做了我離開維安坪時就該做的事情，利用通訊系統聯絡愛倫。

回答的人是法里德，「特別調查員愛倫現在無法接聽您的電話，請問需要——」

「法里德，我是維安配備，愛倫有沒有傳頻道訊息給英達，要我到太空站維安組辦公室跟她碰面？」

「我不知道。」他聽起來很震驚。「可能有？她現在不在這裡，她頻道離線，去休息一下。把難民從殖民船艦上勸下來就花了超久，我覺得她只是需要一點獨處的時間——」

「去找她，確認她沒事。」希望愛倫只是在廁所，不是死在某條走道上。然後我就下了線，因為我的需求碼搜出結果了。原先預定要去將路特蘭的套間裝上他的船艦的貨運機器人是由港務局取消的，並且隨即被派到公共碼頭的另一端去。這個發現沒什麼幫助，因為我們知道那個內鬼就是在港務局裡，所以……

噢。它媽的，是在跟我開玩笑嗎。

李蘋說過我每次都把事情複雜化，哇塞，她這次說得可對了。

我建立了一條安全的頻道連線給英達後說，**有一具公共碼頭上的起重機差點掉在我身上。愛倫沒有傳訊息給妳，而是有人在偷用她的身分識別。妳有跟督導員葛米拉說陷阱的事嗎？**

沒有！她聽起來似乎難以置信。**當然沒有，我——媽的，我跟他說我們需要港務局的數據轉儲。我一定得說，她要批准資料轉移到臨時儲存空間——不可能是她啊。我們是一起長大的——**

不是她，我說。**但我知道是誰。**

我之前從沒進入過港務局辦公室，跟我從沒進入過太空站維安組辦公室的原因一樣。但這次的任務合約讓我體驗了很多第一次。

港務局辦公室是一棟很多層樓的建築，裡面大多是私人工作空間，民眾入口在二樓，入口處對著太空站的那一側往內開，讓不能／不想透過頻道處理事務的人類進出。我可以用維安人員出入口，但我用了民眾出入口，透明大門滑開的時候，我把無人機先派了出去。

我連我在門口被拍到的畫面都懶得剪掉了。不過我倒是有把救援船組員和特別調查小組的畫面移除，他們正在從維安人員碼頭入口進入低樓層，疏散港務局員工，以免之後這裡發生會危害建築結構完整性的打鬥事件。

我走過一間寬敞的開放式空間，裡面只有兩個人用顯示器在工作。他們抬起頭，好像很震驚的樣子，但我沒有停下腳步。我走進督導員葛米拉的辦公室，這裡有一大面弧形窗戶，俯瞰著公共碼頭。這個透明材質是運輸口內部用等級材質，不是艙門等級。（我在走過來的路上跟建築物的設計圖一起查到的。）

葛米拉坐在位置上，她的頻道以及身邊幾面飄浮的顯示器上開著六個檔案和資料庫結果。見到我，她很驚訝。然後她的表情變得很恐懼，目光看著我握著的一把大型發射型武器。我說，「快跑。」

貝林站在窗邊，假裝休眠中。

葛米拉猛地起身，先是撞上辦公桌，然後一個箭步衝出了我身後的門外。我的無人機畫面看見她跑向愛倫，被愛倫一把接住後，趕緊跟著其他員工一起離開了辦公室。

我對貝林說，「人類以為你被駭了，但你跟我都知道情況不是那樣。」

貝林站起身，把肢體伸長，它的背甲頂端幾乎要掃到弧形挑高天花板。它用頻道傳來，**需求碼：我若是被駭，會有什麼差別嗎？**然後它發送了一段程式碼攻擊，衝向我的防火牆，撞上我的頻道和通訊系統連線，中斷了我的處理流程。同一個瞬間，它還伸長了一條機械臂，高速往我胸口前進。

好樣的。我把攻擊程式碼擋下來，一個側身閃開。那條機械臂劃破我剛剛所站位置的空氣，在辦公室隔間牆上打出了一個洞。

換我了。我舉起武器，往貝林的背甲中央發射了二發爆裂發射型武器。我本來希望這樣就夠了，但是我心裡隱約覺得可能不行。不論如何，這麼做都能證實我的理論。

在過來的路上，我很快地檢查了一遍貝林的紀錄。它已經在保護地太空站待了四十三點七個星球年，原本的「監護人」是當時的港務局督導員。當年，那個監護人在貝林從企業貨運船艦逃脫並尋求庇護的時候接手了它。它是第一具也是唯一一具這麼做的機器人，光這點，你知道嗎，人類應該就要意識到一些事了。

發射型武器打穿了貝林的背甲，但是幾乎沒有在底下的外殼上留下一點凹痕。嗯，我就知道。它在太空站上這麼多年的時間裡，從來沒有申請過保養維修。它不能申請，因為保養維修掃描結果會揭露它內部的結構。就算是保護地的人類也一定會好奇為什麼一具一般用途的機器人外部軀體底下會裝配軍用等級的盔甲。

貝林往旁邊一閃，又伸出兩條機械臂把我困在角落。我往地上一滾，閃過要伸過來固定我的那條機械臂，並且往它底盤再開了三槍。非標準配置代表盔甲上一定會有設計缺陷和縫隙，我只需要找到一個就好。

不論貝林一開始被派來這裡的目的為何，我從歷史紀錄上看起來，至今什麼事情都沒發生過。調用貝林的那個企業在二十七點六年前就在接管過程中被處理掉了，它的第二個功能一定就一直維持休眠狀態。直到布雷哈沃漢不知怎地取得了它的指令碼，又想要找到方法來阻擋合約勞工透過保護地以及交易路線上其他非企業的獨立政體逃跑的管道，於是他們啟動了它。

很有可能本來有兩種不同的機器人在那具機身裡，而布雷哈沃漢啟動第二功能的那一刻，一般用途機器人就被洗掉了。

這也是為什麼我不要太空站維安組成員跟我一起過來：貝林的第二功能允許它殺害人類，而企業網只有製作一種有這種功能的機器人。

在貝林那套一般用途機器人的背甲下，它是一具戰鬥機器人。

我對底盤的第二次攻擊讓它開始不穩地歪倒。我撐起身子來準備瞄準。噢噢，結果那是它的把戲。它朝我出擊，但我已經翻身閃開，只讓他擊中了地板。

它又朝我伸出另一條機械臂，我跑上牆面，朝著它伸出來的機械關節開槍，然後翻身用雙腳落地。爆破力打碎了三個關節，只見貝林把自己往旁邊一甩，拋棄斷裂的機械臂。眼下還有更多機械臂待處理，這恐怕要花點時間了。我傳道，**你是拿另一串攻擊碼打我嗎？我還以為堂堂戰鬥機器人會知道無助的船艦跟維安配備的差別呢。**

我想要激怒它做出反應，而它當然會有反應，因為它是機器人，而它犯了錯，比方在它發現我們打造的資料庫會揭露出其中一扇太空站外部減壓艙有離開與重新進入的異常紀錄這件事後，企圖把我殺掉。

（好，人類和強化人可能也會犯這種錯誤。也許在無法逃離的偏執和焦慮迴圈中，試想每一個舉動所導致的所有可能結果不是最正常的反應，但是怎麼說呢，如果是的話，很多愚蠢的謀殺案就不會發生了。我不知道我從這狀況中到底要得到什麼結論。我會是個更襯職的企業間諜？應該？然而不當企業間諜的話，就會有很多時間可以看劇，所以說跑去當間諜永遠不是我會選的選項。

（而且，真要我去做的話，我寧可再次在清醒的情況下被支解。）

如果我真的想解決這一切的話，我得先想辦法縮短距離，我使出佯攻。但是貝林知道我得接近它，所以他決定移動位置，換到比較有空間可以把我擊倒的地方。只見它身子一擺，衝向通往公共碼頭的窗戶。我稍早已經請太空站維安組清空下面區域，但我沒有眼線可以確認這件事。所以看著貝林的身子經過我，我伸手抓住了一條機械手臂。

我本來不覺得貝林可以這麼快就撞碎玻璃，但是哇賽，我也錯得太離譜。跟著透明材質碎片一起跌穿空氣牆、往中轉環地面上摔的過程中，我把發射型武器塞進貝林的底盤，也就是貝林的下肢銜接處，一次又一次地扣下板機。然後我們撞上了地面。

衝擊力道把我從貝林身上震開，我最後掉在離它兩公尺距離的地方。維安配備不太會感到暈眩，我想辦法把身體重量靠在武器上，可是我的一隻腳踝關節受損，讓我沒辦法站直身子。此時，一個巨大的勺狀物重重地甩到我面前。

我大概茫然了有零點零五秒的時間，然後我看了一下無人機畫面。貨運機器人快樂寶貝剛把它的手放在我和貝林之間。中轉環這整區突然間充滿了貨運機器人。我的無人機拍到十二具醫療機器人、一般用途機器人，甚至連旅館的特爾斯都來了，全都聚集在港務局另一頭的民眾入口前。它們沒有敲訊號，也沒有發出任何聲響。我有快樂寶貝的固定位碼，我傳道：**需求碼？**

快樂寶貝回傳：**貝林下線。入侵者毀了貝林。**

又是零點零五秒的時間裡，我以為它說的入侵者是我。在「噢，幹」的那個念頭還沒成形的瞬間，我突然懂了它在說什麼。

在打鬥過程中，貝林不知道哪時候放掉了防火牆，而它身為戰鬥機器人的身分現在就成了頻道上的公開資訊。對其他機器人來說，這個情況看起來就像是明明貝林前一刻還在，然而下一秒它的身體就被戰鬥機器人給佔據了一樣。它們以為戰鬥機器人殺了貝林。我其實也不確定這樣想算不算錯。

貝林就站在那兒，背甲破了，盔甲因為近距離重複遭到發射型武器攻擊而傷痕累累，斷肢拖在地上，其他機器人則等待著。現場沒有威脅訊息，頻道上或通訊系統都沒有溝通訊號，但是它們要表達的意思很清楚：**我們知道你是什麼東西。**

這些機器人都不會打鬥，但是它們都是高功能機器人，也會在有暴力入侵者出現的時候用自己去保護人類和彼此。貝林大可試著去打。戰鬥機器人一定能摧毀貨運機器人，這沒問題。但是它沒辦法摧毀這麼多貨運機器人，外加一具稍微有點破損的維安配備，一次全來一定不行。

貝林的任務一直都要靠低調匿蹤行事。現在任務完了。它在頻道上的存在訊號隨著它切換成休眠模式並把自己關機而漸漸減弱。

我坐在太空站維安組的醫療間診療檯邊上修理腳踝的時候，軍官英達走了進來。

（我已經在安全頻道上跟曼莎博士談過了。她問我還好嗎，我說沒事，這話既對也錯。曼莎和芭拉娃姬博士一直在想辦法讓人類不要這麼害怕維安配備，結果卻出現了貝林，或說是貝林的第二功能，在太空站跑來跑去亂殺人，應該說，亂殺一個人。

路特蘭那套縝密的難民逃脫網被阻斷了，雖然現在這群難民在保護地獲得安全，但是其他人最後會怎麼樣，完全無從得知。拉羅號組員可能會嘗試繼續進行他們負責的那個環節，但是現在布雷哈沃漢已經盯上他們，他們也撐不了太久了。

曼莎一如往常地不相信我說我沒事又假裝相信，然後說，**等你忙完，來飯店一趟**

吧，我們做點好玩的事。

我只想看劇以及神隱。我說，**妳知道我不喜歡有趣的事情。**

嗯，拉鋉預約了那間在瑪凱巴廳的新音樂劇院開幕活動，他想找我們一起去。

這……其實滿誘人的。而且要守護人在會堂大廳的她，如果我坐在她旁邊會容易許多。我還是有點想抗拒，我說，**妳明明說妳不喜歡音樂劇院。**

對，但我喜歡看其他人享受其中的樣子。你要來嗎？

我放棄了抵抗，說好之後便斷了連線。）

英達說，「很高興看到你仍是完整的狀態。」

嗯，隨便啦。「妳看完我的報告了嗎？」

「看了。」她口氣冷冷地說，「我很高興你把整個過程都記錄下來了。有個東西可以提醒自己我們這次表現不算太差，除了那個基本上根本就搞錯的假設以外。」

她說的是肇事者是由太空站內部進入船艦，而非太空站外部的那個假設。

貝林把貨運機器人都改派到碼頭另一頭去，然後它就去了太空站外，在太空站外艙殼上，然後從船艦的套間閘口進來埋伏路特蘭。它用手上的一小段棍棒，是它的封閉式艙門解碼器的一部分來刺殺他。

貝林沒有任何DNA線索需要掩蓋，但是它身上的港務局設備中就包含了有害物質滅菌劑。它在路特蘭的遺體上用了那種滅菌劑，讓現場看起來像是人類殺了路特蘭之後為了消除接觸DNA和其他線索所採取的手段。

它攻擊了那艘船艦的機器人駕駛來掩蓋自己的行蹤，然後利用路特蘭的身分識別叫了送貨廂，把遺體放進去，然後送去丟在太空站購物中心，目的就是要把注意力轉移到停泊口以外的地方。然後它再從外部閘口回到了太空站內部。

但是它是港務局機器人／戰鬥機器人，不是維安配備或人類。它收到的指令是殺害路特蘭、不要留下參與的線索，並且把難民送到賞金捕快手中，它便完成了這些項目。它有能力預期到自己的行動會遇上一些反擊手段，但是它沒有辦法評估所有可能的反應。負責發命令給它的賞金捕快則沒有預期對這種隨機出現的謀殺案或任何類型謀殺案都不熟悉的保護地太空站，竟會下令全面封鎖停泊口。

我跟英達不一樣，我對於我們的表現並不滿意。尤其是在所有人之中，就是我一直搞錯，堅持船艦碼頭的監視攝影機被改動過。我只回她，「我不想要有任何細節是得用想像的來補上。」

「也許這樣最好。」然後英達嘆了口氣後說，「把你的照片傳給新聞頻道的人不是我。」

這話來得突然，讓我瞬間放掉了幾個監控中的訊號源。我再次把訊號源接回來。我不知道要說什麼，因為顯然我應該要說的是「我沒有覺得是妳」，只是這話完全不正確，我本來有百分之九十六的信心覺得就是她做的。

她繼續說道，「我不會那樣利用新聞資料庫。如果我們一定要在曼莎的維安這件事上爭執，那就來爭到底，但我不會對你耍手段。畢竟我們兩個人的出發點一樣。」

我實在有夠討厭身陷這種情境，不知道要說什麼，想要在劇集裡面搜尋相似對話也不知道要用什麼關鍵字去搜，因為我連我們在談的內容算什麼都不知道。但我不想要把我心裡的厭煩表現出來，因為……我不知道。醫療間療程完成了，所以我把褲管放下來後說，「我得去跟曼莎博士碰面了。」

英達退到一旁，讓我爬下診療檯。她沒有再多說什麼話，可能是注意到我對這整段交談有多不自在。然而這又讓我更加不自在了。她說，「我會核發要支付給你的現金卡。我想你現在應該有空可以接其他任務合約了吧，如果下次又有奇怪的事情發生的話。」

我在門口停了一下。我原本以為自己想到要再做這種事的時候，心理會湧現一波絕望感，但那感覺遲遲沒有出現。嗯哼。我說，「只有真的很奇怪的事情才有空。」

她說，「明白。」

第二部　系統崩潰

SYSTEM COLLAPS

9

芭拉娃姬博士曾經對我說，她認為我討厭行星的原因是因為過去那些被當做消耗品以及可能被拋棄的經驗導致。我跟她說是因為行星很無聊。

對啦，我說謊。客觀來看，行星比在採礦場瞪著牆壁、看守設備還不無聊。但是行星的不無聊，通常不是好的不無聊。

不穿盔甲，而是穿著艙外行動太空衣，去調查可能沒有淨空、可能是被外星物體汙染的企業網時代前居住地的行星，這種情況特別有可能是不好的那種不無聊，搞不好可說是最糟糕版的不無聊。

尤其是你大可穿著盔甲，卻覺得那樣會有點彆扭的時候。

我該來備份了。

檔案存取於 47.43 小時前

所以下次我對什麼東西抱持樂觀態度的時候，我希望你們誰可以來往我臉上揍一拳。好，我開玩笑的，因為認真想想，那個結果會非常慘烈。還是說提醒我往自己臉上揍一拳好了。

王艦在小組頻道上說，**維安配備，狀態回報**。

或者往王艦臉上揍一拳。我回傳，**我希望我可以往你臉上揍一拳**。

王艦說，**我希望你可以試試看**。

對，我知道它在開我玩笑。對，我也知道我們現在還在這顆遭外星物質汙染的愚蠢失落殖民星球上，雖然我們（我、王艦、我們的人類，但主要是我）真的很想離開這個星系。

王艦接著說道，**我還是需要你的狀態回報**。

我說，**狀態：進行中**。我一直有回傳無人機攝影畫面給它，加上它可以讀取我的視覺數據，所以它知道我現在在一片低矮臺地腳下，正在穿越落石區，右手邊是一片農作用地。不知道這裡種的是什麼東西，反正是綠色的，且長得比我還高，能掩護我不被現在我們稱之為攻擊者一號的對象看見。

這時候是行星時間早上過了一半左右，天上有雲，也就是地形改造的副產品。雲層東一片西一片地散落，陽光還能照得進來。偵查無人機一號在我上方，幫我確認前方狀況，靠它幫忙，我才能看到田地另一頭的高地上方的路由器建築。建築物本身滿小的，大概跟王艦的一艘接駁船差不多大小，但是它被包在一座更大、由人造石打造的保護外殼下。保護外殼看起來很像一顆巨大圓柱體石頭，被放在低矮臺地腳下，臺地本身已經碎成一片，變成由碎石和真的很大的石塊組成的斜坡。（為什麼要用人造石？因為剛石勘探的那些死人本來希望殖民地建造完畢後，所有東西都很漂亮。沒想到蓋得漂亮這件事，跟他們本來就打算拋棄這些殖民居民所以直接亂蓋一通，兩種情況相比之下，居然是現在這樣比較令人鬱悶。我不知道為什麼，但事實就是如此。）

茂密的綠色植物在殖民地空氣泡泡裡的微風中輕輕搖擺，雖然我能掃描環境，我的無人機也能，我還是被弄得很緊張。但至少現在是因為生存直覺的原因讓我緊張，而不是因為……**已重新編輯**。

建築前方有個凹陷處，在藝術手法雕刻裝飾下，看起來像是石頭天然的曲線，實際上是安置金屬門的地方，只見那扇門敞開著。此刻如果那扇門是關著的，那就好了，但是拉銻和王艦的人類艾瑞絲和塔立克衝進去的時候，還來不及關上門，攻擊者一號就已經把一條金屬長肢伸進去卡住那扇門。

還記得我之前說過那種看起來很恐怖但實際上很無害的農耕機器人嗎？對，我當時真是錯得離譜，在那之後的我也沒有少錯一點。

這架農耕機僅九公尺高，但全身布滿種植還是耕地之類會用到的長釘模樣的觸角。它的下半身有十二條有關節的肢體，便於在茂密的枝葉間穿梭又不會壓垮植物。上半身則有著古怪的、又長又彎的脖子，最上面是一顆小小的頭，主要的感應器都在那裡。這架機器人同時也失控得離譜，頻道被鎖定，而且根據艾瑞絲開始瘋狂逃命之前的觀察，整架機器人都遭到嚴重外星汙染。

王艦說，**我需要的是你的狀態回報，不是任務狀態**。唉，我的狀態。

我本來不用再下來這顆行星的。那是我、王艦、曼莎、賽斯和馬丁一起做的決定，因為**已重新編輯**。今天這個循環日我甚至還有任務在身，算是啦。雖然不算很忙，但也不算很閒。卡琳姆在主基地居住地跟一派殖民地居民約了面對面的會議，三號會隨行負責維安工作，同時假裝自己是人類（這件事總是那麼地有趣呢），而我則本該監控三號，確保它知道要做什麼事，不要讓王艦搞得它很焦慮。（或說不要讓它被搞得比本來就有的焦慮更焦慮。）我本來躺在王艦其中一間艙房的床上看《明月避難所之風起雲湧》（第一百二十一集，重複播放），一邊等卡琳姆和二號的接駁船抵達會議地點，可是這時王艦突然衝進我的頻道裡說，**我需要你**。

王艦沒辦法用剩下的武裝先遣機去擺平農耕機器人。應該說，它可以，但是會有幾個問題，其中之一就是先遣機是臨時改造的炸彈——只要給出指令就會引爆，可是沒有辦法約束爆炸影響範圍。那架機器人除了離路由器建築太近，更重要的是它也離人類現在躲避的地方太近。

拉鎊在頻道上說，**維安配備，你狀況如何？**

我沒辦法在不讓農耕機發現我的存在的前提下，派無人機到路由器建築裡面。不過根據人類的情報，他們的位置在建築物深處一處內縮的維修區，單看農耕機的……觸手，探測肢，到底要稱為什麼，總之對比那東西最遠可觸及的範圍，人類所在位置還比那更深三公尺左右。**我很好，拉銻。你們離那個觸手遠一點。**

那個叫做生長刺激器，拉銻說。**你不用急，我們沒事。**

媽的，你們才沒有沒事，拉銻。（不知道多少個企業標準年以來，人類總是對我說「快點跑過去，即便那根靜悄悄的觸手贏面更大，且你可能會被炸成碎片也一樣」，而現在是「噢，大家都沒事，我們可以在這個明明就很可怕且有立即威脅性的情境下待很久也沒差」。）

（我只是希望有天人類給我的回覆能夠切合實際的情況。）

（芭拉娃姬博士說即便是好的改變也會帶來壓力。）

偵查無人機一號還沒找到一個像樣的位置讓我可以靠近到可射擊距離。算是射擊吧。我手上的武器其實不是武器，是一枚召回信標。（我知道。聽起來這整個撤退行動從一開始就凶多吉少。「武器是召回信標。」就算是《明月避難所》也不會這樣演。）

我是有一把真正的槍，是王艦的發射型武器，但從過去經驗我們已經很清楚，光靠這種武器要打倒一架被惹火的農耕機會需要多少發子彈，不論是誰都不會想要我衝上去直接射擊它的處理器，尤其我最不想。用我的內建能源武器攻擊它也不會有用。（王艦幫我改過了艙外行動太空衣，現在袖子跟我的武器開口固定在一起，我開火的時候不會燒破布料，但我單純沒有打倒那傢伙的火力。）

我需要隔著一段距離也可以奏效的東西，而且這個召回信標跟公司用的某些型號很接近，只是沒那麼有力而已。這個東西的設計有個特色，就是在使用的時候仍可以拿在手上也不會炸成碎片，所以登陸人員在危難情況下仍能操作。其概念是將訊號轉發器發射到足夠的大氣高度，讓轉發器發送的訊號可以輕易被軌道上的太空船艦接收到。但你知道的，如果這個發射器近距離射中目標，就會炸出一個尺寸滿可觀的洞。

我還在王艦上頭穿戴我的艙外行動太空衣的時候，王艦從它的庫存中選了召回信標給我，它知道我下去阻止被感染的農耕機時，有很大機會能讓這工具發揮一個跟它原本設計完全無關的功能。

簡直是太棒了這情況，我可是被農耕機打得屁滾尿流過，只不過那架是由較高等級的感知病毒控制的就是了。這架可能只是個半廢棄的機器人，剩下一點指令編碼在驅動它，比方「追殺所有人類形體的移動物體」。艾瑞絲覺得這架農耕機一定是到現在才從休眠中醒來，也許是因為他們修復了這一區的路由器，才再次把它喚醒。（在殖民政權戰爭期間，其中一方摧毀了頻道路由器，我們現在已經知道那個路由器不是傳輸感染的途徑。雖然這樣想沒什麼幫助，但是看看這些人在打鬥最嚴重的時候對彼此做的事情，破壞自己的路由器可說是在瘋狂清單中排在很低順位，甚至可以算在稍微理性的行為類別之中。）

我去置物櫃拿轉發器／消滅機器人神器時，賽斯已經在那裡了。他把轉發器交給我，「我們只用過幾次，一次在一個行星上，那時候大氣條件擋住了我們的通訊系統，還有一次是在小行星礦帶，那次馬泰奧——這說來話長。」他抓了抓後腦勺，吞吞吐吐地補充道，「我知道我們之前說你不用再回來這裡……」

我沒空搞這個。我對他說，「沒關係。」

所以我在這裡了，沒關係，大家都閉嘴，就這樣。

偵查無人機二號找到一個有掩護又看得到現場的位置，大約是我左邊穿過巨石的二十公尺處，在岩石頂端上方一點。我開始往那個方向移動，但我的計畫在威脅評估報告或是成功救援評估中都跑不出什麼好數字。平常開始進行計畫的時候，我不太會參考那些數字。（我不想樂極生悲。）不過這次我怎麼想都覺得自己的勝算實在太低，所以我其實是想要找一點信心才去看，而不是想看到數據證明我覺得現在狀況整個爛掉這件事是對的。

王艦的看法沒錯，發射器就能阻止那架農耕機。（發射器阻止不了戰鬥機器人，但可能會讓戰鬥機器人思考零點三秒再繼續追殺你。如果是戰鬥配備，那它不太可能讓你有機會使用像這種裝載耗時的工具，不過你絕對可以用這東西殺掉一具普通的維安配備。給自己的備忘錄：別讓農耕機搶走發射器後拿來對付你。這就是所謂的丟了小命還丟大面子。）但我知道農耕機能移動得多快。我搭接駁船下來的時候，已經掃過一遍那臺轉發器的教學頻道模組，發射器的設計本來就不是讓人在倉促中使用的，且還只有兩顆轉發器可以重裝。

沒錯，這個計畫……不會成功。

（我看出來自己哪裡做錯了。我放任王艦和人類想出了這個方法。他們有對的武器，只是用法錯誤。我實在應該更積極一點，但是，呃，**已重新編輯**。）

我叫回偵查無人機二號，開始往田地和高大植物方向移動，朝我來的地方撤回。**怎麼了？**王艦問道。

這計畫不能用。我把農耕機的速度和我的速度和發射器的速度和強度算出來的數字做成圖表，傳給王艦好阻止它繼續問問題。這情況其實最適合叫三號來支援，但是它現在跟卡琳姆正要抵達主殖民居住地，移動它等於要取消她的會議，可是會議很重要，且說老實話，實在沒有理由——沒有不蠢的理由——可以解釋我為什麼無法自己處理這個狀況。而且我已經有一個新的爛計畫了。轉發器教學模組的說明很清楚，發射器可以透過安全的頻道連線來遠端啟動。

這個計畫會看起來更蠢，但是威脅評估報告比較喜歡這個計畫：這個計畫讓爆炸型設備遠離受困的人類。

我進入田地，高大的綠色植物在我上方，風的吹拂讓一顆顆種子模樣的東西互相碰撞搖晃。這片田地的作物是從地面長出，而不是透過生長培養基架，所以要穿過其中比較容易。微風掩蓋了我的艙外行動太空衣跟植物摩擦發出的聲音。地面濕濕的，有種生物群落展示區的氣味，即便戴著艙外行動太空衣面罩也一樣聞得到。（對，我戴著面罩，雖然我們其實在空氣泡泡裡面，我不需要面罩。我戴面罩也不是因為覺得可以這樣可以保護我不受到外星汙染物感染，只是覺得戴著的感覺很好，就這樣。）空氣流動的狀況讓植物晃動，這也掩蓋了我前進的時候造成的動靜。偵查無人機一號提供我上方的空拍畫面，所以我可以確保自己的動作不會太明顯。快走出田地邊緣前，我的視線仍被最後幾排茂密的植物遮擋，但是偵查無人機一號的影像和掃描顯示，距離我和擠在路由器外殼裡面耐心埋伏的農耕機之間，還有三十公尺左右的沙質空地。我檢查了一下發射器裡的那顆信號轉發器，確保另外兩顆的引爆設定可以遠端引爆。然後我開始向前跑。

跑了十五公尺之後，我發射出第一顆轉發器，再跑了五公尺後，我發射出第二顆。（不，它們不會撃中就引爆，我檢查過了。）我一個滑步停下來大喊，「嘿！看這邊！」（對，我可以講一些更有意思的話，像節目裡面那樣，但是一架本來的設定是要用本地頻道傳送編碼來控制的農耕機能夠了解的口語指令非常有限，它不會覺得諷刺的言語有什麼厲害的，也不會因此被惹火。）

它沒有反應，至少從我這邊看來是如此。有二點三秒的時間，我以為它會無視我。畢竟我得走到它身邊，把轉發器放在它的外殼上，所以如果它真的無視我，那也不錯。接著它的肢幹便折了大門，朝我衝來。好，這也不是最糟的情況，但算是排在很前面了。

像這種機器人，它們不需要轉身——它身上沒有需要先用來對準自己想殺掉的煩人目標後，整架機器人才能開始往那個方向移動的開口或是感應器，所以它從那個建築倒退出來後，可以直接瘋狂加速。它速度真的很快，我是想說這個。

但我也很快，它朝我衝的時候，我也在往後撤。我跑向田地的方向，偵查無人機一號的影像畫面在其中一個輸入訊號中，所以我看到農耕機的前三條腿落在第一個轉發器兩公尺外的地面。我手上只有它的速度估值（很快），所以我無法進行精準計算，但是看起來結果跟我想的差不多。我引爆了第一個轉發器。

那個王八蛋跳了起來。它的頻道訊號被切斷了，不可能會收到我的引爆指令。它也不應該有能力用視線去看到我的安排，再把這些數據理解為陷阱，但外星汙染物看來是增強了它的計算能力。它跳到高達十公尺的空中（偵查無人機一號差點就被滅口，好險在最後一刻閃開），被強力爆炸炸到關節後的它只掉了兩條腿的前端。而且很顯然它打算降落在我身上，這下我絕對閃不過。

兩件事情同時發生：(1)我倒下後正面朝上，把裝了最後一顆訊號轉發器的發射器對準了農耕機大概會降落的軌道路線，然後(2)我收到另一具維安配備敲我的訊號。

我第一個念頭是三號在這邊幹什麼東西？不過指控的成分比較低，多一點鬆了口氣的感覺。被三號救援還滿丟臉的，但這也不是沒發生過。我的第二個念頭是：不可能是三號。我五點四分鐘前確認過它的所在位置，它不可能趕得過來。

然後出現的念頭：**媽的，是巴利許－亞斯傳薩**。

這就是為什麼卡琳姆的會議太重要不能耽誤、為什麼她需要三號跟在她身邊，也是為什麼王艦不能／不該用它的武裝先遣機為接駁船加強武力，或做出任何會讓人覺得那超過一艘大學深太空地圖繪製船艦能力的事。

在保護地救援船帶著曼莎博士來找到我們的四個企業標準日之後，另一艘巴利許－亞斯傳薩的船艦到了，這次船艦上就我們所知，還多了至少三具維安配備。從那之後，巴－亞任務小隊就變得動作更多，常常派人員到行星上「評估」情況，並與殖民居民溝通。我們沒有合法手段阻止他們這樣做，殺光他們所有人也會有點麻煩，雖然我覺得王艦大概跑過假想情境數據不只一次。

農耕機穩穩朝我俯衝而來，我也已準備要按下引爆裝置。這時，一群大型爆破發射型武器從右邊出現，擊中了那架機器人的軀幹中心。就是它的處理器所在位置。

機器人發出沉悶的聲響。金屬碎片噴得到處都是，幾條肢幹也飛出去了。眼看機器人軀幹支離破碎地重擊地面，我連滾帶爬地離開現場。噢，真是成功的救援啊，巴—亞維安配備，如果換成人類的話，絕大多數都沒辦法像我這樣逃生。這是他媽哪招救援方式啊？

看著我的視線畫面的王艦說，**角度再偏個兩度，剛剛那個行為就會變成意圖謀殺了。**

你可能想問這個很重要的問題：這具維安配備知道我是維安配備嗎？

答案：我他媽的希望它不知道。

在訊號安全的小組頻道上，我說，**不想讓他們知道的事情，就用這個頻道講。他們的維安配備可以從那邊收到你們開口交談的聲音內容**。偵查無人機一號已經進入隱形模式，我叫偵查無人機二號前往離它最近的接駁船，也就是路由器小組留在高原的那一艘。王艦派給我的接駁船停得比較遠，要穿過田地，在已往生的農耕機的感應範圍外。

我還有一架備用無人機在我的艙外行動太空衣口袋裡，我下令叫它進入休眠模式。我已經放掉發射器，並確保它滾到我碰得到的範圍外。我把所有模仿人類動作的程式碼都叫出來跑，這套程式碼比起我最初寫的那套，已經改良非常多。我的頻道、小組頻道和任何與王艦的連線都上了鎖，雖然仍有控制元件的維安配備並沒有像我一樣具備偵測並駭入系統的自由，它們得收到特定指令才能那麼做，而大多數員工都妄想症太嚴重，不敢下這種指令。但是這具維安配備（指定名稱：巴－亞配備一號）距離我只有四公尺，可能會光看著我就知道我是什麼，進而舉發我。

我唯一能做的事情就是盡可能地讓它搞不清楚狀況。我翻過身，像人類一樣哀號（可能不是個好主意，聽起來真的是假到丟臉），並叫出幾段《明月避難所》的幾場殖民地律師的保全人員受傷後還得站起身的戲來參考。王艦在小組頻道上對艾瑞絲說話。她從建築物後方探頭喊道，「請叫你們的維安配備退下。」

沒有無人機，我看不到它在做什麼。王艦已經切換到艾瑞絲的頻道，利用她的艙外行動太空衣攝影機監看現場畫面，然而在這個距離，畫面解析度不是太好。王艦需要升級外勤裝備。等等，如果是人類的話就會望向它，對吧？

王艦說，**你現在很明顯在躲它**。

我也可能是個緊張的人類，又很害怕機器人啊，我對王艦說道，但我還是看過去了。

那具維安配備正在走遠，有五名身穿紅棕色巴利許－亞斯傳薩標誌的艙外行動太空衣的人類則在往我／我們的方向走來。他們一定有艘接駁船停在附近，上頭大概還有兩名人類，搞不好還有另一具維安配備。看不出來他們有沒有攜帶武器，但是情報指出至少部分巴－亞偵查隊員在行星上的時候會固定攜帶隨身武器。目標／受感染的殖民居民曾拿走之前的／死亡的巴－亞偵查隊員的武器。

而且他們帶的維安配備身上裝備了非標準配備的中距離機器人轟炸武器，這比王艦現在配備的任何東西還要高階。

拉銻衝向我，我在我們的安全頻道上對他說，**假裝扶我起身**。

「你沒事吧？」他問道。我限制了我的攝影機畫面與王艦的連線，免得人類看了更緊張，但是在緊急情況解除且我存活下來後，王艦給他們看了一段我差點沒命的畫面。也許是這樣才有人可以跟它一起生氣。我讓拉銻抓住我的手臂，讓畫面看起來像是他撐住了我身子大部分的重量並扶我起身。「剛真的太驚險了！」他瞪了巴利許－亞斯傳薩那群人一眼。接著在頻道上說道，**你覺得那是故意的嗎？**

有可能。也有可能只是一具工作能力很爛的維安配備，我回答道。我心情不是很好。好，我絕非完美，我認為到目前為止我們都很清楚這件事了。但是巴－亞配備一號應該很清楚那個降落軌跡會是怎樣，並早一刻使用爆破電流，然後加速接近，把我滾到安全位置，再幫我擋住碎片才對。是我就會這麼做，或試著這麼做。那種救援情況下，客戶主管不可能來得及重下指令。他媽的王八蛋。

（當然，我不爽的不是這個，只是對巴－亞配備一號搞砸，以及／或者無視客戶最低限度的安全發火比較容易。）

生氣就表現出來比較好，王艦在我們的專用頻道連線上說。

我不打算回應。王艦跟曼莎說過它不會逼我。就只是因為它的醫療系統有情緒支持和創傷修復的資格認證，它就以為自己無所不知了。

我已經站起了身，假裝傷到腳踝，並把身子靠向拉銻。艾瑞絲走出掩護，準備去與巴利許－亞斯傳薩的人類碰頭，塔立克跟在她身邊，這樣很好。他走出來之前也戴上了他的艙外行動太空衣頭盔面罩，這樣一來我仍戴著面罩這件事就不會看起來太奇怪，這點也很好。這裡就只有我們幾個人類，有些人喜歡不需要面罩也能呼吸的時候仍戴著面罩，有些人不喜歡，我們就是喜歡什麼都有一點。

巴－亞的人類沒有戴面罩，領頭的那個人類我們之前見過。他是副主管戴爾考特

（男性／半人類），且他是其中比較聰明的人之一，這年頭就是這樣。

「謝謝你們幫忙，」艾瑞絲說道，如果是機器人的話，可能會誤認那是禮貌口氣，但是人類絕對清楚那話的背後藏著一句**去你的**。「你們之後會發請款單過來嗎？」

馬丁跟我說過，艾瑞絲還是初生人類嬰兒、王艦還是初生某種東西的時候，他們倆就開始互動了。有時候我真的覺得一點都不意外。

戴爾考特說，「我們會列在應付帳款清單裡面。」他笑出來。艾瑞絲露出微笑，下巴僵硬的模樣表示她咬緊了牙關。

帳單的事情不是真的玩笑話，李蘋和負責王艦會計的圖里就在準備等這整件事結束後，回發一張帳單給巴利許－亞斯傳薩。（如果這整件事有結束的一天的話。）這些與企業間發生／進行的金錢爭執十分常見且超級無聊。

（根據馬丁的說法，王艦當然有能力做自己的會計帳，但每次都會跑出沒人對得上的數字。所以現在會計帳是由圖里負責，且必須留存紙本檔案，不然王艦會去偷改數據。沒人知道到底是王艦隨便編數字出來，還是說這些數字就是它藏在某處的金額。）

戴爾考特的臉上仍掛著微笑，「可以請教你們在這裡做什麼嗎？除了破壞本地庫存物件以外？」

庫存物件＝那架農耕機。爆炸摧毀了它的處理器，所以它對人類已經不再是遭汙染的威脅，這可不是什麼巧合。

艾瑞絲說，「除非你要讓我問你們為什麼在這裡。」

這就是人類的所謂較勁。因為很明顯艾瑞絲的任務小隊就是在修理路由器，如果巴－亞的人類沒有察覺，他們的維安配備也會回報這件事。除此之外，另一件很顯而易見的事情是，從他們的維安配備裝備的爆破電流看來，他們在這裡的任務就是在找遭汙染的機器人。

真喪氣啊，王艦說道，真有夠輕描淡寫。我們一天到晚都在蒐集令人沮喪的數據點，要用來指證巴利許－亞斯傳薩的企圖。

新的巴利許－亞斯傳薩探測艦做的第一件事情，就是把火力對準了王艦，試圖惹惱它／我們。（我知道，當時我的運作指數低於百分之六十六，連我都覺得那不是個好主意。

王艦當時已經降下主武器開口，並且傳送道，**目標已鎖定**。

探測艦回傳的訊息說了些一些類似他們無意威嚇我們，問說膽小的學術船艦組員是否嚇到了，不過是用企業口吻說的，然後王艦回道，**在這裡，船艦很常不知道為何就突然消失**。

後來就是一段沉默，代表對方在手忙腳亂地調整操作參數，然後他們犯了一個錯，就是試圖回一些威嚇的話，例如**噢是嘛，你也會吃苦頭的**，而我不是人類實境互動專家，但就連我也知道那顯然沒有什麼用。

王艦傳訊道，**你們讓複雜的情況變得簡單了**。這話我可以告訴你，這絕對不是在較勁之類，它百分之一百是真心的。

巴利許－亞斯傳薩一定是聽懂了背後的意思，因為他們撤了，現在他們認為王艦是一個人類指揮官，且是個超級王八蛋。）

（王艦的身分對所有人都是個秘密，除了三平與紐泰蘭大學的高層部門以外。巴利許－亞斯傳薩根本不知道自己的對手來者何人。）

巴－亞小組的其他成員盯著我和人類看。歐芙賽說過，巴－亞企業總是一副在算要用多少錢把你賣掉的模樣，她說的沒錯。我只覺得慶幸自己改良過模仿人類動作的程式碼，因為如果我必須現場隨機應變，我會不知道要拿我的雙手怎麼辦才好。艾瑞絲成功吸引大部分巴－亞的人類的注意力，但是我知道維安配備在看我。

我不知道艾瑞絲有沒有注意到這件事，但她轉向維安配備的方向說，「謝謝你幫忙。」

戴爾考特露出震驚的神情。「它是維安配備。」

艾瑞絲無視他。我們收拾好剩下的信號轉發器和發射器後就離開了。

10

等我們走到岩石後面、有了掩護之後，我立刻掃描環境，確認有沒有隱形無人機，然後把重心從拉鍗身上移開，站直身子。他說，「你還好嗎？」

我說，「當然。」

艾瑞絲用一種擔心又裝沒事的眼神看著我。她說，「還是你留在我們這邊，反正我們只剩一臺路由器要處理了。」

我說，「好啊。」

我們爬了一段險路回到他們的接駁船，接駁船就停在路由器建築上方的小臺地。因為我跟人類在一起，王艦便召回了我的接駁船。希望藉此能讓在附近徘徊的巴－亞成員以為我們離開了。

原先的巴利許—亞斯傳薩工作小組跟我們說過，新來的成員是本來就規劃好要加強人力的編制，並不是收到他們發出的求救信標來支援的。但是賽斯說他們八成是在說謊。而他們如果是在說謊，就表示巴—亞有更多支援在蟲洞附近某個離這個星系很近的地方待命。如果他們本來就已經派了好幾組探測人員到這個星系各處，那這樣也算合理。

但是真正的問題在於現在巴—亞有一艘補給船艦和一艘武裝探測艦，卻還沒看到三平與紐泰蘭大學派來的支援船艦。而我們真的很需要一艘支援船艦。

A計畫第一階段之快點離開這鬼地方，需要先想辦法讓這個殖民星的醫療單位取得特殊去除汙染更新檔，這麼一來他們才能幫彼此進行外星汙染物處理協定流程。這個步驟花了比預期還要長的時間，因為這裡的醫療中心設備是三十七個企業標準年或更久之前版本的企業專利設備。

堤亞哥和卡琳姆說服了一小部分的殖民地居民，請他們傳送主要醫療中心的軟體備份給我們，王艦移除了所有有汙染跡象的編碼，改成自己版本的去汙染程式碼包，再給這些老舊的爛設備用，然後我們得一一存取每一個醫療中心，分別下載乾淨且強化過的作業系統，當然過程也是有超嚴密防範措施，才能阻絕交叉感染或重複感染的情況發生。這麼做主要還是為了預防我們自己大出包，且防治醫療系統中有行為表現異於我們之前標記的人類—機器—人類之間通訊行為的休眠病毒碎片感染的情況發生。

不過好險，光是在王艦、我、我們的人類和殖民地居民之間，對於這顆星球上的病毒感染風險的疑神疑鬼程度，就連用我的標準來看都是過剩了。

A計畫第二階段是針對巴利許—亞斯傳薩提出訴訟，阻止他們主張對殖民地人類尚有殘值的所有權，這個部分李蘋還在努力中。王艦的組員也已經開始進行外星汙染評估，情況看起來充滿不確定性。還有很多我不在乎的技術細節，但是基本上來說，如果他們不能提出有力證明指出汙染站點可有效封鎖，那麼這個行星就會被封閉，殖民星居民就一定得撤離，巴利許—亞斯傳薩則又能夠再提出這些居民屬於他們。

第二階段的第一小節中包含了要去問殖民地居民想要怎麼做。我知道，看起來很簡單。（我也有看到這件事的諷刺之處，畢竟我確切明白「你想要什麼」這個問題在你他媽的不知道自己到底要什麼的時候有多難回答。但是我們這裡討論的不是存在問題，只是基本的：你們想要巴利許—亞斯傳薩取得殘值所有權，讓你們這輩子都被他們當作企業合約勞工嗎？選擇⑴好⑵不要。）

問題是在於要問誰。

（「他們現在的分支派系比剛抵達的時候更多。」整理完用王艦派出的勘測無人機蒐集的初期情報以及與幾名殖民地居民的通訊系統交談內容後，提亞哥這麼說道。「他們將整個生活範圍分成至少兩個不同的區域，其他團體則分散在外，在居住地高原另一頭紮營。」

王艦組員中的主要交涉人員卡琳姆說，「他們對彼此做了一些沒辦法輕易原諒的事情。我們知道——他們也知道——這是外星汙染造成的，但是我認為到他們能夠真正接受這件事之前，還需要一點時間。」

「他們需要的是我們已經快沒有的時間。」曼莎說。

說到這個，無法放下發生在自己身上的事情的這個情境，我可以理解。但是情況看起來他們應該要先暫時不恨彼此，先避免自己變成企業奴隸，等到威脅評估報告的數字下降後，想要的話再恢復互相憎恨的關係。）

我們搭乘接駁船往下一個路由器移動，地點在主殖民居住地西邊一座小石丘上，被東一叢西一叢、像樹木又像蕨類的稀疏灰綠色細長植物環繞。我們抵達的時候，另一項當下的行動，要不是我**已重新編輯**，本來應該監控危安狀況的那場行動已經在進行中。因為實在太無聊，我把三號的影像畫面往回拉，從頭看起。

卡琳姆跟三號一起從接駁船上走下來，他們落地的地點是第二殖民地站點的起降臺。主殖民地離企業網前時代的站點很近，發生第一次外星汙染事件後就被遺棄了。殖民地居民選擇把這個站點蓋在一座高原的低平臺上，利用重機具挖出空間與走道後，再把活動區蓋在上面，這麼一來殖民地就能同時具備開放式建築本體，還有地下居住建築可以藏身以及保護補給品與重要系統。在活動區下方，他們挖了交通工具降落區和斜坡道，一路向下延伸到另一片農作區和造水廠。

卡琳姆得向等待她的殖民地居民打招呼。這件事花了點時間，久到我有空看一下我這邊的現場，只見他們已經開始切割岩石的步驟。那邊的天氣很晴朗，視線清楚。我們可以把我換成一架自動氣象無人機大概也行得通。

艾瑞絲和塔立克開始處理路由器，它看起來就像塊普通的大石頭，四周被蕨類感的樹林包圍。樹林之後就是一大片平原，長著紅紅的植被，可以看到一些粗石礫地面東一片西一片地露出來。人類不可能在這裡不見。除了有王艦，人類的殖民地也不遠，通訊系統可以用，升降箱的升降塔豎井也在視線內，一路往上延伸到高大氣層裡看不見的地方。所以就算接駁船壞了，就算我們頻道用的通訊系統停用了，他們只需要走到升降塔，等到王艦其中一架巡邏先遣機來找他們，並呼叫另一艘接駁船下來，就可以脫身。

我可以往反方向走去，一直走到——嗯，我要把這段標記刪除。

我進入三號的無人機頻道，這樣看卡琳姆更清楚。三號沒穿盔甲，而是穿著艙外行動太空衣，假裝自己是人類。我敲了敲三號的頻道後說，**你有在跑「像人類走路」的程式碼嗎？**

三號回答，**我有在跑「像人類走路」的程式碼**。雖這麼說，它還是慢了下來，讓關節放鬆些。過了兩秒，它補充道，**這件事的難度超乎預期**。

可不是嗎。**你做得很好**，我說。

我們不想讓殖民地居民知道三號是維安配備，主要是希望避免進行某些對話，關於那艘憤怒的行星轟炸船艦有多喜歡這具維安配備，如果有一顆石頭掉到它身上的話，那艘船艦難保不會出現失控行為這類話題。殖民地居民以為三號只是一個很彆扭的強化人。這種人也不是很少見就是了。

卡琳姆和三號跟著殖民地居民穿過第二殖民地的主要區域，跟企業網前時代的站點目前剩下的部分相比，這裡看起來更像人類居住地。（在我到這裡之前，從沒想過這種事會是個加分點，不過現在在我眼裡，所有沒有一看就顯示「嚴重外星汙染事件發生中」的東西都是加分點。）這個殖民地偶爾露出的一點管線、回收儲物間、裝飾用的植物和中斷的建築工程看起來都又凌亂又非常有人類感，非常沒有惡性外星病毒試圖攻佔大腦感。

因為那種事情發生過。差點發生。

王艦在這頻道上存在感很強烈，因為他的組員下去行星表面這件事，對它來說可不怎麼值得開心。

（任務簡報對話逐字稿：

王艦：**如果卡琳姆接觸殖民星，而殖民星居民或企業試圖傷害她，表示轟炸這個站點的威脅力道可能不夠。**

賽斯：**小日，我可以私下跟你談一下嗎？**

艾瑞絲：**只是玩笑話而已啦。**

拉銻：**是齁。**

我：**你可以炸掉另一塊大陸上的地球化引擎，反正那是更好的目標。**

堤亞哥：**我想維安配備也是在開玩笑。**）

（王艦是在開玩笑沒錯。大部分的時候。艾瑞絲告訴堤亞哥，王艦經歷過一次創傷，所以會亂說話，直到它完全把發生的事情消化完為止。堤亞哥說他知道，但是他同時也覺得王艦就是喜歡嚇唬人類。艾瑞絲很氣，但她面露微笑，一臉「我就當作你不是認真的，這樣我就不需要在這條走廊跟你吵到底」。）

（我發現原來艾瑞絲是王艦的拉銻。）

（堤亞哥的說法不正確：王艦沒有喜歡嚇唬人類，它是喜歡隨心所欲，而它有各式各樣的方法可以有效達到這點，帶著一種若有似無又沒那麼若有似無地威脅性的言論，絕對是其中的方法之一。艾瑞絲有一點沒說錯，那就是王艦仍在消化它經歷過的創傷，而這個消化過程進展如此緩慢，讓它會在先遣機加裝武器，又讓殖民地居民覺得它會把大家炸個稀巴爛，也許是我們該擔心的事，但我現在太忙了，好嗎。）

（我沒在開玩笑。地球化引擎是完美目標：如果我們在轟炸後立刻將殖民站點的人口撤離，就不會有任何死傷，同時能在基礎建設上造成不可彌補的傷害。）

（我只是說說而已。）

即便有三號隨伺在側，看著卡琳姆跟著她的殖民地居民嚮導走進門內，又向下走了一段階梯，進入居住建築的深處，仍不是件輕鬆的事。從王艦的人員檔案看起來，她的年紀比曼莎大，看起來也不像個強悍的太空探險員，就算被艙外行動太空衣密實包裹著也一樣。

他們領她進入一間房間，她在石塊地板鋪著的軟墊上坐下，三號則在她身後找了一個位置待命。它本來想保持站姿，但是卡琳姆回頭望了一眼，面露微笑，示意要它坐下。它照做了。那模樣讓我想起有段頻道影片中，一隻很年幼又不知所措的幼畜，因為還沒辦法好好控制身軀而不知道該拿自己的肢幹怎麼辦的畫面。

我想我自己在某個時候也曾那麼尷尬，但這實在是齁。

三號的情報無人機停在天花板，取得三百六十度的視角。這個房間是個從岩石中雕出來的的圓弧型空間，數盞照明固定在挑高的拱型天花板。幾位殖民地居民坐在卡琳姆對面的軟墊上。

其中一人是年紀較長的女性人類，名叫貝拉加亞，企業網前時代站點爆炸後，她是第一位試圖再次啟動聯繫的殖民地居民。王艦的人類小楓覺得貝拉加亞可能是讓第一派系改變心意、願意跟我們交談的重要推手。跟她同在現場的還有第二派系的領導人丹尼絲和凡利瑟，就是個「太茫然而不知道自己要什麼且誰也不信任」派系。貝拉加亞說服了他們來參加這次會面，我們派卡琳姆前往是因為她是王艦組員中的主要交涉人員，也因為她看起來沒有威脅性。

王艦很不高興，但是三號分享了它的威脅評估報告，看起來數字在可接受的低標內。殖民地居民擺出了杯子和一只裝著熱液體的容器，還有張盤子，上面放了一點食物。三人沒有穿著星表工作服來會面，而是穿上了比較柔軟的服裝，顏色也比較明亮。肢體語言和其他跡象顯示他們是真的想要談話。所有人類都坐定之後，卡琳姆說，「感謝你們允許我過來這裡與你們談話。」頻道有幾秒延遲，因為堤亞哥的語言功能單元要替她翻譯。

卡琳姆很顯然已經準備好要用一種講理又冷靜又有說服力的態度來講述她的道理，

那就是如果法律途徑無法阻止巴利許－亞斯傳薩，最好的方法就是暫時跟其他派系合作，讓所有居民都能脫離行星。丹尼絲和凡利瑟看著她的模樣，彷彿她是要建議大家沒事就引火自焚來找樂子一樣。門口漸漸聚集了更多殖民地居民旁聽或假裝旁聽這場對談，最後這些人果不其然開始提出愚蠢的評論。所以說，就是完全正常的狀況。

我這邊的任務（稱為「任務」是因為我只需要站在現場），人類已經開始收尾了。塔立克揹著工具箱往接駁船移動，接駁船就停在樹叢後的平地上。艾瑞絲完成了路由器識別後，切換到小組頻道看卡琳姆的會議。拉銻沒有繼續看數據了，而是在看著塔立克移動的身影。

然後貝拉加亞說，「首先，在我們開始提問之前——我們之中有人不想跟你們說這件事：這個行星上還有另一座殖民站點。」

呃，好喔，我們知道。有主站點，還有其他分支站點。

卡琳姆花了三秒消化這個突然出現的資訊。（她幾乎跟曼莎一樣擅長不露出不悅的神情。）她的神情始終不帶情緒且有耐性。「我相信我們可以配合他們的需求。」她朝丹尼絲和凡利瑟示意。「如果還有其他團體的成員應該要到場——」

「不，不是我們這邊的團體。」貝拉加亞打斷她。丹尼絲和凡利瑟用一種「搞屁啊」的表情看著貝拉加亞。他們不喜歡她說這件事，不論到底是什麼事。「是完全不一樣的站點。他們是約莫三十年前脫離出去的。位置在極點，接近地形改造區。」

在小組頻道上，王艦說，**有完沒完啊**。

我開口出聲說道，「是在跟我開玩笑嗎？」

我們最不需要的就是有更多被殖民者跑出來。這麼一來人類在做的應急計劃和資源估算就都要作廢了。

我們得在這裡待更久。

在王艦上，於王艦的休息室進行監控的馬丁差點打翻手中那杯熱液體，說，「什麼東西？」

坐在他身旁的小楓敲了全艦通訊系統說，「賽斯，請過來這邊。」

我們所在的路由器山丘上，艾瑞絲喃喃說道，「蛤？」拉鋣轉過來盯著我，一臉擔心。他沒有在側聽頻道內容，只有打開我們這個任務小組的獨立頻道。正在返回接駁船的塔立克看見騷動，用跑的趕到我們身旁。我把拉鋣和塔立克加入卡琳姆的任務頻道，這樣比解釋快多了。

在地底下的殖民地會議室裡，卡琳姆挑眉。「另一個居住站點？」我覺得她很謹慎，不想流露太多反應。如果是曼莎就會這樣做。她在頻道上說，**其他大陸上的地形改造站點應該都是不可居住的輔助設備站而已，對嗎？**

正確，王艦答道。**他們可能是神智不清了。**

卡琳姆回答，**你知道嗎，現在說什麼我都會信的。**

貝拉加亞解釋道，「汙染報告一開始的時候他們就離開了。剛開始的時候我們還會在通訊系統聽到他們的消息，有時候他們會飛回來過節。但是幾年過去後就越來越少。我們漸行漸遠。我們沒辦法直接聯繫他們，都要靠他們聯絡我們。」

她那樣說，讓我燃起了一點希望。也許這所謂的其他人類只是一場想像。人類很擅長想像。這就是為什麼他們的娛樂內容做得那麼好。

也許卡琳姆也覺得有一點希望，因為她用非常平靜的口吻問，「為什麼是他們聯絡你們？」

貝拉加亞解釋道，「通訊系統在那邊不能用。地形改造的電池會產生干擾。」

艾瑞絲在小組頻道上說，**小日，那種程度的干擾會阻擋你的初始訊號掃描嗎？**

王艦回答，**有干擾，但是找到還在活動中的殖民地地點之後，進一步掃描就不在我們的優先處理事項中了。**

賽斯口氣聽起來已放棄掙扎，**所以還是有可能有其他殖民站點。**

小楓說，**我們在升降箱站找到的地圖數據裡面沒這類資訊啊。**

馬丁補充道，**我們不是可以看得到極點的引擎現場畫面嗎？**

我們有的是引擎本體的掃描重建畫面，不是四周的地形圖，王艦說。

「如果我們想跟他們交談，就得過去那裡，」貝拉加亞說。「但是最後這場爆發開始之後，我們不敢派人過去，怕把汙染傳出去。所以他們都沒被感染。」丹尼絲喃喃說道，「我們覺得他們都沒被感染。」

巴不得繼續拒絕別人叫她不要犯蠢的她補充道，「他們可能都死了。」

站在門邊的其中一人說，「我們存活下來了。到現在。」

後面還有人小聲說了句「雖然有你在」，但其他人類都假裝沒聽見。

「原來如此。」卡琳姆的前額浮現皺紋。她分心在聽頻道上的交談。在我替她打開訊息過濾器之前，王艦說，**請勿在任務頻道上進行不必要的交談**，然後所有人就都閉嘴了。我早就知道人類會有什麼反應，所以我只有給拉鎊和塔立克讀取的權限。卡琳姆說，「妳說他們在極點嗎？」

貝拉加亞點點頭。「對，就在地形改造引擎的作業基地附近。他們可能是引擎全面自動化之前在那裡維護引擎的首批技師。他們說在那邊找到了一個適合的居住地點。」

卡琳姆的腦袋動得很快。「我們可以去跟他們談談，先警告他們。巴利許－亞斯傳薩知道他們的存在嗎？」

貝拉加亞搖搖頭，直望向丹尼絲。「我不知道。」

丹尼絲神情決絕。「我們這邊的人不會跟他們說。」

凡利瑟跟著說道，「我們覺得我們這邊的人不會跟他們說。」

丹尼絲坦承道，「其他人可能會。有些人還搞不太清楚狀況。」

此話一出，門邊傳來更多低語。顯然他們覺得丹尼絲的人才搞不清楚狀況。三號傳給我一份報告，表示四周的人類的動作和行為仍無惡意。對，我他媽的知道啊。（我沒這麼說，只回傳了**收到**。）

一名人類擠到門邊說，「那個站點，本來就不該是第二站點。所以不會在原始的殖民地憲章裡。」

賽斯在王艦休息室裡，雙手掩面發出哀號。我當下不太知道那是什麼意思。我是說，我也想雙手掩面發出哀號，但我其實差不多一天到晚這麼做。

噢，對，我懂了。大學要提出的法律訴訟，立場是基於重建的原殖民地憲章，該憲章認定這顆行星是一個主權政治實體，不該被視為可奪取的殘值，重建憲章正是李蘋和其他人類一直在努力的工作。現在的情況會導致內容需要再次修改。而此時巴利許－亞斯傳薩新派來的探測艦已經在這裡，我們的時間已經不多。

行星很大，我們很可能錯過其他起降與居住的站點。王艦一定有在某個階段掃描過有沒有其他空氣泡泡存在（我不知道它空閒時間都在幹嘛），但我們剛到這裡的時候，它一定是一心只想找到自己的組員，其他什麼都不在乎。那種可以找到低影響居住地的映射掃描通常都是衛星在做的。（或先遣機，大部分都已經被王艦加裝了武器。）這顆行星沒有完整的衛星，只有一些被打爛的衛星碎片在軌道上，破碎程度已經讓人無法辨識是企業網時代還是那之前的產物。

王艦說，**地形改造站點會製造一種干擾訊號，擾亂通訊和頻道訊號**。對，我想也是。王艦接著說，**也會干擾殖民地規模的空氣泡泡駐點**。

賽斯一邊翻閱報告，眉頭緊蹙。他說，**一開始的先遣機掃描方向是要找出空氣泡泡**。

卡琳姆自顧自點點頭。「好，那也合——可以跟我多說一點另一個殖民站點的事嗎？」

貝拉加亞示意她身後的門邊，「這位是柯瑞安。」她使用了一個經過翻譯後是維的代名詞。「維是歷史學家。」

柯瑞安從人群中擠出來，走進房內。維往地上一坐，蜷起雙腿，面向卡琳姆。三號沒有發出警告訊號，這是好事。威脅評估報告判定柯瑞安為對交談焦慮的無敵意者。維拍了拍自己的胸口。「我有做記錄，懂嗎？這不是個人知識。」

卡琳姆點點頭。「明白。」

柯瑞安的神情專注，好像維一直在等待討論這件事的時候到來。「二十年前，聯繫斷了。聯繫是有記錄的，從維修到確認地形改造進度都有，只是沒有經過證實。引擎的干擾太大了。」

有人不同意，「阿姨說聯繫內容有正確的簽名——」

貝拉加亞一直仔細地觀察卡琳姆，她一定多少有點意識到那股動蕩。她對其他人說，「噓。讓柯瑞安說。」神奇的是，他們都閉嘴了。

柯瑞安繼續說道，「不是只是汙染的事情。我讀了好幾份他們離開那時的日誌，他們是分離主義者。有多次分歧，在多種不同層面發生。這就是溝通不足的背後原因。我們無法告訴你們他們的確切位置，因為我們也不知道。他們不肯告訴我們。」

我覺得卡琳姆應該跟其他組員一樣覺得「媽的」，只是她藏得非常好。她環顧殖民地居民。「感謝你們信任我們，跟我們分享這個資訊。我們不會告訴巴利許－亞斯傳薩。」她猶豫了一下，顯然是想要想個辦法讓接下來的這段話聽起來不要像是她在命令他們。「我明白你們還沒決定要怎麼做。在你們確定之前，對你們最好的做法，就是你們也不要跟他們說這件事。」

他們可能已經知道了，王艦傳訊道。

「是很重要沒錯，但我擔心的不是這個，」柯瑞安說，注意力仍放在卡琳姆身上。「日誌上寫到一個傳聞，說他們定居在地下洞穴系統。」

三架無人機拍到了卡琳姆臉色一沉，雙肩繃緊。我有同感，卡琳姆，我完全有同感。她重複道，「洞穴系統。」

丹尼絲搖頭。「在那區的那種地質？有大到可以當殖民地的洞穴系統？不太可能。」

吼，這是什麼玩笑。我有(a)視線訊號，其中拉鎊在朝天揮拳，塔立克則做出拔頭髮的動作，艾瑞絲坐著，眉頭緊蹙；(b)王艦休息室的攝影畫面，其中賽斯正在輕輕地用頭撞桌子，馬丁則拍著他的背。卡琳姆說，「你覺得那是另一個企業網時代前站點。還是外星遺留站點？」

「比較可能是企業網前時期的站點，但是——」柯瑞安雙手一攤。「妳也知道問題在哪。」

嘿，我們都知道問題在哪。

曼莎在保護地救援船上敲了敲我的頻道。**賽斯剛傳訊給我說有意外發展。卡琳姆沒事吧？**

沒事。她在忙著聽人家說一些超讚的新消息。我把對話最後一段轉傳給她。

有些殖民地居民抗議說沒有證據顯示有其他企網前時代站點，也絕對沒有任何外星遺留站點存在，你怎麼可以那樣說，之類之類的，而貝拉加亞只是一臉精疲力盡地看著他們。卡琳姆只專注在柯瑞安身上，仔細聽維說的話。維說完後，卡琳姆問道，「你有其他資訊可以讓我多了解這個站點嗎？」沒有，結果維沒有辦法，其他人也毫無頭緒，只知道那個站點離地形改造引擎很近，藉此干擾通訊系統連線。柯瑞安持續檢視維有權限的那些記錄，想找出任何一位現在仍活著，且在過去二十年中曾跟那些分離主義者交談過的人，可是什麼也沒找到。

曼莎看完了頻道影片。她喃喃說道，「噢，你是在開我玩笑吧。」

真的。

11

所以，爭執開始了。不是爭執，是討論。隨便啦，就是焦慮的人類想弄清楚該怎麼做。

卡琳姆仍須要繼續完成這場會面本來的目的，也就是試著讓殖民地居民至少同意一個大方向：讓大學把他們撤離，以免他們被丟進巴利許－亞斯傳薩勞改營。賽斯、馬丁和小楓也參與了那場爭執／討論——稱為討執好了——曼莎和李蘋透過保護地救援船的通訊系統也參與了。所以提亞哥、圖里和歐芙賽也放下了手邊的事，加入一號任務訊息中，給卡琳姆建議，以及在她需要的時候幫她查資料。馬泰奧和亞拉達仍在處理醫療中心升級的工作。我把所有頻道都推到後面，然後保持與三號的頻道通暢，它仍順利地與卡琳姆坐在一起，沒有搞砸任何事。

我連光只是要站在這裡都沒做得很好，因為目前我的三名人類提出要自願去確認那個可能不是亂編出來的殖民駐點。「我們現在的條件正好可以過去一趟，又不會引起巴利許－亞斯傳薩注意。」塔立克說。拉銻和艾瑞絲已經把接駁船的物資與裝備清單資訊拉到小組第二頻道開始比對內容了。

曼莎在通訊系統上說，「這主意可行。」我現在沒辦法叫出救援船的攝影畫面，但是王艦有提供救援船廚房的畫面，所以我可以看到曼莎出現在飄浮顯示器畫面中。有人在小組頻道上叫出了行動時間表，可以看到艾瑞絲剛把她的小組路由器任務狀態更新為已完成。曼莎接著說道，「他們也完成最後一座路由器的工作了。如果要去的話，是有時間可以去。」

「我們無法事先用通訊系統聯絡殖民地居民，請他們同意我們造訪，」馬丁在王艦休息室中再次說道。「我不喜歡這樣。」

「我也不喜歡。」小楓同意。「我們都明白突然造訪的風險有多高。但是現在的情況不是他們拒絕回應，而是他們可能根本不知道狀況。」

王艦在幾張顯示器上輪流顯示它所有跟地形改造引擎相關的資料。我可以利用王艦的掃描資料組成畫面來「看」引擎的模樣，實際上也幾乎像可以混淆人類的那種真的目視畫面，只是引擎四周的地形多數不清楚且不真實。引擎發出的雜訊量擋下了其他東西往外傳送的訊號，導致掃描只能捕捉到這些資訊——這裡就是殖民地居民說的那個封鎖區。我們可以派先遣機過去，但是它們一樣無法掃描，只能錄下鏡頭拍到的畫面後回到一個可以讓我們把資料回傳給王艦的定點。巴利許－亞斯傳薩一直想緊盯我們的一舉一動，這不意外，但是行星是很大的，不可能完全監控，就像我們不可能知道他們的一切所作所為一樣。如果他們發現王艦的先遣機進入封鎖區，我們可以說我們是在蒐集地形變造引擎的資料。但如果我們派先遣機進入封鎖區、出來後傳送報告，接著又派接駁船進去，這樣巴－亞就會知道我們找到的東西有親自一探究竟的價值。最好直接派出載有先遣機的接駁船，然後把資料設定成地形變造引擎評估任務。

我本來可以把這些都說出來，但是王艦已經開始了。一直在休息室用掌根頂著額頭、一邊來回踱步，看起來心情幾乎跟我一樣愉快的賽斯說，「艾瑞絲，去看看是不是真的有人在那裡，要不要接觸就由你判斷了，可以嗎？」

「可以。」艾瑞絲的目光與塔立克和拉鎌交會，他們分別用不同方式表示了同意。她說，「維安配備？」我才發現她也看向了我。

我說，「當然好啊。」因為他們反正一定會去。讓他們自己前往是個壞主意。

艾瑞絲和塔立克轉向拉鍊，只見他很努力地裝出這整件事沒有讓他超級擔心地模樣說，「太好了！那我們走吧。」

我捕捉到一則私人道訊息，是賽斯傳給艾瑞絲的，短短一句**小心點，親愛的**。馬丁也傳道，**跟我們回報狀況！要多留意那邊的天氣狀況！**

她回傳訊息給兩人，**好的，爸爸。一定會的，爸爸**。然後加上一個笑臉圖案。

我們沿著滿地礫石走下小丘，再次穿越似樹非樹的植物群，往接駁船移動。沿路上我把偵查無人機一號、二號和三號從巡邏結界召回。

（嗯，無人機。我討厭這顆行星的另一個原因，就是我在這裡只剩下五架無人機。王艦綁架我和艾梅納的時候導致我犧牲了幾架無人機，我只能用僅剩的無人機做事，結果這裡發生的事情讓我現在只剩五架。我還不知道自己要下來這裡的時候，先派了一架去跟著三號，我留了一架在王艦上，因為我想至少保護好一架，我不想要折損全部的無人機。所以我身上其實只有三架無人機，想想看，只剩三架無人機要負責拉結界，這就是為什麼愚蠢的巴利許－亞斯傳薩和他們愚蠢的維安配備直接朝我走來的時候我竟然渾然不覺。）

曼莎敲了我的專用頻道說，**如果你不想去的話可以不要去。塔立克有維安專長，如果你覺得三號準備好了，也可以派三號去**。

塔立克是人類，另外，我也不希望我讓三號跟我在乎的人類一起去找與世隔絕的殖民地居民進行首次接觸，倒頭來才發現三號原來還沒準備好在沒人監督的情況下進行互動。我回答，**沒關係**。

而有鑑於隱私對王艦來說只是一種假設，它直接插嘴說，**我會把自己下載一版到接駁船上存放的作戰無人機上**。

很好，曼莎說，**謝謝你，近日點**。的確是很好。如果任務最後很無聊，我們可以一起看劇。

我看見自己還有四則私人訊息未讀，分別來自亞拉達、艾梅納、歐芙賽和李蘋。我現在沒辦法處理這些。對曼莎假裝我沒事就已經夠難了。我把訊息轉發給她後說，**妳可以跟他們說我沒事嗎？**我討厭這樣。又不是說我永遠失去了什麼部位還是其他東西。

她檢查訊息佇列的時候沒說話。**我會跟他們說你沒事，你只是需要一點空間。祝你好運。**

同一個頻道上，王艦說，**預計一點三分鐘後抵達。即將進入通訊系統／頻道斷線點。**

我關掉節目後站起身子。最近我看了很多《明月避難所之風起雲湧》，但是王艦想要回去看我們之前看過的劇，那齣劇很受三平的人類歡迎。那是一齣半歷史劇，講的是關於早期人類首次離開原始星系的故事。我之前看過紀錄片形式的版本了，但是這齣劇混和了現實的細節和有趣的內容，例如太空戰爭、救援人類、太空怪物還有把小行星拋向行星的情節。（最後那部分其實是有真實性的，只是如果你真的這麼做了，他們會派出一堆炮艦給你好看。）總之，是個好節目，不過我沒跟王艦說。

我們一直在滿布崎嶇山峰和斷崖的山脈上空飛行，能安全穿過這一區的話就可以鬆口氣了。雖然這艘接駁船是王艦的長途接駁船，不像公司所有的那種，由最低開價者得標的保養廠商打造和維護的接駁艇。這艘接駁船上有真的會運作的安全／緊急設備（除了我以外），在座艙後方還有小小的第二艙房，裡面放了上下舖和小型醫療設備、一間小廚房，外加貨物和實驗樣本儲存空間。衛浴空間裡也有一間真正的淋浴間。但是一個小小的金屬容器裡載滿了軟趴趴的人類，長時間飛越尖銳岩石上空這件事仍讓我的風險評估模組非常躁動。要在這山脈撞毀喪命的方式太多了，導致我那愚蠢的風險評估功能會隨機發出警報。

「收到，小日。」塔立克說。他和艾瑞絲在駕駛艙，駕駛艙有一扇艙門可以與其他船艙隔開，不過艙門現在開著，好讓他們能跟坐在前排的拉銻交談。他們配合安全協定，身上仍穿著艙外行動太空衣，不過頭盔是收下來的。艾瑞絲用一個頭帶／絲巾類的東西，把一頭蓬鬆的鬈髮綁了起來。

即便王艦已經啟動了指令系統裡的機器人駕駛，塔立克仍坐在駕駛座。就算有機器人駕駛控制船艦，也一定要有一名人類或維安配備在控制臺待命。最好是真的知道怎麼使用控制臺的人類或維安配備。（考量到我曾經出過多次沒有配合這點要求的合約任務，我現在還能（還算）完整地在這裡，真是不可思議。）

我沒有駕駛接駁船的模組，所以如果人類和王艦突然失去控制或發生重大機械故障的話，我能做的也有限。（這點真的讓我很不爽。我實在應該要有他媽的接駁船駕駛模組以應對緊急情況才對。如果所有人類都喪失行為能力，只有維安配備可以駕駛接駁船帶他們回基地艦／太空站／隨便哪裡的情況發生怎麼辦？這情況跟叛變維安配備開接駁船去撞艦或採礦場相比，發生的可能性更高吧？相信我，要砸爛這兩者，還有很多更有效率的選擇。）

艾瑞絲站起身，望向拉銻座位旁的窗口。他們一邊聊天，一邊指著地下水和植被的證據，這些都是地形改造有成效的象徵。這就是外星汙染真的很討厭的其中一個時候。

王艦的組員先前透過先遣機做的報告裡顯示剛石至少還有支付費用，採取應對流程，若是地形改造引擎必須關閉，這個行星也不至於淪為荒地。灰軍情報在秘盧就不是這樣。在保護地，我最後看到的幾則跟那爛事有關的新聞，是古奈蘭德自治區已經以該行星殘值的代價接手，正試圖挽救其被破壞的現狀。

自從我們展開這場探勘後，我當然就沒有看到任何新聞了。嗯，不知道有沒有我們被綁架的新聞。自從卸下星球領導人的身分後，曼莎對記者來說就沒那麼有意思了，但是艾梅納是她的其中一個孩子，而孩子在一場太空戰爭中被以那麼戲劇化的方式綁走應該是一件大事，至少在保護地來說一定是如此。（雖然這種事在我的娛樂節目裡並不罕見，但這就是真實生活跟虛構內容並不相符的其中一種情況。）尤其如果記者發現曼莎的叛變維安配備也在事件中的話。如果新聞開始對這件事有興趣，他們會不會發現王艦就是綁架犯？如果他們開始調查大學的失落殖民地任務，對許多人類、強化人、機器人、假裝成普通交通船艦的重武裝又愛批評的機器智慧，還有大學合作過的各種人事物來說，從各種不妙的情況來看都超級不妙。

這下可好，又有別的事情要煩惱了。多跟一群人類產生感情本來就一定是一件複雜的事情，但算了。吼，我真希望可以覺得自己早已準備好面對複雜。或者準備好面對任何東西。

已重新編輯

在我們的探勘船艦遭攻擊的一小時內，一發現王艦在進入蟲洞前部屬的地點資訊浮標後，曼莎和救援船就已離開保護地太空站，所以她和組員不會有任何更新的新聞資訊。取決於剛抵達的巴利許－亞斯傳薩探測艦登船地點，他們很可能也錯過了最新的新聞消息。（截至目前仍是假設的這則報導如果產生的話，應該也是來自保護地，要花幾個循環日的時間才會傳遍太空站和行星——除非我們正好走運，軍官英達靠偵查不公開的規則把新聞先壓下來。但我完全不指望這個可能性。)(嗯，好，保護地太空站維安組做事沒我剛到那裡的時候以為的那麼爛，但是他們的工作主要還是意外緊急救援、維護安全系統，還有檢查危險貨物違禁品，我現在就能想出至少五個人會明明沒有任何資訊就到處亂講綁架的事情，讓情況在軍官英達來得及叫大家閉嘴之前就變得更難收拾。不，是六個。)

算了，反正大學沒派出回應船艦之前我們都不會收到任何證實消息，就算派出都不一定有。我只能先把可能性算入變因去預測長期威脅評估，再相對應地提高我的焦慮等級了。**王艦，定義相對應。**

是相稱的同義詞。王艦的無人機在後排升起，並伸出許多帶刺的臂桿。王艦的版本檔案交接還沒啟動，不過我們已經快要到訊號中斷點了，倒數四十二秒。

這架無人機是個薄薄的橢圓平面設計，寬約十五公分，具有許多折疊式的裝甲收合在平面之中，理論上在行星探索任務或接觸任務中派得上用場，不過了解王艦就知道，誰曉得這些無人機實際作用到底是什麼。它接著說道，**剛那是跟任務密切相關的問題嗎？**

這不算是真的疑問，所以我沒回答。沒錯，剛那話就是在無人機裡面的王艦說的，然後王艦也擔任機器人駕駛在開這艘接駁船，王艦還在監控三號在殖民地站點的任務，且同時維持著交通船艦的標準運作功能，王艦也用感測器追蹤巴利許－亞斯傳薩船艦，期待他們會做些什麼讓它可以有正當理由出手（它一定會說是他們先動手的），王艦此時此刻還在跟賽斯吵他的高碳水蛋白質餐點，並威脅賽斯說它要告訴馬丁和艾瑞絲。大多數交通運輸機器人都需要將覺察力做某種程度的分散運用，但是王艦比那複雜多了。

（我曾在一次病毒攻擊的時候把自己上傳到機器人駕駛的控制介面，最後導致自己嚴重死當，得重新建立我的記憶體。如果我沒有人類神經組織，也沒有儲存檔案資料，我就完蛋了。（所以它還是做對過一件事。）如果我是上傳到整個王艦的架構裡，我大概最長只能撐得過痛苦的幾秒鐘時間而已。）

（這就是為什麼我們得寫2．0的程式碼來應對被汙染的巴利許－亞斯傳薩探測艦攻擊。）

（如果2．0還在，我大概就不會**已重新編輯**。）王艦的每一個小部分都有點不一樣，取決於其功能。比方說，王艦無人機現在並沒有在保護它整船的重要人類，所以它比較不會先把東西炸爛了才問問題。

塔立克開始大聲倒數斷線時間點。王艦在小組頻道上說，**版本檔案交接啟動，祝好運**。

「收到，謝謝你，小日，」艾瑞絲面帶微笑地說。「在那裡要小心點。待會見。」

王艦在我的專用頻道說，**照顧好他們，還有你自己**。我還來不及想到要回什麼，感知裡的王艦、它的攝影機、它的頻道和通訊系統、王艦上工作和交談中，或使用通訊系統與曼莎和其他保護地救援船上人交談的人類，都開始消散不見。我原本以為這會是一瞬間的事，但是聲音和訊號是慢慢變小，剩下回聲，最後什麼也沒有。

威脅評估報告數字衝到高點，然後又降回正常，難得這次風險評估報告是對的。雖然這整件事已經計畫好、有了心理準備，我們也有例如先遣機這樣的資源，失去與基地艦之間的通訊系統和頻道一定都還是會造成一點影響。

我還有我們接駁船的頻道，但是即便有三名人類，有我的三架完整無人機以及先遣機陪同，還是有一種怪異的孤立感。王艦無人機已經啟動，但頻道裡的它的存在感小多了。它說，**這個流程未免過度戲劇化**。

艾瑞絲一邊心不在焉地翻找著頻道上的行星數據一邊說，「親愛的，想出這個流程的人是你。」

「近日點能變這樣，不是有點……奇怪嗎？」拉鎊問。他已經轉過身來看著王艦無人機。「這份工作的整個內容都很奇怪。」駕駛艙裡的塔立克對他說。

特別是近日點對其組員某些成員的包容度，王艦無人機說。它繼續說道，**艾瑞絲，把妳的安全帶繫好，沒有人想要負責把妳從內部窗口刮下來。**

是的，雖然它用第三人稱稱呼自己，王艦無人機仍是王艦。

下載在這裡的它是最新版，所以我不用重新播放我們看過的劇集。隨著接駁船往封鎖區深處前進，我點開我們之前看到的進度。

地形改造引擎出現在視線內的時候，接駁船開始緩慢下降。我點開攝影機畫面，收到跟著我們飛的王艦先遣機傳來的信號。這些先遣機不是武裝先遣機，而是真的在負責本來的工作的先遣機，在這之前，都是到處飛來飛去，製作行星各處地形和訊號地圖，執勤重點是殖民地站點四周區域。自從我們進入封鎖區之後，它們就在頻道上時而出現時而消失，但是現在它們與接駁船的距離很接近，以重新取得有限的聯繫。這樣很好，因為我們知道進出封鎖區的時候，地形改造引擎會干擾通訊系統，不過我們猜想只要距離夠近，我們的小組通訊系統和頻道傳訊還會管用。不過不幸的是，從我透過接駁船看到的狀況，接駁船的掃描和先遣機的掃描功能都還是跟沒有一樣。

由於先遣機現在無法繪製地圖，王艦無人機叫它們列隊跟在我們後方。

穿過高山後，我們飛到一個可能曾是苔原的平原，但是在沒有地形掃描的情況下，頻道上沒有顯示帶註解的地圖資料。接駁船的前攝影鏡頭聚焦在地形改造引擎上，這東西拿來聚焦還挺大的。

引擎的外觀被半掩埋在平原之中，形成一座巨大突出物，伴隨金屬塔架、圓形物體和數條大型筒道，還有個不知道是什麼的東西沿著頂部脊線延伸。我說它很大，它是真的很大。很像保護地殖民船艦，如果它有許多尖尖的部分和埋在行星土中的筒道的話。

地形改造引擎應該是早在移民地居民到來之前，由一開始的剛石團隊建造的。組成引擎之前，其個別部位會有點像一座座交通模組，各自具備在子空間中推進的功能。它們被從蟲洞拖來這裡，釋放到星系之中，再靠自己的能量飛完剩下的路途，抵達行星降落。引擎模組會跟一名人類和機器人組員一起移動到目的地，這些人員具備地形改造組裝與架設的專業能力，能把所有部件連結起來後啟動。至少我從控制站的升降箱下載的剛石手冊是這樣說的。

（反正理論上應該要是這樣運作的就是了。你可以想像如果組裝你的地形改造引擎的是最低價得標的團隊，結果會是怎樣。）

接駁船減速並移動到引擎模組旁的一個圓形圖樣上，遠離由飄浮的標記塗料浮標封鎖起來、並在我們的通訊系統中嗶嗶發送的靜態警告的危險區域。警戒線範圍有好幾處空著的位置，可能在這些年之中故障了。或者是被隕石擊中、被極端氣候破壞，或意外被飛行器打中。四十個行星年的時間裡，什麼事都有可能發生。

我不知道任何地形改造引擎能做什麼，只知道它會影響大氣，所以要與這個地區殖民地居民可能建立起的所有空氣泡泡都保持安全距離。只不過先遣機的視線範圍中仍未出現任何空氣泡泡的跡象。

人類也注意到這點。拉鎊說，「我們在想什麼？他們真的找到，或者真的打造出一座在企網前時代的人工洞穴系統裡的地底活動區嗎？」艾瑞絲翻閱任務小組目前針對殖民星開發狀況整理出來的報告內容。「我們知道他們有建築設備。考量他們跟地形改造引擎的距離這麼接近，還有這裡的氣候來說，這可能是比星表居住地更好的選擇。」

拉鎊充滿懷疑。「即便明知主居住地的外星汙染狀況嗎？」

艾瑞絲的眉頭深鎖，彷彿她得出的結論讓自己很心煩。她說，「我是希望找到企網前時代的坑洞這件事是虛構的，是殖民地居民想要對分裂群跑去住在極點這件事加油添醋才產生的說法。」拉鎊想了一下。「畢竟主居住地一直能看見那座精心打造的企網前時代建築，捏造其他地方也有一座，或者說有其他未知的建築點這種傳奇故事好像也很合理。然後再說那些披荊斬棘的冒險家，或說是恐怖的怪人跑去住在裡面。」

艾瑞絲的雙唇緊抿成一條線。「好過坦承說自己的團體裡面分裂狀況嚴重到有一群人為此決定重新打造自己的家園，能跑多遠就跑多遠。」她搖搖頭，輕輕地嘆了口氣。「如果能知道為什麼會發生這種事就好了。如果能多了解一點他們的歷史，殖民地居民對接受撤離這件事情的態度可能就會團結一點。」

「妳沒辦法幫整個殖民地諮商，」塔立克說，「不論他們有多需要都一樣。」

「但如果那個故事是真的，他們真的在這裡找到了企網前時代站點，」拉鎊接著說，「整件事就會變得更撲朔迷離了。」

人類也搞不懂其他人類在想什麼這件事，對我來說應該要能讓我鬆口氣才對，但是這只強調了人類神經組織有多鳥而已。

拉銻伸手在他頭旁邊揮一揮，像是在趕走什麼念頭。「我們應該不要繼續在沒有資料的情況下臆測了。很有可能他們其實是住在剛石時期由原始的地形改造組員打造的建築，或者是他們自己用被留下來的挖掘設備蓋的也說不定。」

塔立克不耐地將遠距攝影機顯示畫面倒轉回來。「說到資料，我沒看到任何居住的線索——沒有道路，沒有建築，什麼都沒有。小日，地形改造引擎應該沒有奇蹟似地停止干擾你的先遺機掃描功能吧？」

奇蹟是不太可能發生的，王艦無人機將任務前做的無註解圖表放到小組頻道以及接駁船上的飄浮顯示器上。圖表基本上說明有三個可能的原因可以解釋為什麼稍早王艦對這個行星的初步掃描中，我們沒有注意到第二殖民地／居住地：(1)這裡的殖民地居民刻意用地形改造引擎正常運作時會放送的強力干擾來掩蓋他們的能源輸出和信號活動；(2)殖民地居民沒有考慮自己的存在跡象會被地形改造引擎干擾訊號掩蓋，又因為其他殖民地居民本來就知道他們在哪，所以這個問題從來沒有被提起過；(3)他們都死了，因為外星感染物質或其他原因導致，所以沒有偵測到能源輸出或信號活動。王艦無人機補充道，**正如之前注意到的狀況，先遣機和警告浮標發出的有限訊號流量還是存在。在距離這麼近的情況下，這裡的人類應該能偵測到我們的通訊系統信號。所以他們可能是死了，設備可能故障了，或者他們為了保持隱匿，在刻意無視我們。**

拉銻對著收到的勘查資料中大片空白皺眉。「我們也不知道他們對於主殖民地發生的事情知道多少。他們可能是因為太害怕才不回應我們。」

王艦無人機說，**我們在其他地方可沒看過這種程度的求生意志。**

「先姑且相信人家是無辜的吧，小日，」艾瑞絲說。「我會錄一段內容，說明我們的身分以及我們為什麼想要與他們聯繫，然後開始放送。」

因為接駁船和先遣機的掃描功能都沒辦法運作，搜索人類居住地的工作就得靠目視進行。錄影功能沒有被地形改造干擾，但因為這是一艘接駁船，不是專門的探勘船艦，所以沒有辦法對目視蒐集的資料進行搜索並分析的功能，只能處理掃描資料，因為從沒有人想過有朝一日會需要用到這個功能。

王艦無人機已經給我整艘接駁船上所有頻道的完整權限，也替我們開了一個新的共同處理空間。我把所有目測地形資料從接駁船的攝影鏡頭拉進來，做成查詢格式。王艦無人機看到我把什麼東西存到共同處理空間後，傳給我一張可能代表人類地表或地底活動的地形特徵和破壞清單。這省了我不少時間。我開始在王艦無人機的處理空間中跑對比程序。

艾瑞絲在錄聲明的同時，塔立克將接駁船從地形改造引擎的方向掉頭，並設定成待命模式。人類一邊討論接下來要做什麼，艾瑞絲和拉銻一邊叫出探勘資料再次檢視。或者說剩下的原始探勘資料，因為原本的剛石檔案已遭刻意破壞，可能是因為想要保護殖民地不受那個想要接管殖民地、最後卻自食惡果被毀的邪惡企業接管。他們翻查資料的時候，塔立克說，「維安配備想參與討論嗎？」

我之前把偵察無人機三號派駐在船艙天花板，無人機拍到拉銻瞥了我一眼。我不知道他看到什麼，我的臉感覺很正常。但是他看過我做很多事，大概有什麼線索讓他看出來我很忙吧。（這個搜索很龐大，如果沒有王艦無人機參與和額外空間，我是做不到的。而且搜索結果跑出一堆假線索，我得一一叫出來研究後才能刪除。（範例

243602–639a：不，那不是人類建築，只是一顆奇怪的石頭。）就算有王艦幫忙，我也沒辦法放在背景跑這種比對。）拉銻說，「它現在在做別的事。」

三秒後，我得到了一個比對結果。我還是得把剩下的搜尋結果完成才能找到其他跡象，但是這時間點實在太完美了，我無法抗拒。我暫停流程說，「我在目視資料裡面找到一個可能的降落區域了。」然後把資料傳到頻道和螢幕上。

地形改造引擎那個小丘的西北側，距離危險區幾公里的地方，有一片被塵土掩蓋，但顯然平坦得不可能是自然形成的地面。這片地面的邊緣被用土壤覆蓋掩飾，但是還是很清楚地顯示那是一塊八角形的空地。除此之外，這面積正好適合幾架殖民地飛行器降落並停放在一起，又不會太逼近安全需求的底線。（主殖民地還有三架原始飛行器，另外有幾架是後來從零打造出來的機型。原先留下來的那批飛行器看起來很像早期半吊子版本的公司接駁艇，剛石企業色塗裝上滿是刮痕和脫漆。我能理解為什麼兩地之間沒有太多往返造訪，就算兩邊的人互相友好也一樣；我也不會想要用那種東西飛越大半個行星。）

拉銻把顯示器放大到前方窗口的上半部。艾瑞絲一邊研究畫面，一邊點頭。「好，一定就是那裡。做得好，維安配備。」

塔立克說，「嗯哼。」拉銻傳了一個保護地派對煙火開花的符號。

我什麼也沒說。（我知道如果人類不贊同我的工作表現的時候會很火大，但為什麼太多贊同也會讓我不高興？感受這東西真的太煩了。）

拉銻在我們的專用頻道上說，**你在後面狀況怎麼樣？**

我非常好，我對他說。

塔立克解除接駁船的待命模式，將船艦掉頭以利對目標區域進行目視掃描。我重啟目視資料搜尋流程，王艦無人機將我們的需求碼縮小到降落區附近的岩礫小丘。在我刪除更多誤報檔案的同時，拉銻和艾瑞絲研究針對可能的降落地點拍攝的同步畫面。塔立克指道，「這地方跟山丘和地形改造引擎之間差不多等距離。」

拉銻咬著嘴唇，這代表他在思考。「如果那裡有任何形式的路徑，我們從上方就能看到。當然，若是一輛非常輕型的地面車輛的確是不會對環境造成太多影響。」

「他們一定遇過需要載送重型補給物的時候。」艾瑞絲瞇眼用頻道放大那片平地四周的土壤畫面。

塔立克皺著眉。「挖掘設備吧，因為就算他們一開始就有地道系統可以運用，也一定要改造才行。而且這地方用看的也知道曾被劇烈天氣變化改變過。一場嚴重風暴就可能可以把地面設備、路面、採石場，甚至整座殖民站點掃平。」他眉毛的模樣讓他看起來像是在生氣，但是從他的口氣和對他的肢體語言做的威脅評估報告顯示他只是在專心而已。我從劇集學到，人類有時候跟我一樣，深受控制不了自己的臉部表情所擾。也就是說，顯然這不是我獨有的困擾，也不是一般合併體才有的問題，搞不好是我的偏執讓我對此產生不必要的擔憂。但是親眼目睹還是很怪。塔立克接著說，「呃，為什麼有一架無人機停在我面前？」

「不要管它，」拉銻說。「如果這裡曾經發生過會吞噬殖民地的風暴，那地形改造引擎四周的護欄就會有凹凸痕跡，就算那整個建築都裝了強化護盾也一樣。還有，仔細看四周的岩石形成上面的氣候痕跡也可以讓我們知道感測器有沒有作用。」他擺擺手。「實在是太煩了！我們所有的地質評估軟體都在保護地太空的探勘船艦上。」

「資料庫裡面應該有一些，但是我猜掃描功能沒有用的時候，那些軟體可能也派不上用場。我們得下去進行星表探勘了。」艾瑞絲瞥了王艦無人機一眼。「小日，你覺得呢？」

我覺得沒有運作中的感測器，你們判斷不了地面穩定程度是否足以讓接駁船降落，王艦無人機說。**此外，平地區域可能不是降落區，而是地下居住地的屋頂。**

拉鎂聽了以後，表情都皺了起來。「沒問人家就直接降落在他們居住地上面可不是什麼友好舉動。」

「那我們就降落在別的平面上，那一區看起來很穩定。」塔立克說。他不笨。我猜他是想要惹毛王艦無人機，不過我還是在專用頻道上敲了拉鎂，傳給他一段影片檔。

「蛤？」被自動播放的影片分心的拉鎂大聲說。「噢，維安配備想要我提一下那次我們進行沒有完整地圖資訊的地面勘測時，我差點被我們的飛行器地面下跑出來的生物吃掉的事情。」

「意見採納，」艾瑞絲說道，不過她也沒有表現出她有考慮要照塔立克的建議去做的樣子就是了，我覺得這是她表示塔立克和拉鎂都應該在她思考的時候閉嘴的方式。她在身旁座位上的裝備袋裡翻找了一下。「地面感測器應該行得通，如果我們能夠靠得夠近讓干擾不會——」

「我去。」我解開安全帶站起身。我的無人機已經拍到塔立克和拉銻都吸了口氣要說話，我知道他們會說什麼。他們打算自願下去星表檢查降落穩定性。而且還是在我叫拉銻說出自己曾差點被吃掉的事之後。艾瑞絲一定同意了，因為我走過機艙的時候，她把攜帶式地面感測器交給我。我走向主機艙艙門說，「你們可以放我出去了。」

現在塔立克反而一臉警戒了。「噢，噢，等等！我們離地面還有超過二十公尺。先讓我縮短一點距離。」

王艦無人機在我們的專用頻道說，**你如果現在打開艙門，我就把接駁船掉頭開回家。**

我點開一段被我歸檔的影片，是一部最近的紀錄片，講的是非企業政體的一場失敗行星探勘。（還在保護地太空站的時候，李蘋和我因為看「真實事件」紀錄片講過去發生過什麼慘事，進而發現了我們對災難評估的共同興趣，這段就是她傳給我的。）在這段影片裡，一隻地下危險生物擊落了一架飛在四十公尺高處的飛行器。我把影片傳到小組頻道裡。

塔立克大喊，「搞什麼——那是三小啊？」拉銻也拉開嗓門想蓋過塔立克的聲音，「我明白你在擔心什麼，維安配備，但你還是不可以在這個高度就跳下去！」

艾瑞絲的聲音比他們倆更大，「各位！冷靜點！緊急用品櫃裡面有軟著陸裝備。維安配備可以拿一個去用。」以一個這樣大小的人類來說，她大吼的聲音十分宏亮。我覺得這個能力平常應該很方便。

緊急用品櫃就放在艙門旁。我打開櫃門，王艦無人機已經叫儲物系統把軟著陸裝備轉到前面來了。我拿出一套裝備說，「我知道啊。」

我其實不知道。但隨便，有或沒有我都沒關係。

我拉起艙外行動太空衣的頭罩，讓其固定好我的面罩。人類若沒有穿艙外行動太空衣是沒辦法在外頭的溫度和空氣品質中存活的，對我來說也不是什麼好玩的體驗。我叫偵查無人機一號和二號進入我的側邊口袋。這裡的風速可能對它們來說太強了，沒辦法發揮什麼作用，但是沒有帶上它們以防萬一的話就太蠢了。拉錸說，「小心點就是了，好嗎？你也可能會被吃掉啊！」

我手上有槍，拉錸，我在我們的專用頻道上說。我整個人的存在意義基本上就是那兩把槍。此外，我也還有發射型武器，就夾在我的艙外行動太空衣背後的背帶上。雖然強度打不倒農耕機，但這裡應該不會有任何到處晃的大型外星汙染機器人。實在不應該有。如果有……嗯，不要想。

軟著陸裝備的說明頻道告訴我如何將其與我的艙外行動太空衣扣在一起。等我穿戴好後，王艦無人機才終於替我啟動艙門循環。

我走進減壓艙，讓內艙門關上。艾瑞絲在機艙內問，「一直擔心人類被吃掉是怎麼回事？」拉銻試著解釋給她聽的同時，外艙門滑開了，我抓著安全把手探頭往外看。塔立克已經把接駁船設定在飄浮模式，並在閘口啟動空氣牆，擋住強風。（王艦的設備真的好高級，要是在公司接駁船上的話，我可能早就已經掉出去了。）風會稍微影響我的軟著陸，但不足以把我拋向任何岩石，地形改造引擎的距離也夠遠，不需要擔心。我瞄準那片平地，踏進空中。

軟著陸裝備控制了我的墜落過程，我得以雙腳站著著陸，甚至不需要落地翻滾來緩衝落地的衝擊力。我把地面感測器放在那片平地上。它探測到自然地形，從休眠模式中醒來後自動開機。

這裡上空的雲層比較厚，擋住了陽光，讓日照顯得灰濛濛地。塵土從這個地點的南方往大約兩公里外的一排崎嶇山丘吹去。我的掃描功能跟接駁船和先遣機的一樣一無是處，但是視線很不錯，太空衣的面板讓細小的風砂不會擋住我的視線。只是實在沒有東西可以看。

往另一個方向看過去，這片平原很開闊，且大部分地面都很平坦，只有在接近地形改造引擎底部的高聳金屬護盾附近有些低矮的隆起物。那些隆起物看起來是人造的，但是因為離護盾的距離很近，可能只是起初架設的工程留下來的人為痕跡。在那麼接近引擎的地方建造居住區就太蠢了。連在這裡蓋一個居住區，搭配看起來像是降落點的屋頂這件事，我都覺得不是什麼好主意。這裡如果有任何企業網前時代的建築，不論有沒有被掩埋，離引擎建築點那麼近，剛石來架設引擎的時候都一定會發現才對。不過他們也不會把這件事寫在探勘內容之類的地方就是了。

有沒有可能剛石發現了一座企網前時代地下建物並打算重新運用，然後這件事只有部分殖民地居民知道呢？也許只有那些有參與到最開始的裝設工程的人才知道？柯瑞安跟卡琳姆說過的幾件事之一，就是殖民地歷史／傳說故事裡有講到，至少有部分分離主義者曾是地形改造小組成員。維也跟她說當時殖民地開發期間的人口普查紀錄現在因為外星病毒問題，沒有辦法存取。（很多老舊資料都被封鎖在現行系統外，以保安全，但其實這也沒用，因為病毒不是這樣傳遞的，但他們當時不知道，總之就是這樣。整個殖民地的系統都破破爛爛的，我不知道誰要去修理，只知道反正不是我。）所以沒有辦法知道具體有多少人類當初離開了主殖民地到這裡。

剛石傾向採用新型永久性建築物，等到殖民地成長後還可以改造使用，例如升降豎井用的星表碼頭，可以只用一座簡陋的通用卸貨口就做到，卻蓋了一棟完善建築，裡面有許多儲藏空間、會議空間和辦公室，設計上打算最後可以做為殖民地的商業入口，建造的堅固程度可以在氣候不佳的時候容納大部分人口。升降箱那個設計很棒。只可惜後來發生那整齣外星汙染事件。

如果剛石想要在這裡弄一座居住地，一定會蓋一棟很棒的建築，日後還能擴張做為教學或旅遊之類的目的使用。這代表那建築一定會蓋在山麓，而不是在這下面，離引擎這麼近。但是剛石又怎麼會想要在這一片封鎖區之中蓋建築物？

除非他們有什麼不可告人的原因，需要更多安全的殖民站點。比方他們提前知道會發生最後導向毀滅的企業惡意併購。也許這群分離主義者是聽從剛石的秘密指令，要他們到引擎附近尋找新的站點，架設一座居住地。

其實從許多不同層面來看，這樣也合理。（標記在待處理資料夾：剛石是不是要一群選定的殖民地居民到這裡來打造緊急居住地呢？因為封鎖區可以讓他們藏身不被掃描器發現，還有／或者地形改造引擎本身是高價財產，十分重要，入侵的企業不會轟炸這裡？還是兩者皆是？只是後來殖民地居民跟剛石失去了聯繫，任務方針就改變了。）

（如果你覺得我聽起來像是要說服我自己放棄去想有一座企網前時代建築被埋在這裡的這個念頭，你是對的。）

王艦無人機說，**你的行動性能信度突然攀升了百分之零點零五**。

王艦一直在監控我的狀況，因為**已重新編輯**。這整件事，我不知道，我不想談。

地面感測器已經開始傳送讀數到我的頻道，我對王艦無人機說，**我有個想法**，然後將其存到待處理資料夾標記。

王艦無人機說，**有意思**。

他又在尋我開心了。

感測器結果＝大量固體材料，其化學組成與這地區的土壤及岩石相符。所以至少這裡沒有藏在地底下的居住地，我是沒覺得會有就是了。但是我們對平地的猜測沒錯。

組成成分跟星表碼頭的人造岩石和其他主站點裡剛石建造的結構組成相同。也就是說這塊降落區絕對是剛石時代的產物，不是企業網前時代遺留。我們大概已經猜到了，但你懂的，要科學。

這也讓我們鬆了口氣。如果這裡藏有企網前時代的建築，我可不要踩在上面。

我之前就給了王艦無人機我的雙眼視線權限，所以它也跟著我檢視地形，它說，**分離主義殖民地居民只有百分之二十二的可能性在這麼接近地形改造引擎的地方建造地底駐點。**

如果他們真的非常、非常笨的話，也許有可能會想這麼做，我對它說。**但他們這樣做是拿不到公司保證金的。**我們不知道剛石有沒有替名下殖民地簽安全保險條款。我們手上那份只剩殘片的破敗紀錄中一定有記載。我也不確定在四十多個企業標準年前流不流行安全保證金這東西，也不知道有企網前時代建築存在的話會如何影響價格。如果我可以寫一條清楚的需求碼，王艦八成可以在它的歷史資料中找到答案。

或者，你知道的，如果有安全保證金，或者任何擔保押金，他們就有理由對多出來的企網前時代建築存在、可能跟過去的外星汙染事件有關這件事知情不報。

我不知道，我的思緒有點混亂。

你在拖延時間，王艦無人機說。

我沒有。我可以毫無理由地站在這裡一無是處好嗎，謝了。

我留在接駁船上的無人機聽到塔立克說，「我們要收到報告了嗎？」無人機拍到拉鎖的表情變動，聲音也變得有點緊繃。他說，「如果有東西要報告的話。」

「你哪時候開始管這麼多了，塔立克。」艾瑞絲跟著說，這絕對不是真的問句。她臉上有一抹微笑，我很確定她是在鬧他，但也可能是在暗示他別煩我。

塔立克舉起一隻手。「只是問問嘛。」

王艦無人機說，**那我想知道你是否在評斷我執行這項任務的方式？**

是的，因為王艦最喜歡人家評斷它了。

塔立克顯然也知道。「嘿，嘿，我只是好奇現在狀況是怎樣而已！我絕對沒有在評斷任何人！」

塔立克這個人的問題就是他還很菜，僅加入小組三百八十七個企業標準日而已。所以大家都喜歡鬧他。

至少大家在鬧塔立克的時候，沒有人注意到我還沒開始做報告，只是站在那裡。嗯，當然，王艦無人機有注意到。拉銻也注意到了，不然他不會用那種很不拉銻的方式叫塔立克閉嘴。艾瑞絲大概也注意到了。

振作點，殺人機。

我把地面感測器的報告傳到小組頻道。在人類閱讀報告並得出一樣的結論，就是這片平地下方沒有東西的時候，我試著思考接下來要怎麼做。

好，就算你是用低引力運輸車來搬運重型挖掘設備或者建築材料，那從這裡到居住地之間，不論哪都好，一定都會留下一點路面的痕跡才對。就我們目前所知，分離主義殖民地居民並無意掩飾自己在這裡的駐點，其他殖民地居民知道他們去哪裡了。他們必然會蓋馬路，或走道，之類的。一定就在這裡某處，可能是被沙塵蓋住。

或其他東西。

我把那次有個目標為了讓我被感染而把我困在企業網前時代殖民建築深處坑洞時的影片叫出來，看當時我拍到儲放在裡面的挖掘設備。我當時一心只想離開那裡，沒有特別想到拍攝老舊建築設備的存檔畫面，但是雖然有看到幾架有輪子的車輛，其他大多都是能在地面上方飄浮一小段高度的機型。這點合理，因為在開發殖民地的時候，你會需要一邊開發邊一邊打造基礎建設。但是這會消耗很大量的能源。要移動這些車輛還有很多更有效率的方式。

我撿起地面感測器，它氣噗噗地發出嗶嗶聲，因為我不該沒把它切換到休眠模式就移動它，但已經來不及了。我走到這片平地被掩蓋的邊緣，再次將它放下。它開始跑探測循環，再次發現石頭，然後我又把它往邊緣兩公尺遠的地方，掃描下一個區域。我的有限範圍掃描能掃金屬或能源來源，可以用的話會很有幫助，可是每次我嘗試使用，就只會收到一堆雜訊。我在我們的專用頻道上可以感覺得到王艦無人機的注意力放在接駁船掃描器上，它仍在嘗試取得更清晰的山丘掃描，埋藏的居住地可能就在那裡，它想靠距離縮短來取得能用得上的數據。

拉銻在小組頻道上問，**維安配備，我們可以下去幫你嗎？**

不行，他沒問我在幹嘛，可能是怕我自己也不知道吧。如果是的話，合理，但是這次我知道。我沿著邊緣重複動作，因為如果我是對的，第一條一定會直接接著這片平地。如果不在這裡，我會看起來超級無敵白癡，人類會覺得是因為我**已重新編輯**我——

噢，找到了。金屬物質，掩埋在經年累月的風沙、塵土和碎石之下。我在小組頻道上說，**這裡有一條軌道**。那種可以讓飄浮設備盤銜接的動力軌道，讓設備移動起來比較有效率的軌道。軌道現在沒有連接動能，只是靜止的金屬。接駁船上的人類很興奮，覺得我們可以沿著軌道一路找到居住區。

我透過地面感測器，沿著軌道走了十公尺，碰上了被掩埋的艙門邊緣。

12

根據調查顯示，通往地底通道的艙門＝大致上不是什麼好的情況。但是這扇艙門跟我們的剛石時代降落平臺相連，且離地形改造引擎實在太近。我滿確定這是一扇建築運輸通道艙門，在最初建造引擎的時候用的。

人類很失望。我則……不覺得。

塔立克和王艦無人機用一種吹風式挖掘工具把表面塵土清乾淨後，我們看到的是一扇巨大艙門，尺寸足以讓拿來搬運地形改造引擎的貨運機器人和載貨車進出。我打開控制面板的時候，外蓋裡面也有剛石標誌。所以這絕對不是另一座企業網前時代遺址，這我已經知道了，因為這裡的材料和組成都與我們在另一座剛石駐點看過的相符，也因為所有跡象都顯示它不是。

不過這不代表它沒有與企業網前時代建築相連。

殺人機，你真的不能再這樣了。好好做你它媽該做的事。

「如果他們在下面，到現在也應該聽到我們的聲音了吧。」塔立克坐在地上，試圖讓控制面板通電。這扇艙門沒有相連的頻道或通訊系統，敲門大喊「哈囉」也沒有用。

是的，人類想下來東摸西摸一陣。我讓艾瑞絲和塔立克穿好了艙外行動太空衣，下來看看艙門，但是我要拉銻待在控制臺。要把他留在接駁船內很難，因為他真的很喜歡在行星上到處走來走去，但他也很擅長遇到一些危險的爛事。原始的星球調查資料現存部分已損壞且不完整，但是目前為止殖民地居民都沒提過任何關於危險動植物的事。根據這點，我認為那就是有，因為人類有個壞習慣，那就是當他們知道一件事的時候，他們就會覺得附近的其他人也都知道。不然就是他們會深信其他人類沒有比自己知道得多。不是這樣就是那樣，反正兩者都滿容易帶來災難，且超他媽惹人厭的。

目前知道這座行星確實有的，是至少一組與世隔絕的殖民地居民，可能就生活在這裡，如果是這樣的話，面對不請自來的訪客大概不會有什麼好反應。拉銻之前問他在接駁船上遇到攻擊到底要怎麼還手，我跟他說不要開艙門就好了。王艦無人機也跟我們在外面，但是機器人駕駛可以駕駛接駁船，並且聽從拉鎊的指令動作，這兩者之一應該能夠將接駁船駛離封鎖區，到時候王艦本體就能重新建立連線。拉鎊不開心，但是他還是留在接駁船上了。（我雖然狀態不佳，這我知道，但我還沒死。）

艾瑞絲搖搖頭，她的表情看起來很憂慮。「這裡還是太接近地形改造引擎了。他們不可能住在這裡。」

拉鎊在接駁船通訊系統上說，「我不知道耶，更奇怪的事情都有人做了。我們認為他們離開主站點至少有部分原因是因為首次汙染事件。從引擎干擾掃描和通訊的狀況來看，搞不好他們以為這裡是比較安全的環境。」

如果我是被困在這顆行星上的人類，我就會去住在地形改造引擎裡面。

控制面板裡面有個東西發出鏗聲，然後被灰塵覆蓋的小介面亮了起來。塔立克吁了口氣，往後一坐說，「準備好了嗎？」

王艦無人機在我們的專用頻道上說，**維安配備**。要命，我竟然只是站在這裡看。

「塔立克，」我說。「退後。往接駁船的方向退。」

他抬起頭看著我，太空衣面罩底下皺著眉頭。然後他說，「好啦，好啦。」他站起身後退。

艾瑞絲已經脫離危險範圍，退到後面看得到的地方。「小心點，維安配備。」她說。

每次人類這樣說的時候我都不知道要回什麼。去受傷一直都是我的工作。

控制面板還是沒有頻道連線，所以我彎下身子按下手動開關。艙門發出嘎嘎聲響，然後開始滑開，堆在艙門邊的塵土砂礫開始崩落。艙門底下是一片漆黑的空間。

我派我的兩架無人機進入黑暗之中。

好，先說乏味的消息，這是一個巨大、空無一物的卸貨區。無人機繞過一圈，拍到變色的石牆和支撐著艙門結構和幾條纜線的金屬鷹架。沒有頻道標記塗料，但是有幾個標語，我用堤亞哥的語言功能單元翻譯過了，全都是與此區與引擎距離很近以及無外殼感測器設備可能會受損的警語。有兩個陰暗的路口通往某處，可能是入口隧道。

還有更多重裝備軌道架設在原始岩石地面上，大型搬運平臺沿著一面牆垂直存放。使用永久固定軌道運送貨物通常成本較為低廉也更節能，常用在只有在組裝架設引擎所需的系統上。

無人機沒有拍到任何當前有人居住的跡象——沒有垃圾、沒有個人物品、沒有人類站在那裡好奇為何艙門突然被打開。但是我需要確認那兩條隧道只是拿來運送設備到地形改造引擎的通道。

艙門開口現在已經大開，展開了接駁船都能降落的空間，而艙門還沒完全開完。大量塵土一直滑落。艾瑞絲說，「我們得把艙門停下來。維安配備，你覺得可以嗎？」

當然啊，隨便。我在頻道上給她確認訊號。塔立克急忙走來切斷電源。然後我們就這樣在那裡站了一會兒。

艾瑞絲望向我，我看出了她的猶豫，因為她的猶豫跟曼莎博士的猶豫很像。

然後我意識到自己不想下去。就算我們現在看到的狀況，很明顯無人使用這個空間，且那扇艙門搞不好自從地形改造引擎不知道多少年前完成裝設後就沒再打開過也一樣。但是我卻想讓無人機下去就好。

我得下去。不下去就太蠢了。這只是一座在行星上的建築通道口，如果沒有外星汙染事件，風險評估報告大概只會落在三十出頭。這樣想也沒用。好，夠了。如果我連這都做不到，我就做不了我的工作了。我說，「我先去檢查，你們在這裡等。」

艾瑞絲露出微笑，成功假裝她不知道有什麼問題。塔立克看起來不太自在，但仍起身從控制板前面讓出位置。好喔，沒錯，太棒了。

搬運平臺控制板在井底，要讓它運作可能也要費一番功夫，但是這裡有手動控制的通行軌道或像樓梯的東西在一旁。上頭覆蓋著細沙塵土，但是沒有被堵住。我爬下去，然後逼自己的右腳踏上第一道臺階。

好，開始以後就變容易了。我爬到井底。

從艙口探近來的陽光幫了點忙。我看得到兩條隧道的入口，都大得可以放得下摺疊起來的建築起重機、機器人和搬運機。這次我有記得要把攝影機畫面傳到小組頻道。

拉銻在通訊系統說出大家心裡想的事：「看起來還算正常。不知道第二條隧道是幹嘛用的？」

是啊，我也想知道呢。軌道系統深入那條朝西邊通往地形改造引擎裝設點下方的隧道。我派出偵查無人機一號去確認，並讓偵查無人機二號在我上方盤旋，替我留意身後的狀況。

另一條隧道往東北方延伸，考量其他地方的方位，這角度有點奇怪。我從這裡看不見裡面，所以我開始走過去，我的靴底踏在剛才掉進來的沙土上，失去了牽引力。

「可能是儲藏室吧，」塔立克說。他站在通行軌道旁，盡可能地在不違背我的明確指令要他不准跟著我來的前提下，傾身往下想看清底下的空間。「如果下面有任何像是管理人員辦公室的地方，有看到任何完整裝置的話，你能不能……」

他沒把話說完，因為偵查無人機二號拍到的影像仍持續傳送到小組頻道。

對，很奇怪。

我看到微弱的燈光，在這種工業規格的走廊上沒什麼作用，但還是有。是架設地形改造引擎人員留了緊急照明嗎……有個東西擋在前面。

我告訴自己這不太可能是遭外星汙染的機器人。真的不太可能。只有一點點可能性。我逼自己向前走。

好，是一輛車。是那種針對崎嶇地形設計，扁平有輪子的車款，車上不是一般座位，而是長凳，駕駛控制裝置在前方。這不是在星表開的那種車，除非人類都穿上了保護裝備，或者除非運送這些人類的人不在乎他們被地面噴起的碎石擊中。嗯對，可能是後者。這本來是在星表用的車，工作人員在下面用這輛車移動，這裡比較不會讓他們受傷。（這輛車在這裡倒不奇怪，這裡曾是工作區域，可能有各種設備被棄置在這裡。）

奇怪的事情是經過這輛車之後，本來還算是十分平坦的隧道弧型牆面在一堆碎石前到了底，然後這裡又有另一個開口。

地形改造設備裝置人員遇到了原有的隧道，一條更大、方形，以平滑的灰色人造石打造的隧道，石頭表面還有一點裝飾性的斑點。我看得見是因為那裡有還亮著的緊急照明，小小的藍色扁平方塊，就裝設在隧道牆面三公尺高處。我的風險評估功能終於跟上現場進度，一口氣衝到了頂標。

在我們眼前的是　座企業網時代前的站點。

一座還在汲取能源的企業網時代前站點。

我們不知道早在剛石抵達這座行星前，這座企業網時代前殖民地發生過什麼事。我們只知道有一天企網前時代的人員遇上了外星汙染物質，程度嚴重到必須在他們原先住的以地底為主的居住地上面加蓋「強制性建築」。剛石不知道多少年後抵達此地，開始進行地形改造的時候已經無人在此。企網前時代人員留下設備這件事，包含原始居住地裡仍在運作中的中央系統，代表他們離開的時候情況就像亞拉達婉轉說過的，「一片混亂。」這是假設他們有離開，不是全部死光或殺掉彼此，並任憑遺體隨時間化為塵土。

而且我們不能對企網前時代站點進行系統性的考古研究來確認企網前時代殖民居民發生了什麼事，因為那座強制性建築和底下的原始居住地都在一場大事件中被炸毀埋掉了。而那個外星汙染物，你知道的，還在下面。等著更多人類忘記或是把紀錄弄丟後再回來，在這座奇怪的殖民站點開挖，看看這裡到底發生過什麼事。

已重新編輯

好，外星汙染物。其實有很大比例的外星遺留物質都無害且是惰性物質。普遍可辨識的那些，被分類為異合成物質，你可以在企業網和好幾個獨立政體取得執照來開採這些物質，進行研究和使用。

但是就算不是無害又惰性的那幾種，發生了汙染事件也不是一種攻擊行為或者說是要害人的陷阱。這東西跟某人對你開槍，或叫戰鬥機器人對你開槍，或跟想吃掉你或熔掉你或打扁你之類的東西的那些行為不一樣，它不具有那種惡意。這東西是沒有意向性的，拉銻曾經這麼解釋過。

就好像如果有個壞東西把我們全都殺掉，然後岩石崩垮到我們身上把我們埋起來，過了幾千個企業年或保護地標準年之後，外星人出現，把我們挖出來，接著他們怎樣，我不知道，可能是摸了人類的食物，或者把接駁船電池拆開，把手或真菌觸角之類的伸進去，那這件事可能會讓他們中毒。可能會讓他們全部死掉，可能讓他們大病一場，可能會影響他們的神經組織，或者對他們的細胞產生怪影響，造成他們身體變化，或者以上全部。

當然，不是所有企業網前時代站點都遭到外星汙染物質影響。那些站點之中有很多成為長期居住地，成為現在獨立政體的核心或企業網所擁有的行星（《人類擴張史簡介》卷一，第五十七頁第六段，編輯巴杉姆、德拉維加、謝姆根等人，雲日港大學出版社）。但是有時候被棄置的站點之所以會被棄置是有原因的，當時的人類不知道面對外星遺留物的時候該多麼小心。（或者他們其實知道，只是不在乎。畢竟老實說吧，哪一種更有可能呢？我只是一個觀察者而已。）

我們還在王艦上針對「A計畫：離開這鬼地方」討論策略的時候，堤亞哥曾找出一份報告，內容是在研究有多少受外星汙染的站點原為地下站點，後來因為建築或採礦或考察挖掘才經發現。研究的概念是也許這些汙染物是有害物質，而外星人把它棄置在該地，沒想過會有人跑來挖這些地方。這樣說來就更沒有意向性，而更像是運氣不好。我不知道為什麼比起古代外星人就是要弄死我們，這個概念客觀來說感覺好一點。（那會是怎樣？「我們都死了，但我們還是想把你們這些可能幾千年後才跑來的沒用廢物一起弄死，哈！」嗯，我也不覺得是這樣。）總之就是好一點，說也奇怪。基本上，爛事就是會發生。

王艦無人機在我們的專用頻道上說，**你的數值在下降**。

我只是在想外星汙染的事，我對它說。

立刻停止，王艦無人機說。

好，我是不保證啦。我之所以會想那些東西，是因為我現在就站在一個顯然是企業網時代前的站點裡。很像那個讓我被**已重新編輯**。

嗯，檔案的開頭，我們就是這樣開始的。

「所以看來其他殖民地居民對這裡的說法沒有錯。」艾瑞絲的口氣很抗拒。她曾被受到病毒性外星汙染物質影響和控制的殖民地居民脅持，汙染物質讓他們都很暴力，只想離開行星。她逃離的時候身邊只剩下一半的組員和其中一位家長，情況迫使她放棄其他人。她跟我一樣不想做這件事，而和我不同的是，她不知怎地對自己的神經組織的控制力比我強大很多。「我們得去看看才行。」

「是啊。」那次事件中，塔立克全程跟她在一起，他看起來也不是太開心。他伸手像是要抹臉，然後想起自己戴著頭盔，於是又放下了手。他嘆了口氣。「是啊。」

我已經派出偵查無人機二號。在寬敞的走廊上，無人機幾乎可以用全速前進，隧道有照明，寬度也夠，所以它轉彎的時候不會撞上牆面，加上隨著距離地形改造引擎越來越遠，無人機上的陽春導航掃描的運作就能越來越正常。看起來企網前時代走廊一直往東北方山麓的方向延伸。

我說，「拉銻必須待在接駁船上。」

艾瑞絲點點頭。「在空中跟著我們。但不要太近。」

拉銻的嘆氣聲從涌訊系統傳來。偵查無人機三號的攝影鏡頭拍到他把身子往後靠，滿臉擔心地皺眉。他說，「唉，我們別無選擇，對吧。」

塔立克踢了車子輪胎一腳。「要搭這個嗎？如果他們還在底下生活，移動這東西可能會讓他們不開心。」

拉銻說，「但你們是朝他們開去，不是開走。如果他們想要把車停在這邊，我們也可以再開回來。」

保護地的人類完全不知道在企業網的環境中，如果人類挪用企業財產會發生什麼事，就算事後物歸原位也一樣。

光這點我就知道我實在應該獨自行動了。（在公司，或者任何企業管理情境下，我還有控制元件的話，我就絕對是自己去了。）但是在這個情境中人類想要去，而我不打算跟他們爭這件事。如果殖民地居民還活著，且我找到他們的話，因為拉銻在接駁船上，我會需要艾瑞絲和塔立克去跟他們交談。考量他們這麼離群索居，看出我是維安配備的機會很低。但是我實在無法在假裝自己是人類的時候，同時要跟陌生人類談重要的事，我一定會搞砸。搞砸就表示巴利許－亞斯傳薩人員會把所有人都帶去當奴隸。

塔立克發動車子的同時，艾瑞絲錄了一段簡短的報告給王艦無人機回傳到機器人駕駛。機器人駕駛會把報告上傳到先遣機，先遣機接著會帶著報告離開封鎖區，讓王艦本體找到訊號。「電池還有電。」塔立克說。他已經爬上駕駛座，開始滑動控制面板上的捲軸。「這車要不是有很強的電池，就是過去十年左右有人替車子充過電。」

艾瑞絲坐上他左後方的長凳，天真地尋找著安全帶。「看起來有一陣子沒移動過了。」

我坐在伸手就能接觸到艾瑞絲的小折疊椅上，如果她跌出車外我就能接住她。塔立克所在的角度讓我很難也接住他，但是王艦無人機飛了起來，把自己固定在另一側，停在他伸手就能抓得到的距離。（我知道這是王艦表示信任的方式。艾瑞絲是它最喜歡的人類，而它把她交付給我。）

拉銻在通訊系統上說，「我快被急死了。拜託要小心。」

塔立克開始移動車體，一開始的速度很慢，隨著他漸漸熟悉控制方式和牽引力量後，車速逐漸加快。我們駛入黑暗之中。

四十一點三二分鐘後，我說，「停車。」

塔立克按下駕駛控制裝置上的剎車，沒有太猛力鎖死搞得我們都飛出去。他和艾瑞絲沒有向前滑是因為我抓住了艾瑞絲艙外行動太空衣上的安全背帶，王艦無人機則抓住了塔立克。（不算是真的抓，只是從容不迫地在震動發生、車身停止移動的零點零二秒前舉起一根機械手臂，伸到他胸前。）艾瑞絲的視線望向我，一臉驚嚇，然後露出微笑。「我都忘了你動作有多快了。」

（對人類來說，我很快。對維安配備來說，我感覺自己像是在慢動作移動。）

（我對此沒有更驚慌的唯一原因就是雖然王艦無人機比王艦本體慢，它還是它媽的超快。）

拉銻在通訊系統上說，「怎麼了？你們沒事吧？」他和塔立克本來在閒聊企網前時代歷史和遺跡，兩個人都沒有相關文憑，但是都懂得很多，至少他們自己是這樣認為的。艾瑞絲則是本來在專用頻道上和王艦無人機講話，我不能加入但是可以感覺得出來連線進行中。我緊繃到連劇集都沒空想，更不用說是看了，甚至不能在背景播放。

拉銻有我分享的小組影像頻道的權限，只是因為過去四十分鐘畫面都超級無聊，所以他忘了。我把畫面拉到他的控制介面最上層，他說，「噢！」

偵查無人跡二號在我們前方大約三百公尺處，進入了一個更大的空間。那個空間在地下的深度跟隧道一樣。星表一定有個開口通往那個空間，因為那裡看起來很像是給比我們的接駁船更大的飛行器或其他載具用的停機坪。

我數了數，有六塊降落平臺固定在牆壁或設在支架上，呈扇形展開，讓出上方進出空間。光線很昏暗，說明了隧道裡的光線是來自緊急支援系統。艙口一定是在天花板某處，跟地形改造建材進出口應該相去不遠，只是可能品質好一點，不是最低價得標者蓋的成品。偵查無人機二號若沒往上飛就看不見這個空間的上方，而我想要它留在這裡，在隧道入口處。如果這空間裡有什麼東西要衝向我們，能看見到底是什麼東西會比較好。

而且的確有可能會有東西衝過來，因為其中一片降落平臺上有東西。

那臺載具看起來是一架飛行器，有點像是主基地殖民地居民自己打造的那種。有點像接駁艇，如果接駁艇大一點並且有很多東西伸出來還有許多窗戶的話。

三個人類現在都在小組頻道上看影像畫面。偵查無人機二號緩緩轉動以拍到最佳畫面的同時，它那愚蠢的破掃瞄功能抓到一些斷續金屬讀數，王艦無人機判讀出來跟企網前時代的材料有關。以防還有人覺得不確定，但其實基本上已經很確定了。

塔立克輕聲煩燥地嘆了口氣。「那些殖民地居民到底哪根筋不對，居然覺得搬來這裡是個好主意？之前不就已經發生過汙染事件了嗎？」

「可能是不知道這樣有多危險吧。」艾瑞絲的口氣很平靜，但她的雙手撐在頭盔下巴處，好像是在用意志讓某事成真，比方讓整座企網前時代駐點直接消失這種事。（我可能是把自己的想法投射到她身上了。）「如果他們知道的話……他們一定會至少警告一下其他殖民地居民，而不是只是把這裡形容成洞穴系統吧。」

我的接駁船無人機攝影鏡頭拍到拉銻一臉憂慮，不過通訊系統上聽不出來。「就算他們不明白所有影響，他們有那麼多問題源頭都是在第一座企網前時代建築下的那座儲存槽的挖掘行動啊。他們一定知道才對。」

所以不是只有我有這種反應，而且他們甚至沒看到那座原始的企網前時代建築裡有多恐怖，只有透過三號的任務錄影看最後的部分而已。

吼。

好，嗯。這整個情況仍有機會可以無事告終。脫離出去並決定住在此地的這群殖民地居民有百分之七十八的機會已經死了。他們可能早在更嚴重的汙染事件發生並製造出目標之前就已經死光。

但我們只能等著看了。看他們是不是還活著，並需要醫療介入和去汙協助。看這裡是不是乾淨的站點，是不是他們成功保護自己沒有受到病毒攻擊。看他們是不是需要在巴利許－亞斯傳薩找到他們之前撤離。看這裡是不是只是一座巨型墳場。

我說，「你們兩個都留在車子這裡。我徒步前進就好。」呃，他們該在這裡等我嗎？還是開車回去建築入口，讓接駁船來接我？我應該要知道的。我以前很擅長這種事，他媽的我是怎麼了。噢，對，發生了那件事。

他們兩個人都在自己的座位上轉身過來看著我。雖然有艙外行動太空衣的面罩，我還是能看見大得跟貨物投放模組一樣的反對神情。塔立克說，「你知道我們都有大學認證的危險勘查專業對吧？」

拉銻，也許不算太意外，選擇站在我這邊。他在通訊系統上說道，「我有保護地先登學院頒發的專業調查證明，還有七年星表經驗，但這也沒有阻止我在調查過程中差點被殺。阻止我在調查過程中差點被殺的是維安配備。」他接著說，「如果這些人還在裡面，活著，我們對他們一無所知。我們不知道他們是否曾被其他受到汙染物影響的殖民地居民攻擊，或他們是不是接觸過汙染物並且遭到感染。」

「我們之前做過類似的事了。」塔立克說，雖然不太是爭辯，但也不算完全不是爭辯。太好了，我知道王艦希望這件事能行得通，但就算我仍非常有能力做我這份該死的工作，他們若不聽我的，我也毫無用途。

然後艾瑞絲說，「塔立克以前是企業戰鬥隊成員。」

哇喔。好。我倒是沒想到，且這件事對我的有機部位造成了一點反應。偵查無人機一號在我頭上盤旋警戒的同時，我一直盯著前方隧道深處看。現在我和我的無人機都轉過來看著塔立克。就連遠在前方停機坪入口處的偵查無人機二號都朝這個方向轉過來。隔著他的面罩，我看不到他的表情，而如果我臉上有任何表情，我相信他也一樣看不到，但他立刻舉起雙手，手心朝外。他說，「我在任何情況下都不想跟你對打，句號，就是這樣。」

我不是唯一有反應的人。拉鎽在接駁船通訊系統上發出一種像是嚇了一跳但又好像沒嚇到的聲音，像是「噢這樣啊」。塔立克輕輕甩了下頭，好像是雖然想回答，但他不讓自己回答。

王艦無人機完全沒反應，所以顯然它早就知道了。它只是沒跟我說。

塔立克用一種刻意充滿諷刺的口氣說，「謝了，艾瑞絲。關於我這個人，還有什麼要補充給這些新朋友知道的嗎？」

「有。」艾瑞絲看著我。就我看來，此刻她是唯一那個沒有情緒波動的人。「他比我們任何人都憎恨企業體。他們逼他殺人。」

這裡之前都沒有安靜過，雖然位於地底下，可是有車的引擎聲、人類交談聲和王艦無人機的聲音。但現在，安靜了。

艾瑞絲接著說，「抱歉，塔立克，但我希望把這件事說出來。我不喜歡驚喜，我猜前維安配備也不喜歡。」我想起來要叫偵查無人機一號回到戒備狀態。她繼續說道，「所以現在情況需要我們去與一群可能非常友善，可能非常有敵意，或可能有十足理由害怕陌生人的群體接觸的時候，塔立克確實是有經驗。你們兩個應該要合作，但爸爸和小日同意維安配備可以在所有跟任務維安相關的事情做決定。」

（**你們有嗎？**我在專用頻道上問王艦無人機。

我們當然他媽的有啊，它說。）

我得回應艾瑞絲，我說，「好。」

「它不是前維安配備，」拉銻在安靜再次變得太安靜之前，輕聲說道。「除非死了，否則你沒辦法變成前維安配備。但謝謝妳開誠布公。」

所以做決定的人還是我，我得做出決定。至少這段談話給了我一點時間檢查威脅評估報告。我想要在沒有王艦無人機的情況下自己去嗎？幹，當然不想。我想要叫艾瑞絲和塔立克在沒有王艦無人機的情況下自己折返嗎？幹，當然不想。好，好啦。「我們就繼續往停機坪入口前進。」

艾瑞絲點點頭。「謝謝你願意聽我們的意見。」

王艦無人機在小組頻道上說，**你們可以先重新發動車子，再繼續進行情緒表現和交際性談話**。

是的，它對自己的人類跟對其他人一樣無禮。

塔立克放下雙手，目光仍看著我。「對。我們應該晚點再談。」

我們大概該談吧，但絕對不會談的，如果我可以控制的話。等等，在我之前，塔立克擔任過王艦的任務維安人員嗎？我奪走了一名人類的工作嗎？

如果是平時的情況下，這就太好笑了。

他重新發動了車子，我們繼續沿著這條愚蠢的隧道前進，進入愚蠢的險境中。我派偵查無人機一號用最高速先飛過去，這樣一來它至少可以在我們抵達前先稍微進行一點偵查工作。我還是不想把偵查無人機二號從隧道開口的戒備位置調走。

王艦無人機放開了車身，飛在我們前方一點點的地方。它看起來有點像是驚悚劇裡面的那種邪惡、恐怖的機器人，最後會在廢棄太空站／廢棄行星駐點／廢棄普通地下住宅把所有人都殺光。

沒有完整掃描資料，我只能更加留意目視畫面資料，雖然此時此刻的隧道非常無聊。人類停止了交談。（這件事本來應該會讓我鬆口氣，但卻沒有。奇怪的是，我已經習慣人類在背景說話，像是那種不是你最喜歡的音樂，但是播放的話還是挺不錯的那種感覺。）

王艦無人機和我則是處於屬於我們自己的尷尬沉默之中。我在專用頻道上說，**你早就知道塔立克的事了。**

對。當時情況很複雜。塔立克被指派給我的時候，賽斯是反對的，而我同意他的看法。賽斯覺得他太急躁，且過去的他在某些情況下曾經被要求，或常常被迫要展現攻擊

性，那些情況跟我們現在想幫助的處境中的對象相似，但他的過去經驗可能已經成為習慣反應，並會在壓力下再次顯現，即便對一名主動努力壓抑這種行為的人類來說也是如此。校方主任說服我們再給他一次機會。他們是對的，合作成功了。至少到目前為止是這樣。

「到目前為止」有點耐人尋味。王艦的特別之處，就是它並非合併體，它身上沒有人類神經組織，它處理情緒和衝動的方式與我完全不同，更別提跟人類處理的方式相比了。這就是為什麼它喜歡跟我一起看劇，因為有我做為濾鏡，它能更理解帶感情的內容。

我明白它是怎麼處理情緒的嗎？不。但是我也不明白我是如何處理自己的情緒的。所以眼下這個狀況，有這種感覺就特別蠢，不論這到底是什麼感覺。不是忌妒。有點像忌妒。如果塔立克都已經加入小組這麼久，還是只得到一個「目前為止」，那我是什麼？我說，**如果你本來就有維安顧問——**

王艦無人機打斷我，**他不是維安顧問，他是任務專員。他非常了解巴利許－亞斯傳薩這種公司採用的策略。但你才是維安顧問。**

這話本來應該是一種鼓勵，要不是**已重新編輯**。

13

我們終於來到可以看見長廊尾端停機坪的黑暗入口的距離。不需要我開口，塔立克已將車速減到幾乎止步，最後停在入口前十公尺處。

偵查無人機一號已經抵達，開始巡檢，我派偵查無人機二號進去跟著。一道昏暗的日光和地上的散沙立刻讓引導它飛上去天花板的大裂縫處，那應該是讓船艦進出的艙門系統的一部分。不知何時那個艙門被開了一個洞，足以讓那架停在降落平臺上的飛行器進入。接駁船在上空飛行，配合我們的速度前進，已先抵達此處，發現了開口。王艦無人機正在用偵查無人機一號的移動路線建立地圖。

拉娣、艾瑞絲和塔立克在檢查無人機以及接駁船外部的鏡頭拍攝到的畫面。停機坪這一區的光線比他們預期還暗，因為他們之前看的一直是無人機的夜視濾光鏡畫面。他們在臆測是什麼機械故障或天然災害導致艙門卡住，最後只得有人在艙門上面切開開口之類的，我不太在乎。

因為偵查無人機一號也找到了為這座停機坪打造的出入口，可以通往企網前時代駐點。出入口在最深處的牆面上，光線更暗，位置與隧道相反。如果那扇出入口完全打開，規格足以讓接駁船飛過。（這是我們絕對不會做的事，因為救命喔，那是什麼爛主意。）出入口的位置在兩根巨大的半柱體之間，柱體的角度往後傾斜，像是要撐住上方的傾斜石板那樣。我猜這就是那兩根柱子的用途，畢竟如果是為了要美化這個地方，那它們沒有起到作用。

我的無人機掃過停機坪的地面面板，這裡的地面是岩石／金屬合併的材質，拉銻說這在企網前時代的建築中很常見。地板上現在被一層灰塵覆蓋。目前為止沒看到近期的使用痕跡，不過這也不能證明這裡沒住人。上方艙門有那個洞口，表示空氣中有很多灰塵掉落，會蓋住任何東西移動或動靜留下的軌跡。

我下了車說，「艾瑞絲，妳和塔立克應該回到接駁船上。王艦無人機能幫你們從破掉的艙口回到星表。用地面感測器可以找到接駁艇接你們的時候需要的降落點。」

艾瑞絲望向停機坪另一頭，也就是內艙門的方向，不過在這個距離和光線下，她看不到艙門在那裡。（艾瑞絲有強化部件可以接收額外頻道連線和存檔空間，但是沒有強化視線，也沒有任何可以在這個情況下用得上的功能。）她的口氣中聽得出正在皺眉。「你確定你沒問題嗎？」

嗯，不確定。這是當然。

她接著說，「要記得，你隨時可以決定撤退，回到小日那裡回報狀況再進行重組規劃。」

她說的有道理，但是我們已經很接近了。如果那群分離主義殖民地居民失敗，裡面現在沒有任何生還者，我們在人類下次吃飯時間之前就能收工，不用再規劃一次後續任務。「沒關係。如果我遇到任何沒死掉的人類，我會立刻通知你們。」

我本來想要讓氣氛輕鬆點，但這話的效果顯然離我的目的差得多了。

這時拉錫想助我一臂之力，結果讓整個狀況變得更糟。「你是說沒死掉的人類，而不是沒——啊，沒事，我閉嘴。」

塔立克做了個動作像是要拍拍我的肩膀但又放棄，最後用一個尷尬的聳肩作結，因為他想起來我不喜歡那樣。他說，「要記得你還有後援就好。」我突然明白為什麼艾瑞絲要提起他曾經需要聽命執行謀殺行動的事，因為她想讓他思考自己現在的工作和我的工作，想想誰要做出維安決定。還有我們之間有什麼共通點吧，我想。

王艦無人機什麼都沒說，但我知道它很高興我要把人類送回接駁船上。

王艦無人機先是帶著艾瑞絲從艙門開口出去，接著是塔立克，與此同時我我穿過黑暗的停機坪，站在駐點艙門前。艙門的正中間有一道黑色的縫，微微開啟，這條縫非常非常黑，表示隧道理的緊急照明在那裡面也是沒有啟動的狀態。我召回偵查無人機一號和二號，然後派它們進入艙門內。

人類。看在老天的份上，那群分離主義者到底為什麼會想來住這裡？因為他們那時很害怕嗎？如果我放在待處理資料夾裡面的理論沒有錯，剛石事先就知道總部和資產會遇上惡意併購，並對部分殖民地居民說有其他企業體可能會想要來這裡，並消滅任何外星汙染物的證據，好讓這顆行星不會損失其價值……那這地方就可能會看起來像是可行的庇護所。而且用他們手上現有的資源就行得通。剛石主殖民居住地有些用來進行食品生產的地堡，但是自從空氣泡泡下的加氧作物開始產出後就沒有使用了，那裡有些閒置的水耕設備和種植物資可以用。就算這裡沒有還能運作的能源來源，地形改造引擎就在附近，殖民地居民中的地形改造技術人員也知道要怎麼使用。

我接收著無人機拍攝的駐點畫面，大概吧。畫面實在很黑，無人機的濾光鏡沒什麼用，表示我的也會是一樣的狀況。我的掃描功能仍無法用，現場視線幾乎也是零，就算有一百個遭外星汙染的人類站在這裡，除非我直接撞上其中一人，不然我也不會知道。

我沒有拖時間好嗎，我有在做事。無人機，我是在等無人機。

這個情況下我實在應該要穿著盔甲才對。

（是這樣的，之前在**已重新編輯**的時候，三號告訴我，如果我想要的話，可以穿他的盔甲。嗯，它原話不是這樣說的。它還沒有自己會有個人物品、這些東西會只屬於它、不是別人的東西的這個觀念，所以它要我跟著它去王艦的保險儲藏室，也就是盔甲收納的地方，然後站在門邊一臉疑惑地指著盔甲給我看。）（是的，那次它花了二點三分鐘被我和王艦和歐芙賽和圖里問了一堆問題，才讓我們知道它到底想說什麼。）（盔甲是裝備，三號不明白為什麼我不拿去用。）（因為我他媽的不想要，這就是為什麼。）（這件事發生的時候，最後這句我沒說，但是我們還在路由器站點，拉銻、塔立克和艾瑞絲自願進行這項任務的時候，三號又問了我一次。這套盔甲仍在保險儲藏室裡，它大可由某人放入升降箱，大可由先遣機把它送到我們的位置。但我再次拒絕了。）

（是的，我知道那是個錯誤的決定。三號也說要借我它的無人機，畢竟在那麼多交火、使用無人機往敵方人員腦袋砸洞以及被目標踩爛了好幾架之後，它手上剩下的無人機數量比我多很多。可是我偏偏拒絕了。殺人機，你到底為什麼要這樣？）

拉鋉在接駁船上透過我的頻道看著現場畫面，說，「為什麼圓形的艙門看起來比方形的恐怖呢？」

艾瑞絲和塔立克已經跟王艦無人機到達星表，站在高原腳下一片平坦、佈滿岩礫的空地處。他們剛用地面感測器找到一處安全降落點，指示接駁船下降。透過接駁船的攝影鏡頭，這片高原看起來很自然，跟其他地方有著一樣的黑底帶點紅色礦物質成分的岩石。但是王艦無人機推算出來的地圖顯示駐點一定就在這下方。塔立克疑惑地說，「你說什麼？」

「這是大家都知道的事實啊，」拉鋉坐在副駕艙說道。他把我的攝影畫面拉到顯示器上。「圓形的艙門就是恐怖。」

「這是哪裡來的事實？」接駁船掀起塵土，緩緩降落的同時，塔立克問。「艙門本身怎麼會恐怖？」這份工作只靠兩架無人機實在不夠，可是我此刻也別無他法。這裡有這麼多岩石可以擋住地形改造引擎的干擾，讓無人機的掃描器開始發揮作用，但是僅限非常近距離之內。有了比較清楚的攝影畫面和實際的動態確認，我跟你說，這真他媽讓我鬆了口氣。即便現在我只拍得到一片漆黑，還有偶爾無人機的指令系統趕在無人機撞毀前一刻發現牆面存在的當下，那太過清晰的牆面畫面。這次的偵查工作會是那兩架無人機執行過最緩慢的一次，但至少開始推進了。

除此之外，雖然我明白塔立克為何會疑惑，但拉銻說的沒錯。我在我的劇集資料庫裡面很快地搜了一遍艙門形狀，範圍鎖定在熱門冒險劇和懸疑／恐怖劇，其中攻擊性生物、搶匪、人類和／或機器人謀殺事件，和／或魔法生物、身分不明但恐怖的黑暗存在以及單純就是怪物的事件，有很高機率跟圓形艙門有關。我把結果傳送到小組頻道上。

王艦無人機說，**你浪費處理空間去做那個嗎？**

「百分之八十，」拉銻非常震驚地說。「我以為我只是在說笑話。」

斜坡道降下，艾瑞絲跳了上去。「不是艙門形狀的問題，」她說，「是柱子兩側對稱的關係。」

我說，「我沒有要再跑一次搜索比對了。」我那兩架微不足道的無人機視線畫面仍什麼也拍不到，不過給了我一些資料，顯示牆面、天花板和地板的相對位置，無人機有限的近距掃描找到了可能是鋪在岩石裝飾面板下方的休眠電源管道。但是就算我的兩架無人機的掃描功能可以完整發揮作用，因為無人機數量太少，還是無法替一個看上去這麼大的空間繪製感測器圖面。這裡甚至比停機坪還大，而且幾乎都是開放式的。

艾瑞絲和塔立克已經過了減壓艙，進入接駁船了。他們打開頭盔並將其收合。塔立克一屁股坐下，艾瑞絲則傾身靠在拉銻的座位頭枕，看著顯示螢幕上的畫面。

王艦無人機從停機坪艙門飛回來我的位置。我應該要叫它回去接駁船上面，跟人類待在一起，但是。我沒有。

「我們就等證據自己證明這個理論吧。」拉銻說。他是說艙門證據。是的，我們還在討論那個。

艾瑞絲是對的，王艦無人機說，**就是艙門在兩根柱子之間的對稱位置**，**以及與兩側間**

隔的相同空間。對於收到暗示的對象來說，這個景象暗指有東西會進入視線。

所謂「收到暗示的人」，就是「白癡」。

塔立克說，「你知道嗎，如果這地方最後空無一物，這整段怪物說法就會聽起來很荒謬。」

艾瑞絲的語氣冷淡。「我只好告訴你，這段討論現在就已經聽起來很荒謬了。」她接著說，「維安配備，你有推進的計畫嗎？」

偵查無人機一號發出警報，我下令要它停在原地。它的攝影機剛偵測到人造光線，且與隧道長廊上的緊急照明不相符。那光線跟剛石主基地的電池照明一模一樣。好了，要開始了。「接觸對象。」我說。太空怪物和黑暗存在可不需要電池照明。然而，遭外星汙染物感染的人類需要。應該吧。

「什麼？哪裡？」塔立克對著顯示器畫面皺眉。

「是無人機的回報消息。」拉銻解釋道。他打開與我的專用頻道說，**維安配備，你沒有跟我們說你在做什麼。**

該死，他說得對。我又搞砸了。我在通訊系統上說，「一架無人機在一條走道上找到人工照明。」

拉銻試著幫我掩護，他對塔立克說，「基本上就一直假定無人機在做事就好。」

王艦無人機說，**接觸開始之前，所有發現都是初步判斷並且未經確認。**

對，那是王艦無人機在幫我掩護。

我把無人機攝影畫面分享到小組頻道，這件事我早該做了，但是之前拍到的東西那麼少……我只是還沒分享。什麼，我沒想到嗎？我覺得很丟臉？我不知道，我得快點脫離這個狀態才行。

艾瑞絲皺眉。「如果你發現任何跡象顯示那裡是強制性建築，就立刻撤退。」拉銻發出深思的「哼嗯」聲響，我解讀為他認為不論是有或沒有強制性建築這件事，其實並不像我們期望的那麼有參考價值，但又不想說出來讓大家士氣低落。

無人機畫面中走廊的輪廓隨著光線變得更亮而越來越明顯。這地方跟隧道很像，但是材質顏色比較淡，而地上的顏色則比較暗。沒有裝飾，跟企網前時代站點一樣。但是如果這個地方是同一群企網前時代的人蓋的，原意大概不是用來做為重要居住區使用。我猜啦。我一點概念也沒有，不要聽我的。

我沒看到任何塗鴉，但是很難確認塗鴉在企網前時代是不是外星汙染物質影響人類與否的判斷標準之一。剛石殖民地居民的居住站點到目前為止都沒看到過。（唉，把這個廢話資訊標記成待刪除吧。要命，連保護地太空站都有塗鴉，有時候人類就是想要在牆上畫漂亮的圖。可能有意義也可能什麼意義也沒有。）

偵查無人機一號循著光線進入了一條更大的通道，轉過彎……是另一扇艙門，這扇比較小，是給人類用的，不是讓大型貨櫃進出的。電池照明看起來可能是被卡在其中一面牆上，或是有人將其裝設在上頭。

吼。

這就是我的工作／存在價值，對吧，去做危險的事情，這樣人類就可以不用冒險。我得這麼做，就是現在。我說，「我要進去了。王艦無人機留在入口。」

我應該跟你進去，王艦無人機說。

艾瑞絲說，「小日，這要讓維安配備決定。」

我不想要在人類面前爭執（我知道，對吧？講得好像我們之前都沒這樣過一樣。但我就是現在不想爭。）所以我在我們的專用頻道上對王艦無人機說，**你不要現在挑戰艾**

瑞絲的權威。然後你現在得留在入口，如果有東西把我追趕出來，要靠你讓它慢下來，接駁船才有時間可以起飛。

王艦無人機說，**你的情緒勒索還得再下點功夫。但是我接受你的觀點。**

我把我的攝影畫面頻道連上接駁船的大顯示器上後，走完停機坪內最後一段路，到了艙門前。兩扇巨大艙門開著的縫隙足以讓我直接走進去。

有了無人機傳給我的資料，我就有了感測器圖面（破爛版），可以用來加強我的夜視濾光鏡。所以我算是稍微看得見，已經可以讓我不要撞上牆壁。不過所有東西都是灰階畫面，細節也都很模糊就是了。我來到入口廳艙，這裡的空間大到能讓貨運機器人或搬運機器人到處移動。前方的牆面對著一座巨大空間敞開，也就是偵查無人機二號獨自試圖繪製圖面的地方。（情蒐無人機本來都應該整群一起做這類工作，所以現在的狀況實在說不上能讓我覺得很有成效。）右側牆面有個開口，可能是大型升降梯豎井的入口，也許是貨物通過艙門後要立刻分流用的。我檢查了一下掃描畫面，難得是好消息。因為我們上方有很厚的岩層擋住了干擾訊號，我重拾了一點掃描功能，不過還不到無人機現在有的程度。但我至少還可以看得出來升降梯沒有通電。而我被靜默外星汙染人類包圍的可能性也降到了八十出頭的範圍波動。噢，豎井入口有一張金屬網，避免有人掉下去。這可能代表這個站點在那個時候是透過正常流程關閉，或者至少這個入口是這樣。

拉銻在頻道上檢查我對金屬物質組成進行的掃描畫面。他說，**那個防護網看起來不像企網前時代的產物**。

對，還有這件事。這是很重要的線索，殺人機，你可能會想注意到這種事。

可能是地形改造組員做的，塔立克說。**他們一定來這地方探索過**。

我的掃描在廳艙另一邊的牆面上找到一些金屬平面，上面有銘刻文字。那些文字跟堤亞哥編寫進我的語言功能單元裡跟目標和殖民地居民溝通的語言資料沒有比對成功，所以很可能是另一個企網前時代的語言。我確保自己拍到清楚的畫面，並把截圖傳給拉銻，等我們脫離封鎖區之後標記用。因為沒辦法取得王艦巨大的檔案資料和堤亞哥的翻譯能力，我們沒辦法閱讀那些文字內容。

我走到廳艙前方。（拉銻在接駁船上悄聲說，「我最討厭這個部分。」他和塔立克還有艾瑞絲緊繃地看著顯示器畫面，三人像是凍結了一樣，除了塔立克一直不由自主地咬唇以外。）我看到一道斜坡道往下延伸出去。根據偵查無人機二號，是往下三層樓。這就跟中轉環的斜坡道一樣，沿著牆面來回銜接，用來減緩向下的角度。我從這裡什麼也看不到，整個空間都太大又太暗了。（我可以打開頭盔燈，但這樣一來如果有任何敵方人員偵測到我進入，我就成了完美目標。而如果我是離群索居躲在這裡的人類，突然有陌生人穿著我不認識的品牌的艙外行動太空衣進來，連我都會朝我開槍。）

（好，我不會，但我不是個因為害怕被殺掉之類的就驚慌失措的人類。）

（我是維安配備，我會因為害怕被殺掉之類的就驚慌失措的人類而驚慌失措。）

我開始沿著斜坡道往下走。讓偵查無人機二號先下去撞牆滿有幫助的。我讓它繼續到處晃，此時它已經找到另外五條長廊入口，但沒有像偵查無人機一號那樣發現任何人工照明的跡象。

就我目前看來，這地方很像其他企網前時代的中央區域：大型多樓層空間，有多條走廊通往各處，只不過沒那麼高。（是的，我知道這在大部分人類文化中都不算什麼罕見的設計。）我沒有感覺到任何空氣流動，除了我的無人機造成的那一點以外，音訊方面也什麼都沒有收到。（我已經把接駁船通訊頻道放到背景去了，頻道此刻只有三名人類緊張的呼吸聲，除此之外就是偶爾的座椅摩擦聲響。）

我在地上發現小小的弧型隆起物，掃描辨識每個小隆起物裡面都有休眠中的科技產品。這些是簡單的信標，可能是用來標記車輛載具停車／降落區域。停機坪是停放大型飛行器用的，這一區可能是給小型飛行器或貨物搬運機，或是穿梭隧道用的車輛載具使用，希望是有更多安全設計的款式，而不是我們發現的那種臨時改造的車款。偵查無人機二號剛來到了一座通往一連串小房間的廳艙，小房間裡有管道設備和排水設計，可能是洗手間。

這地方已經沒有剛開始那麼詭異了。而且怪的是，在這裡走動比踏過艙門還要容易。我敲了敲與拉銻的專用頻道說，**人對某處感到詭異的感知能力是會耗盡的嗎？**

拉銻回答，我認為那就是你太震驚了。

謝囉，拉銻。如果我想找人毀掉我的樂趣，我問王艦無人機就好。

我走到斜坡道尾端，往偵查無人機一號發現的長廊走去。腳底下的地面感覺很平滑，我的視線清晰度尚足以讓我不會絆到任何東西。

然後王艦無人機說，**我接收到非標準傳輸信號**。

我凍結了。

好，有件事。那件已重新編輯的事。我該跟你們說了，否則接下來的內容會讓人聽不懂。

新的巴利許－亞斯傳薩探測艦抵達星系的十二個多小時之後，發生了一件事。我不記得是什麼東西觸發的，只能猜想是我的有機神經組織，但這也毫無幫助。

我當時跟其他人類一起在王艦艦橋下方的控制區，討論要如何應對巴利許－亞斯傳薩，畢竟我們的戰略情勢剛已經在我們面前爆掉了。我可以讀取當時的情境紀錄，我有百分之八十七的注意力在：艾瑞絲說明大學通常如何處理撤離殖民地居民的事，這些選項會如何起作用，或者是在這個狀況中需要先調整過。曼莎和拉鎂坐在椅子上聽她說話，李蘋站著，視線放空，一邊在頻道上拉動法律文件閱讀。王艦其他組員則四散在艙內各處，要不是在認真聽就是在急忙翻找頻道上和王艦資料庫中的資訊以找出可行的解決方法，所以都很安靜。亞拉達、歐芙賽、艾梅納和堤亞哥在保護地救援船上，跟幾個其他組員一起用通訊系統旁聽。我讓無人機待命，三號剛被馬泰奧拐騙去坐在沙發上。

我的下一個有效記憶是在王艦的醫療中心強制重啟。

王艦得進入我的檔案庫中處理資料，才能找出是什麼東西讓我突然離線。顯然我是突然看見企網前時代居住區下方的視覺回憶，就是有遭感染人類遺體之類的那段回憶。王艦在我重啟後給我看的時候，我看得出來裡面有些地方不正確。（超不正確。人類遺體並沒有抓住我並吃掉我的腿。首先是因為我腿上沒多少有機組織可以吃，再來就是我們有影像可以確認在我逃脫後我的腿還健在。）

原始記憶並沒有受損，仍完好且可用做比對，王艦對兩段畫面做完比對以後，還在新的記憶畫面中發現其他異常現象。沒有任何跡象顯示不正確的回憶是從何而來，又是因為什麼原因造成它跑進我的記憶庫。我沒有被駭，王艦沒有被駭，保護地救援船沒有被駭，我們的頻道網也沒有被駭。我們對劇集儲存庫跑了一遍檢查流程，確保那對記憶不是某場戲裡面的故障片段。結果原來我的劇集裡面，有（毫不意外）一個很高比例的內容包含人類、強化人、機器人、人類和／或機器人假裝成外星人，以及動畫和／或機器生成畫面的外星人，被恐怖的東西追趕的畫面。但這些檔案都沒有故障，也沒有包含出現在我原始記憶和錯誤視線記憶中的確切細節。

不論是什麼原因讓我他媽的隨機出現錯誤記憶，都讓我的行動性能信度下降快到我直接關機，把人類搞得又難過又驚嚇。曼莎博士在我重新上線後，在醫療中心說根據他們的猜測，這就像人類出現突然閃現的回憶。因為沒有人有任何關於合併體的機器／有機神經組合在創傷後會產生什麼影響，醫療系統沒辦法辨識原因，直到王艦進入我的活動日誌到處翻找才發現這個狀況。

曼莎對於發生這件事感到很難過，雖然她想裝沒有。（而且我們都面不改色地對艾梅納說謊，在對保護地救援船的通訊系統連線上跟她說我因為病毒汙染的關係需要修復，所以還有一點功能問題，不用擔心，什麼事也沒有，哈哈。嗯，我不知道她有沒有相信我們的說法，我們一致認為我們的表現爛透了。）

但這整件事在十一名人類、三號和王艦面前發生，而到他們和王艦確認起因不是任何病毒攻擊或爆發新的汙染的時候，已經完全沒機會維持什麼隱私，現場的每個人都知道我是因為某種異常錯誤記憶搞得自己關機，且不知怎地那記憶還是我自己創造出來的。這整件事難以給人什麼信心啊。

（大家的反應都很善良。整件事讓我理解了人類說的「讓我想吐」是什麼感覺。

到底為什麼一個人會想做嘔吐那種噁心的事情，而且看起來還那麼痛苦。噢，這就是為什麼，我現在懂了。）

我凍結之後看到的是《明月避難所之風起雲湧》那段律師在醫療中心醒來、保鑣在她身邊那一幕。這幕來自第兩百零六集，是我最喜歡的其中一集。時間檢查：離線＝零點零六秒。如果這種事發生在敵方人員（可為複數）進攻的時候，我現在就已經沒命了，敵方人員可能也摧毀了王艦無人機，攻擊接駁船，殺掉所有人類。

王艦無人機沒有點破這件事，艾瑞絲則是正在通訊系統上說話，「——可能的汙染威脅？」王艦無人機已經把我們的頻道關閉，以免有任何汙染威脅，這樣很好。我透過我在接駁船上的無人機拍攝鏡頭看到拉銻把控制介面從耳中取下。

王艦無人機說，**病毒汙染物質沒辦法透過這種方式傳到我或維安配備身上。我已經封鎖了接駁船的頻道和通訊系統，讓其不能接收可能的敵方人員頻道**。它在我們的專用頻道上說，**你回來了嗎？**

回來了，我對它說。算是吧，差不多。**剛又發生那段回憶的事了嗎？**

你剛又出現一樣的行動性能信度驟降和錯誤碼，但是時間比較短，你也沒有關機。所以可能是同樣問題的另一種表現。但我要等到有時間檢查你的活動日誌才能確認這點。

艾瑞絲問，「可以給我們看一下傳輸紀錄嗎？」

王艦無人機將傳輸紀錄轉成人類可以理解的視覺用資料，並在接駁船的顯示器上放了一張圖片。

開始會話問候語

開始會話哈囉

開始會話稱呼

拉銻的眉毛動態展現出既憂心又充滿興趣的反應。「你覺得是自動系統嗎？」

「不是，是運作中的系統，在試圖與小日或維安配備連線。」艾瑞絲咬著下唇，看起來應該會痛。

正確，王艦無人機說。**它知道我們來了。它一定是有持續掃描活動狀態，發現我們的通訊系統和頻道訊號。**

塔立克說，「你認為這系統跟企網前時代中央系統相似嗎？」

我現在已經可以說話了，所以我回答他，「對，像那樣。」像我們找到的另一套中央系統，但這套用的是基礎語言碼，不過這在使用不同通信協定碼、且通常是專利通信協定碼的結構與結構間聯繫時仍很常見。我猜是企網前時代發明的。我也不知道。

「是求救訊號嗎？」拉鎊真的很擔心。我也是。因為這不是求救訊號。

開始會話拍手

開始會話揮手

開始會話敬禮

王艦無人機說，它在循環使用可替代的資料傳送通信協定，直到它找到我們會接受的為止。

另一套企網前時代中央系統沒有把外星汙染物感染給我。另一套企網前時代中央系統加上2．0的幫助，實際上救了我一命。它一直在那地方，在被感染、受困於自己的網路中的情況下，在黑暗中呼叫某人，任何人，去幫助它的人類，直到我們發現它為止。

我不想回答這個系統。我也不想要我那愚蠢的神經組織或任何造成我那愚蠢的復發性錯誤記憶戰勝。戰勝什麼？這是個他媽的好問題，我希望我有答案。我說，「艾瑞絲，我想回應它。妳批准嗎？」因為如果這個主意超糟糕，出事的可不是只有我。我真的很慶幸我已經先叫他們待在接駁船上，有王艦分支版本負責駕駛，遠離可能有遭感染的人類或機器人能接觸到他們的範圍。但那也不是我多聰明的表現，只是我沒有特別笨而已。

拉鎷顯然很不開心。塔立克的表情維持很痛苦的模樣，為即將發生的災難做準備。艾瑞絲再次咬唇，然後說，「我批准，你要謹慎行事。」

王艦無人機說，**我們會短暫跟你們斷訊。確認**。

艾瑞絲和曼莎博士有一個共通點，那就是在情況即將急轉直下的時候仍看起來、聽起來很冷靜。她說，「確認。另一頭見。」

王艦無人機切斷通訊系統，我立刻就想念他們了。在這情況下，如果發生壞事，人類其實也幫不了我什麼忙，但是他們不在的感覺……實在不太好。（我很想把這個感覺視為可能的性能失常徵兆，但我客觀來說明白其實正好相反。）（但還是很煩。）

王艦無人機在我們和接駁船之間多拉了一面頻道阻擋牆，然後我說，**我們來執行完**

整汙染協定吧。這是我們（我們是指王艦、馬丁、馬泰奧和我，在我發生那件事並且明顯變成一個廢物之前）想出來要在有潛在汙染情境中使用的協定。

來吧，王艦無人機說，這是它友善的表現，沒有讓我知道它不需要我來建議使用哪一套協定。然後讓情況變得更糟的是，它補充了一句，**小心點**。

阻擋牆拉起來了，剩下我一個人在黑暗之中，和兩架設定在待命狀態的無人機，還有那個企網前時代系統。

開始會話招呼

開始會話敬禮

開始會話點頭

我傳送，**收到**，**開始會話**。

接著，毫無停頓，彷彿它完全不擔心與陌生系統接觸。它傳道，**連線：ID：剛民系統2。需求碼：ID？**

好，這下有點棘手。**ID：維安配備**。

功能：需求碼？註冊／機構：需求碼？

另一套中央系統已經被改成幫剛石殖民地居民做事，當時他們在企網前時代建築中找到它。這套系統從指定名稱看起來，一定也被改過。（剛＝剛石，民＝殖民地。）（我猜另一套中央系統應該是剛民系統1，除非這行星上還有另外一套企網前時代系統在運作。）（我真的希望不是那樣。）但是這個系統聽起來不像被改過，但我要解釋的話就得複製很多程式碼進來。而另一套系統，剛民系統1，算是知道我是什麼，這套則毫無概念。我這個個體的組成概念，並不存在它的檔案庫裡，我甚至不知道它有沒有像我具備的這種檔案庫。

我回答，**功能：勘查。機構ID：PSUMNT。**

要用基礎語言解釋維安配備是什麼就已經夠難了，而三平與紐泰蘭泛星系大學在這套語言碼常用時代還不存在，於是也沒有剛民系統2可能可以辨識的ＩＤ，所以我就編了一組給它。

它沒有回答。嗯，我猜我剛搞砸了。

它傳道，**ID：PSUMNT已加入聯繫資料。**

我猜那個年代的機器智慧太有禮貌，說不出「聽起來是假的但好吧」。

它接著傳，需求碼：**聯繫剛民系統1**？

它可能是在問其他東西，而不是另一套中央系統，不是在問那套我跟2．0為了阻止外星汙染物質的時候不得不摧毀的系統。

我希望它是在問其他東西。

我花了太久時間，它又傳，**剛民系統1通訊消失**。**需求碼：聯繫剛民系統1**？

哎，它有百分之九十五的機會是在問另一套中央系統。我傳，**剛民系統1位置**？

它傳了一串數字給我。不是啟動碼……噢，對，可能是地圖座標。我花了一秒才弄清楚，不過這串數字跟剛石地圖資料相符。座標指在主殖民居住地一側，也就是企網前時代建築的位置。

所以百分之一百了。我逼自己回答，**剛民系統1：離線**。

這次換它遲疑了。二點三秒。它傳，**需求碼**？

剛民系統1救了我。它有一半被能夠透過有機DNA與機器編碼互相傳染的外星汙染物質吃掉了。它被監禁在黑暗中，而人類從廢墟裡把被拋棄的它救出來以後被感染了，然後對彼此做出很可怕的事。它跟我約好，只要我同意拯救它的人類，它就同意讓我殺了它。我要怎麼把這些話放進那愚蠢又有限的語言裡？

我傳，**剛民系統1：感染事件。**

需求碼？

我應該要問剛民系統2是不是只有它在這裡，雖然我有百分之九十七的把握答案一定不是。我只跟剛民系統1短暫互動過，但它——說感覺實在不對，但在這個語境裡合理——或者不合理，隨便——它感覺很孤單。它的權限都被切斷了，本來正常的功能全都沒有在運作，對於困住它的網路以外的世界到底發生什麼事，它也只有少到跟沒有一樣的資訊。

剛民系統2則是正常運作中的系統。它甚至可能只是在拖延我的時間，讓它的人類可以拿出轟掉維安配備的武器。

如果它跟剛民系統1一樣，它可能比那有限的聯繫協定讓它聽起來的狀態還要聰明很多。我叫出一份平常要給維安系統或居住艙系統內部使用時的報告，全都是數據資料，沒有給人類看的視覺圖片或文件。沒有理由美化已經發生的事情。

我猶豫了一下。這真的很難。它可能會想殺掉我，那我就會得殺掉它。或者得嘗試殺掉它，它搞不好跟主艦是同一個水準，可以像捻死螻蟻那樣殺掉我，我不知道。

我說，**需求碼：能接收數據檔案嗎？**

它回傳了一串固定位碼給我，跟用來與我連線的不同。可能是類似運算箱的東西，一個隔離出來的運算區域。它能在那裡瀏覽，但東西不會脫離那個範圍。（反正理論上是這樣。我敢打賭2．0一定能從企網前時代運算箱中脫逃。）

我把檔案傳過去，連線安靜了下來。

我不想站在這裡等，可是在這種情況下看劇顯然不是個好主意，不論我有多麼、多麼想看劇也一樣。所以我把交談紀錄複製下來，傳給王艦無人機。

王艦無人機放下我們之間的阻擋牆，不過沒放下保護接駁船系統的那道。**這是個好主意嗎？**我問它。**汙染協定是大家都要遵守的東西，唯獨你不用嗎？**

它看完檔案以後，不是會攻擊我們，就是會要求進一步聯繫，王艦無人機說。不論如何，阻擋牆都得放下。

對，好，隨便。然後剛民系統2傳來，**需求碼：功能，需求碼：連線，需求碼，然**後傳來當下的時間碼。

它是在問我們為什麼來這裡。

王艦無人機在我們的專用頻道上說，**它如果是自己在這裡，就不會這樣問你了。它有它想保護的東西**。

不論任何形式的王艦都超級不擅長跟其他機器人交談，但是這次我知道它說的對。我需要找到回答的方式，讓這套被企業科技臨時改造過的企網前時代中央系統能理解我的答案。那些目標、王艦的組員被綁、巴利許—亞斯傳薩、那座深埋在崩垮企網前時代殖民地站點廢墟底下的站點，也就是我們希望是休眠中的外星汙染站點的事。但我眼前只一直看到剛民系統1被關機之前最後一刻的回憶畫面。我整理出一段回答，傳了出去：

剛民系統1要求：需要協助，PSUMNT回應協助進行中，然後**ID：巴利許—亞斯傳薩探測艦任務小隊：高威脅指數，**最後是**PSUMNT要求：客戶對客戶聯繫**。

意思是，「剛民系統1尋求協助，我們想幫忙，巴利許—亞斯傳薩很危險，可以讓我們的人類跟你的人類交談嗎。」

它回傳：**需求碼：「客戶」**？

系統不明白客戶的意思。我試著不把這視為整個交談失敗的象徵，而王艦無人機則很快地搜索了一便替代詞後傳給我。我挑了第一個：**「客戶」=操作者**。

它傳，**連線同意**，**請求同意**，**協助**，然後我的頻道上傳來了另一臺攝影機拍攝畫面。

因為來得太突然，我被嚇了一大跳，花了零點零三秒才理解我在看什麼。王艦無人機說，**該死**。剛民系統2給我看的是一間很大的房間，建築材料跟這座站點其他地方是相同或非常相似的人造岩石，裡面有至少二十二名人類，其中兩人身上穿著修補過的剛石艙外行動太空衣。至少二十二人，旁邊還有小人類在一面牆邊玩耍，攝影畫面沒有拍到整個空間。人類的膚色都在正常範圍，從深咖啡色到淺褐色都有，沒有視覺可確認的汙染影響徵兆。（頭髮完全看不出來，他們大多數人都用布料把頭髮包起來，或戴著帽子蓋住。）這都不是「該死」的部分。

「該死」的部分是他們面對五名身上有巴利許－亞斯傳薩艙外行動太空衣和裝備的人類，還有一具維安配備。

對，我們晚了一步。

王艦無人機解除了汙染協定，打開與接駁船的通訊系統和頻道。它說，**艾瑞絲，我們遇到麻煩了。**

14

我不知道分離主殖民地居民突然發現一支巴利許－亞斯傳薩探勘隊出現在家門前的時候，第一反應是什麼，但讓我告訴你，我們這艘小接駁船上的一家人可不太高興。

現在離我們原先報平安的時間還早，負責傳訊的先遣機去傳送上一份報告之後還沒回來，但王艦無人機叫出了另一架先遣機，讓艾瑞絲可以上傳更新狀態給它傳到封鎖區外。希望兩架先遣機都能很快帶著指令或任何見解回來，讓我們知道到底現在要怎樣。但其實這架先遣機最主要的任務，是讓其他人知道我們的狀況，以免巴利許－亞斯傳薩試圖攻擊我們。因為我們本來沒讓巴－亞知道我們在這裡，但只要我們的人類開始跟這裡的殖民地居民聯繫，這件事就會東窗事發。

（威脅評估報告針對被巴利許－亞斯傳薩攻擊的可能性評估數字低到令人沮喪。沮喪是因為這個數字之所以低，並非因為他們突然決定當個善良的人類，不會來煩我們，而是因為我們對他們產生威脅的可能性太低，不值得他們花這種任務預算，派出維安配備來這裡殺我們。）

（如果他們真的派了，我實在也不看好我們的勝率就是了。我們這裡只有我，而且還是**現在這種狀態**的我，以及不論面對任何威脅狀態，都跟王艦一樣抱持著「在對方知道自己要開始打鬥之前就先打他們」態度的王艦無人機。）

另外，毫不意外，人類看到那具維安配備後全都失控了。我們一邊等待剛民系統2向其主事操作者報告的同時，在通訊系統上針對維安配備進行了一場對話。

拉銻問我，「所以你可以」——他伸出手指，在頭旁邊轉了轉——「對這具維安配備做點事，放他自由嗎？」

人類全都望著我在接駁船上的無人機，好像那是我的臉一樣。真是一點都不煩人。我說，「不是每一具維安配備都會像三號。」

我不想說出口的是，就算三號救了我一命，如果王艦本體沒有在一旁監督，我還是不會願意讓它獨自與我的人類相處，不論威脅評估報告怎麼說都一樣。我們跟三號認識不算久，也沒有看過它在壓力下的模樣。它還在認知自己現在可以做選擇這件事。直到它做出更多選擇，並且對選擇做出反應之前，我們都不知道能信任它到什麼程度。

艾瑞絲的雙臂環胸，表情看起來在深思。她是在王艦陪伴下長大的，可能對機器人人際關係的了解很豐富。（她可能比王艦更了解機器人人際關係。）但是維安配備不是機器人，我們是合併體，我們沒有那種人際關係。控制元件不鼓勵那種事。

（我知道三號曾跟拉銻和艾梅納談過它任務小隊中的另外兩具維安配備的事，其中之一是被目標直接殺掉，另一具則是因為目標強迫人類下令要它留在升降箱，遭到間接殺害。（維安配備必須與我們被指派的客戶待在一個指定的距離範圍之中，否則控制元件就會燒掉你的大腦，場面不會好看。）我知道三號感對那兩具維安配備有著……某種感覺，但我對我的劇裡的虛構人類也有很多感覺，但我也非常清楚那種人際關係都是單方面的。基本上我們根本無法確認那三具維安配備中是否互相有一樣的感情，就算是三號也一樣，因為控制元件的緣故。）

（而且老實說，可能怪罪人類殺掉它假想的朋友這件事，讓三號的威脅評估指數飆得更高了。）

塔立克倒回駕駛座的椅子上，一腳膝蓋掛在扶手上（那種姿勢怎麼可能舒服），表情令人看不透，但我同時也感覺得出來，他聽到我說為什麼不會那麼做的時候沒有不開心。

拉銻倒是不開心。他說，「對，可是感覺……有這個機會卻不提供這個選擇……」他擺擺手。「抱歉，我相信你說的，這是個壞主意，但是我實在無法不講一下。我會想辦法不要提，我不想要讓你覺得我在施壓讓你做一些你覺得不安全的事。」

拉銻比在場任何人類都了解合併體。

問題是，2．0曾跟三號一起處於一個特殊的位置。在這裡是沒辦法複製那種狀態的，就算我不知道單純重現條件並不總是會導出一模一樣，甚至只是相近的結果也一樣。我說，「我們不知道他們的接駁船上有沒有維安系統或中控系統，或跟等同這些系統的自有系統。如果我答應這麼做，那我就得先把負責控制的那個系統解決掉，才能確保控制元件不會在過程中被觸發。然後我也得殺掉它的客戶，來銷毀我這麼做的證據。」

嗯，大概啦。而處理掉巴利許－亞斯傳薩探測艦組員，哪怕只是一小部分，也絕不是可採用的選項。好，其實是一個選項，但不是賽斯或艾瑞絲或曼莎，或任何其他人類會真的想要考慮的選項。首先，保護地和三平與紐泰蘭都不會同意的。再來就是以策略上來說也充滿不確定性，因為他們的後援已經抵達了。這導致一個可能性，從最好的結果來說，我們解決掉整支任務小隊，然後得藏匿所有證據，最後祈求不要有任何一個人類覺得心裡過不去進而在我們一脫離這個星系就上報這件事。

管他的，我們反正不會這麼做，除非他們想先這樣對我們。為了確保所有人都懂了，我繼續說道，「就算我真的放那具維安配備自由，如果它失控，想殺掉你們大家的話，我最後可能還是得殺掉它。」

「我明白了。」艾瑞絲說。她看起來很像是同時在想六種可能性，但所有可能性的發展都不如她預期一樣。或者我只是在投射自己的感受。

沒有簡單的答案，芭拉娃姬博士這麼說過。這永遠都不是一個簡單的問題。

這整件事發生的時候，剛民系統2和我拉了一條安全的通訊連線給艾瑞絲和它的主控制者，一名叫做町的人類。她顯然對於在這麼多年來都沒有人找上門來，而現在第一組新來的人類才剛到，馬上又有第二組聯繫她這件事不只一點驚訝而已。我很同情她的處境：要是我也會嚇瘋。

我聽了一會兒他們的交談內容，雖然艾瑞絲很擅長談話，但實在太痛苦了。自我介紹過後，她的開場白是，「我知道巴利許－亞斯傳薩跟你們說他們是來幫助你們的。但是他們是來自一個想佔領這顆行星並取走所有資產的企業，現在這所謂的資產就是你們。」

透過翻譯功能，町說，「所以妳要說的內容跟他們一樣，你們是來幫助我們的。」吼。他們沒理由相信我們啊。

塔立克、拉銻和王艦無人機在接駁船上制定策略，想了幾個計畫，希望能說服這些分離主義者，並且替艾瑞絲查資料來更進一步解釋給町理解現在的狀況，包含主殖民居住地兩派居民的爭執影像片段。人類已經透過先遣機報告提出要求看能不能接一個殖民地居民過來幫我們說話，並證實外星汙染事件的資訊。但他們知道這招可能也不會有用，因為兩邊的人已經不知道多少年沒有聯繫了。（至少主殖民地的歷史學家柯瑞安是這樣認為的。分離主義殖民地居民可能之前仍有透過剛民系統2與剛民系統1的連線監控他們。拉銻在準備一份頻道文件，列出他們可能知道的事／還有我們確認他們絕對還不知道的事。他還在準備結論的部分，這部分內容表示他同意這個分派和主站點之間會分開必有其特定原因，這個原因並非之前說的那樣跟汙染事件有密切關係。）但是基本上分離主義者就是沒有理由相信主站點的居民對我們的看法。「甚至也不需要相信被帶來這裡的人真的是殖民地居民，」塔立克指出，「而不是只是另一個我們的人，穿上了偷來的艙外行動太空衣罷了。」

塔立克有信任的問題，王艦無人機在專用頻道上跟我說。是啊，我猜跟那整段身為前企業體殺人小隊的經歷有關。

拉銻的表情仍皺成一團，表示他覺得眼下所有事情都很糟，他說，「是的，巴利許－亞斯傳薩也可以找殖民地居民來幫他們背書。我們知道他們跟那群在主站點南邊的人有聯繫。」

情況一片混亂，而且每下愈況。我一直告訴自己我是維安人員，我的工作是在我的人類試圖拯救這些人類的時候保護他們的安全。除了旁觀以外，我實在沒辦法幫上什麼忙。但現在沒有人在攻擊我們，我覺得自己一無是處。

至少我不是只是站在一邊。剛民系統2給了我巴利許－亞斯傳薩接駁船的所在地點，並告訴我如何在不被分離主義者或巴－亞小隊成員發現的情況下找到接駁船。我得知道那艘接駁船在哪，以免威脅評估報告搞錯了，他們其實會攻擊我們，我也想要看一眼才能確認……我不知道，可能是想確認接駁船上沒有綁著一個巨型爆裂物吧。我得做點什麼，去盯著他們的接駁船感覺是個積極的選項。

剛民系統2叫我往一條通往北邊的走道走，不是偵查無人機發現的那條。剛民系統2已確認了還有緊急照明的那扇艙門就是通往這座駐點的居住區域的路。我把偵查無人機留在那裡，啟動哨兵模式，以免巴利許－亞斯傳薩小組或分離主義者試圖穿過艙門來找我們的接駁船。因為星表的掃瞄被干擾到無法使用，他們不會知道我們在哪，除非他們跑出來找，或巴－亞的人派他們的維安配備出來找。

剛民系統2告訴我它沒有這個區域的攝影機權限，星表上靠近機庫上方開口那裡也沒有外部攝影機。（我懂，誇張吧？但是截至目前為止，這顆行星上都還沒有人(a)想溜進去攻擊他們以及(b)知道他們的具體位置。）

（這就說明了真的應該要裝設攝影機，以防萬一啊。）

王艦無人機在駐點內還不算深的地方就定位，如果敵方人員選擇從那個方向來的話，它就會是防守線。它也在使用接駁船的攝影機監控星表有沒有東西接近。要王艦無人機在封鎖區駭入一具維安配備可能有困難，但是下令要其中一架先遣機去撞毀偷偷從星表接近接駁船的維安配備，相對來說就容易了。王艦無人機也派出了更多先遣機在我們上方依巡邏路線飛行，監控上方有沒有東西接近。它在先遣機沒有掃描功能的情況下，防禦能力沒那麼有效，但是巴－亞也一樣沒有掃描功能。

剛民系統2叫我走的這條走道跟廳艙位置相反，位於偵查無人機二號仍在偵查的區域。我得從降落層沿著斜坡道往下走，到了一個三條走廊的交會處，再沿著往西邊的那條路，往岩石深處前進。是的，我在這座陌生駐點裡這麼做，聽的還是陌生系統給的指示。因為情況是這樣的，雖然町和分離主義者不見得有理由相信我們，但是剛民系統2有。

只要保持情況簡單，知道怎麼樣問資訊或請求協助比較不會觸發他們被設定的參數，導致他們告訴人類「不行你不能進去那裡／那樣做」，就可以跟機器人處得很好了。機器人（一般的機器人，不是戰鬥機器人或間諜機器人之類的）通常面對講理的人類或其他機器人的行為舉止，內建的能力都是預設用講理的態度回應。

我不知道剛民系統2本來是被寫來做什麼的。除了它跟剛民系統1一樣，都把保護它的人類的功能放在優先位置。它把巴－亞與自己的人類見面的現場攝影鏡頭頻道權限開著，所以王艦無人機在監控那裡的狀況。沒有聲音，但是王艦無人機把畫面放大，透過臉部和嘴部動態來口譯人類說的話。拉銻和塔立克也在監控畫面，可能比巴－亞的談判人員更了解情況到底是怎樣，因為顯然堤亞哥的翻譯功能單元更厲害。

這條走廊也沒有電源可以點亮照明，對我來說可不是什麼好玩的事，只能慢慢地走，就算有偵查無人機二號在前面確認會不會撞到東西也一樣。剛民系統2有問我要不要開緊急照明，我問它能不能開燈又不讓別人發現電源被用在平常封閉的區域範圍。它說沒辦法。所以我們就身在一片漆黑之中了。

我知道剛民系統2若替我擔保，假使它真的願意替我擔保的話，也改變不了人類的想法。（承認吧，連實體證據或直接目擊證據都常常無法改變人類的想法。）它大概不像王艦本體，王艦被視為獨立個體，能夠自己管理自己，並且在任務中僅次於賽斯，擔任副手的位置，同時在教學機構和解放前企業殖民地這方面的業務中，都具備跟艾瑞絲一樣的職稱和職位。不過跟它互動的大多數學生和低階人員都不知道它完整的能力是什麼。（王艦給我看過一張人員表，超複雜。）我不確定這裡的人類跟剛民系統2之間的關係是什麼，但非常不可能是像那樣。

剛民系統2可能是在引我走向一個陷阱，因為萬事皆有可能，而壞事雖然在數據上發生的機率並沒有比較高，看起來就是比較可能發生。

剛民系統2傳道，**ID：巴—亞維安配備連線請求拒絕重複需求碼。**

它在跟我說它有跟巴利許—亞斯傳薩的維安配備要求連線，但遭到無視，它想要我解釋給它聽為什麼會這樣。這可能是好事，雖然如果是一般的維安配備並無法駭入系統，只有戰鬥配備可以。從剛民系統2傳給我巴—亞小組首次接觸的過程畫面看起來，我有百分之八十七的信心那具維安配備不是戰鬥配備。它跟三號和我們遇過的那個死掉的巴—亞維安配備有著一樣的基本盔甲樣式。加上目前還沒人中彈。戰鬥配備不是被派來站在旁邊看人類交談用的。

但現在我得跟一個除了我以外，從沒與維安配備連線或互動過的系統解釋什麼是控制元件，這對話就發生在過去的一個小時之中。過程如下。**ID：巴—亞維安配備沒有自主性。**

剛民系統2回覆，**需求碼？**

直到走到走廊終點，我都在用基礎語言說明控制元件存在的駭人之處。這條走廊真的長到足以繞過一個非常大的駐點。拉銻和塔立克在接駁船上猜測是不是還有更多站點，有些已經被發現，有些還沒，就這樣散布在整個行星上。呃，希望沒有。

我經過了兩扇密封但有透明窗口的門，剛民系統2說其中一扇門裡面是維修儲藏室，另一扇它說是給現在已經不存在的維生系統／這一區用的大氣控制的接續站。這也解釋了為何分離主義者沒有使用這個空間。這整個地方大到他們還不需要把資源用在修復這一區。

其他的門已經用切割下來的石塊擋住並以密合劑封上。剛民系統2說自從人類意識到駐點這一區如果沒有經過大型重整，對居住功能來說幫助不大之後，就被封上了。我不知道它的意思是這件事是在企網前時代人類居住時發生的還是剛石殖民者來的時候。

偵查無人機二號在走廊的終點遇上了一扇艙門，這扇門很像貨櫃入口那扇，但是只有三公尺高。我們已經講完了控制元件的事情，結束的時候是這樣：

剛民系統2：**需求碼？**（翻譯：為什麼？＝為什麼必須這樣以及／或者為什麼這種

事情會被視為有用的事情以及／或者這種事為什麼會被批准以及／或者為什麼有人同意這種事情）

我：**回答零**。（翻譯：我不知道以及／或者未知以及／或者我不想要談這件事）

這一區因為沒有電源的關係，艙門得靠手動操作，可以從這一側透過轉輪和閘柄打開，仔細想想，這整個地方的目的就是要保護人類安全，不受危險環境威脅，而非要防止危險人類攻擊，這個設計實在很蠢。剛民系統2在這一區也一樣沒有攝影機，但是分散在這個站點外緣各處的老舊降落區域都有基本上還有在運作的重量感應器，所以它知道那艘接駁船不在艙門口就看得到的地方。只要剛民系統2沒有被下令要對我說謊來引誘我步入陷阱，我打開這扇艙門應該沒有太大問題。

艙門很沉重，加上廢棄已久，開起來很卡，但我還是開了足以讓偵查無人機二號飛出去的寬度。

灰濛濛的日光和風沙漏了進來。一離開艙門掩護的範圍，偵查無人機二號立刻就失去了有限的掃描功能，但攝影機還是可用。它拍到一座寬大的機庫空間，這次有光線了，另一頭的牆面有開口，對著一片更多紅色條紋斜坡和滾落的岩石。巴－亞小隊一定是直接透過目視發現了開口，不過這也解釋不了它們為什麼知道要來封鎖區搜索。（拉銻有說他們可能是來檢查地形改造引擎，看看能不能當破銅爛鐵賣掉，但這應該只是在諷刺而已。）

有一面斜石牆，可能是設計來稍微擋住艙門，以免艙門受氣候破壞太嚴重，石牆擋住了機庫剩下的部分。偵查無人機二號沒有在環境音訊中收到任何訊號，但是外部的風和沙塵的動態已足以掩蓋像是聲音和人類動靜這種弱小的聲響。偵查無人機二號降到地面高度並沿著牆面飛行。嗯哼，我看到接駁船了，就停在三座完好的降落平臺其中一座上。這艘接駁船比王艦的還大，更長，駕駛艙的位置也更高。我從泡泡型的舷窗看見一名人類或強化人坐在裡面。接駁船外，站在通往艙門的斜坡道的是第二具維安配備。

艾瑞絲開始跟盯交談前，她問過王艦無人機覺不覺得巴－亞接駁船其實在我們進入封鎖區的時候跟蹤我們來的。王艦無人機並不覺得，版本檔案交接後，它存下了王艦針對這顆行星的這塊區域最新一版先遣機掃瞄數據資料，以及其估測巴利許－亞斯傳薩船艦集接駁船目前停駐的地點。它認為這艘接駁船只有可能是比我們更早進入封鎖區，甚至提早了一天左右。進一步的分析就得等王艦本體處理後才會知道，但是巴－亞一定利用了先遣機掃描中缺口。王艦無人機對這個失誤非常不高興，它覺得王艦本體一定會他媽的超火大。

艾瑞絲當時若有所思地說，「時間點很值得懷疑，不是嗎？不知道當時那個歷史學家是不是因為貝拉加亞聽說另一支分派的殖民地居民把這件事告訴巴－亞的人，所以才跟我們說這個資訊。」

塔立克發出哀號，揉了揉眼睛。「先提醒一下我們不是很好嗎。」

真的。我們之所以會被困在這狀況中，至少有百分之六十五的機率是因為某個主站點的渾蛋開口了。他們到底為什麼會這麼做，我實在想不透。町告訴艾瑞絲，這個駐點裡面或者附近區域都沒有外星遺留物出現的跡象，更重要的是，沒有發生過汙染事件。所以可能是出於忌妒嗎？但是主站點跟這裡失去聯繫後不可能有辦法知道這件事才對。我不知道，就連人類也不懂人類的行為。

我突然發現自己又只是站在原地了，是還在接駁船上監看我的無人機拍攝畫面的拉銻說話我才回神，「那扇門是做什麼用的？機庫另一區嗎？」

看來我忽略了那件事，真是好極了。那是一扇很大的機庫艙門，跟我們從地形改造引擎那邊進來的時候看到的那扇相去不遠，不過氣勢沒那麼盛大。其大小仍足以讓接駁船飛過。我對剛民系統2說，**需求碼？**

它給我看一張地圖，圖面資訊很有限，只有顯示駐點這個區域而已。這座機庫位於北側，走廊通往東側的另一座機庫，所以你可以駕駛一艘接駁船從這裡到站點另一側，而且顯然這就是本來的設計用途。

我把地圖傳到接駁船顯示器上給人類看。與分離主義者町交談暫時告一段落的艾瑞絲說，「不知道這座行星在地形改造之前是什麼樣子。」

「顯然比現在還糟很多，」拉銻說。「不知道企網前時代的居住地點有沒有也地形改造過？」

「嗯。」塔立克回道，開始把地形資訊叫出來。

現在什麼事都沒有，我站在哪裡大概都差不多。我靠在艙門上，透過偵查無人機二號的攝影鏡頭看著維安配備和和巴—亞接駁船。兩者也是持續沒有任何動靜。機庫建築外的風變得更強了。強風突然造成一聲難聽的尖銳聲響，大聲到威脅評估報告丟出「不明情況」警報。本來這狀況會讓我覺得超恐怖（我看到接駁船上的巴—亞組員突然一動，可能是嚇到），但是王艦無人機的分析指出這個聲響只是強烈的空氣流動造成的。我把環境音訊重複播放，這樣我就可以把風聲過濾出來調低一點。王艦無人機說，**先遣機回報氣候條件惡化中。我與先遣機失去聯繫的機率很高**。這表示它們會進入待命模式，在某處停等，或者離開風暴區域，取決於氣候條件到底多糟。

剛民系統2突然插播確認這與星表氣候觀測站的數據相符。

真是太好了。

艾瑞絲的通訊系統提示町已經回到頻道上並再次開口說話。我把他們的頻道移到背景播放。我已經沒有任何事情可以提前部屬了。我設定了幾個警報，然後叫出一集《明月避難所之風起雲湧》。我不想在王艦無人機不在的時候看新的內容，因為王艦無人機無法像王艦本體那樣在工作的時候把注意力分散。

我看了二點四五分鐘後，剛民系統2說，**需求碼：活動？**

它知道我有事做，但不知道是什麼。我沒理由不跟它說，我也不想讓它覺得我們有事瞞著它。至少到我們真的非得瞞它不可之前。我回答，**監看媒體內容**。我不知道它有沒有那種能讓它「看」劇的視覺理解功能，有些機器人即便沒有辦法像人類那樣理解畫面，還是喜歡影像媒體檔案。就連王艦遇到情感橋段都難以理解，例如為什麼音樂代表情緒和語氣的改變，除非它是透過我的濾鏡去看。（現在它有了一些資料可以比對，它在有空的時候就會編寫更新檔給自己好修正這點。）影劇裡面有些環節真的是需要具備人類神經組織才能完全理解，但多數高階機器人仍能夠接收畫面資訊，繼續跟上故事發展，只有文字或音訊的檔案也是如此。所以我把那集內容放到我跟剛民系統2的連線上讓它讀取。

它說，**種類：娛樂**。然後給了我一個權限，可以進入裝滿了劇集檔案的分區。

噢，哈囉啊。

光是書籍和音樂檔案的量就非常可觀。我看了一下劇集的標籤，用堤亞哥的翻譯功能跑了一下。內容有百分之八十二是虛構劇情，根據類別索引看起來，主要都是青少年節目。有一齣叫做《慘慘愛到你》，我從沒看過（也許很好看，我不知道，我只看了劇名）。這劇已經存在至少四十個企業標準年，比《醫療中心亞加拉》更久。但還有更多其他我沒看過或沒聽過的檔案。有些標題和內容簡介上的文字跟我下載版本的語言功能單元不相符。我再次看了一下書籍和音訊區，結果一樣。

我沒有敲王艦無人機，因為它在忙，這件事感覺也不值得特別敲它，但跟剛民系統2新增連線管道這件事一定觸發了警告通知。王艦無人機說，**這是語言漂移現象。這有很多都是企業網時代前的媒體檔案**。

好，關於我的右腿在另一版記憶中被吃掉這件事，有件事我沒跟任何人說：我有百分之七十三的信心這件事從未發生過，但有百分之八十九的機率是我確實在某個時間點見過這件事發生在人類身上。

在我駭入自己的控制元件之前，我在一顆有許多種極度危險生物的星球上，出過一次初始調查合約任務。（初始調查任務就是要負責把所有資訊都記錄在文件中，這樣後續的調查任務就能掌握這些資訊，避免在任務中送命。理想情況下，初始調查任務只能由機器人和無人機執行，但有些調查單位想省錢，所以派人類去，有時候是被徵召的人類。）那場初始調查任務的檔案沒有被洗掉，但我可能自己刪去了一部分。對，所以就是這樣。

我把情況搞得更糟了嗎？我覺得我把情況搞得更糟了。

另一件事就是，對於我用一段改版過的記憶碎片搞到自己當機這件事，我的反應控制得不太好。應該是超級不好。

你看得出來嗎？

「我搞砸了一切。」我對王艦說。這是我在「事件」發生後，在醫療中心說的。曼莎和我已經打給艾梅納，讓她不要擔心（或至少讓她知道我還活著，就連我都知道這對人類小孩來說很重要）。我跟曼莎說我想要看劇，所以她離開了，然後我把人類的通訊系統和頻道連線到這個房間的權限都封鎖。

王艦說，**這倒是新鮮事**。

我沒理會那句話，因為它只是想安慰我。如果它真的開始同情我那就太恐怖了。

「你的組員不會想要再讓我負責他們的維安了。」

為什麼？

這問題顯然是個陷阱，我應該要無視才對。我又沒辦法用文字說明。我不一樣了。不只是外星汙染的事情而已。可是我說出口的卻是，「我裡面有東西壞掉了。」

我的蟲洞引擎壞了。

「那可以修啊。」話一說出口，我就立刻知道自己不該那樣說。王艦在目標攻擊下受了各種傷。它遭到敵方人員入侵，被另一套系統佔領，記憶庫被修改。它沒辦法保護自己的組員。我知道那件事對它造成了什麼傷害。等等，不，我不是真的知道。我只能從我經歷過的事情去推論。總之，很糟就是了，對吧？比我遇到的事情還糟。而我還在繼續說。「這問題是發生在我的有機神經組織。」

是的，這也是為什麼人類可以這麼快診斷出來，王艦說。**發生在他們身上的時候，有人覺得他們被淘汰了嗎？**

「企業體會這樣說。」我實在應該直接把我自己關機就好，這場對話我實在輸得太難看。

當然，王艦說了，**我不是企業**。

「好了，夠了。你現在說這些都不是真正的你的想法，只是你的……」是的，我直直走進那個陷阱了。

只是我在重度創傷處理規則的證照這樣說嗎？它說。**真是的，那個證照在這個情況下真的一無是處。**

我說，「那是針對人類用的。」是的，對話陷阱瞬間把我咬死。

王艦說，**這件事影響的是你身上屬於人類的部分。**

我說，「我不要跟你說話了。」

我腦海中第一個念頭，就是我得把所有剛民系統2資料庫中，對我來說是新東西的劇和文字及音檔資料庫全部複製下來，它應該也想要複製我的檔案。

然後我想起來它的人類，不論現在的想法是什麼，都不會留在這裡，舒舒服服地在這地下殖民地，從企網前時代中央系統的目錄裡面選劇來看。

這個情況之糟糕，其中唯一的好處就是我藉此得以不去想自己有多糟糕。

等等，有事發生但我錯過了。

我把我們的小組頻道和接駁船無人機的攝影畫面叫出來，把在背景跑的頻道內容往回拉到艾瑞絲和町交談那裡。艾瑞絲在嘗試協商跟殖民地居民進行一場面對面的對談，町跟其他人討論後表示可能會接受。好，這聽起來不像要出事的感覺。我快轉了一段，幾乎到現場同步的進度。噢，這裡。

町邀請人類到站點內過夜，說是因為天氣的緣故，加上他們可以安排面對面對談。

呃，我不知道，聽起來很像陷阱。人類看起來也都不開心。把町的頻道靜音後，艾瑞絲不情願地說，「巴利許－亞斯傳薩照做了，現在我們得展現一樣程度的信任。維安配備，你覺得我們該去嗎？」

好。颸風的狀況越來越嚴重，天色也開始變暗，空氣中的沙塵更厚重了，遮蔽了接駁船的視線，也讓還有回應訊號的先遣機無法施展用途。而我呢，掃描功能無效，無人機得憑藉視線導航且幾乎拉不開任何保護範圍。接駁船停在星表並有電力的話是頂得住風暴，但是任何東西都可能會攻擊我們，像巴利許－亞斯傳薩的維安配備。我們只剩另一個選擇，就是離開封鎖區，這代表放棄分離主義者。我趕上了現場進度並說，「我覺得應該。」

王艦無人機在我跟它的專用頻道上說，**謝謝**。

不是只有我在想像人類在接駁船上熟睡時，有另一具維安配備無聲地走向我們的接駁船。

町傳來了一組導航座標，我們其實不需要，因為剛民系統2已經給我地圖了。座標位置看起來，巴－亞人員在那一側，我們則是會在站點另一側，這個舉動很好，但是實際距離對人類來說只是散步二十分鐘就能到的距離。那個單位裡面有數個房間，兩個出入口和兩條不同的通道，我可以把無人機派在那裡站哨。

機器人駕駛將我們的接駁船開到地圖上另一座開放的機庫。這座機庫位於東側，離我們原本的地點不遠，跟巴－亞接駁船停放的機庫很像，不過空間只有一半大，且只有兩座降落平臺。我在艙門口與王艦無人機和人類會合。

然後剛民系統2告訴我怎麼走過一連串通道和另一扇艙門，進入走廊。我們邊走，三名人類都一邊拍攝影像，王艦無人機在最後面提供後方防衛。這一整區的燈光和維生系統都開起來了，照亮一條條寬闊的走廊。人類已經把頭罩跟頭盔收下，所以我也照做。（假裝成人類最重要的一個部分就是不要跟其他人類看起來不一樣。）他們全都看起來汗流浹背又疲憊。

這裡有些裝飾，主要是走廊牆上的畫。有人居住過的跡象很少，例如門邊堆放的箱子裡面放著殖民地居民穿的舊款艙外型動太空衣用的備用空氣過濾器。奇怪的是，我覺得這裡還比在漆黑陰森的走廊危險，因為這裡顯然是人類隨時都來得了的地方。我不確定剛民系統2跟它的操作者說了多少我的事情，我也不太想問，以免它覺得我想要它跟他們說我的事。我當然完全不想。雖然說我也不覺得這件事可以一直不被發現，但是我跟殖民地居民的互動是越少越好。

（「我不知道我出了什麼問題。」我跟曼莎說過。「我覺得你可能知道，」她當時這樣回答。「你只是不想談而已。」）

我們一邊走，艾瑞絲在小組頻道上說，**町和其他領導人拒絕了巴－亞代表人員想跟全體殖民地居民談話的要求，至少目前是如此。算是件好事吧。**

我跟人類說過，一旦進入站點內部，任何不想讓巴－亞知道的事情，都不要大聲說出來。如果這裡有維安配備，就有可能有無人機，有鑑於掃描功能的問題，我不能偵測到它們的存在和／或展開對應策略。

拉錫瞥了艾瑞絲一眼。**妳覺得巴－亞會對這群人提出某種……就業提案嗎？問他們想不想自願成為奴隸？**

塔立克回答，**他們會包裝得好一點，但是沒錯，他們可能會試試看。這裡住的是一群**

獨居的人類，也許很好控制。

艾瑞絲說，**從跟町交談的感覺來看，這群人似乎很獨立，不容易被說服。我認為他們接受那類條件的機會很低。**她揉了揉眉毛，表情皺了一下。**我甚至不知道試圖說服他們跟其他人一起離開真的是對他們最好的選擇。如果我們可以替殖民地居民敲定憲章內容，他們就有留在這裡的選項。他們可以之後再改變主意，不改變也行，但至少這可以讓他們自己決定。**

尤其如果大學可以在升降箱站點放一支研究小組的話，拉銻若有所思地說。**他們就能來去自如，只要所有人都能避免遭到感染就好。**

這是王艦的組員在討論的選項之一：透用升降箱站點，不只是給殖民地居民當作軌道運行船艦的出入口以及收取貨櫃物資，也讓大學可以用這裡設立實驗室來研究那座外星汙染的站點。殖民地居民必須同意才行，這點我看就祝他們好運吧，但這也能成為殖民地的一個收入來源。如果這顆行星沒有在外星汙染物質評估上失敗，如果大學替殖民地居民打贏了官司，如果巴－亞沒有把他們全都綁走的話。一切都還太早了。

塔立克不是個樂觀的人。**那個「如果」乘載著很多責任。**

拉銻做了個手心朝上的姿勢。**這個星球永遠不可能會完全安全，除非有人揭曉外星物質為什麼會造成那些反應。**

人類聽起來都跟看起來一樣累。噢，該死。我忘了這件事。我在專用頻道上對王艦無人機說，**他們上一次睡覺是多久之前的事？**

王艦無人機說，**他們在進入封鎖區的飛行途中，在某個時間點開始就應該要輪流去小睡，但是因為過度興奮導致這件事沒辦法執行。**

我應該要多留意一點的。我連這也搞砸了。

我們都搞砸了，王艦無人機說。不，它沒有讀我的心思，它只是非常了解我而已。**我今天早一點的時候應該要禁止他們吃含有興奮成分的補給品才對。**

只剩下兩個轉彎就到達目的地的時候，剛民系統2示意讓我知道有個人類會跟我們碰頭。我把無人機召回，並確保自己的模仿人類動作程式已啟動。**你覺得這是信任的表現嗎？**拉銻在小組頻道上問。

塔立克說，**他們也親自去跟企業體的人見面啊，所以可能只是沒什麼太高的求生本能。**

拉鎉說，我是說中央系統的部分，不是殖民地居民。

艾瑞絲說，小日，有可能是這樣嗎？

說真的，誰知道啊？

王艦無人機說，這類假想我們已經討論過了，艾瑞絲。

假想？拉鎉問。

將人類的行為特徵套用到機器智能上，王艦無人機說。這件事是信任的表現嗎，有這個可能性，但機會不高，且這不應該列入做決定的影響條件。

啊，但你覺得哪些事情應該被視為人類的行為特徵？拉鎉說。

塔立克說，噢，拜託，不要開始這個話題。

為什麼不？頻道上的拉鎉聽起來很樂。

哲學辯論會讓塔立克腦袋打結，王艦無人機說。

因為它喜歡贏，在贏之前它都不會閉嘴。塔立克說。

塔立克有把自己的情緒投射到其他人身上的問題，王艦無人機說。

大家，好了喔。抱歉我問了那個問題，艾瑞絲說，並加上大笑表情符號。

我實在超級沒心情聽玩笑話。我們轉過彎，那名殖民地居民就站在那裡。頻道上沒有頻道識別碼，但剛民系統2給了一個名字**路奇亞**，我又問了更多資訊，得到性別顯示為bb（這個沒有翻譯），還有代名詞是他／他的。（我之所以會問是因為人類老是一直問我這些，我個人天生就對人類性別毫不在乎。）艾瑞絲說，「哈囉。謝謝你們邀請我們進來。」

路奇亞以人類的身材標準來看，個子很小，大概跟艾瑞絲差不多，膚色跟她、拉鎖和塔立克相比也比較蒼白。他的深色頭髮剃成了幾何形狀。身上穿著寬鬆的長褲和一件飄逸的長袖上衣，跟主站點的殖民地居民的穿著不同。不過這裡的人不太需要穿上艙外行動太空衣出去外面活動，所以他們的穿著不需要很實用。「啊，不用客氣。」他看起來有點緊張地說。

是我嗎？是我造成的嗎？現在已經來不及把拉鎖推到我前面又不會讓情況看起來更怪了。

路奇亞帶路，引我們到指派的房間。這裡的牆面是深藍色的，質地看起來很粗糙，但摸起來很平滑。人造石地面是斑駁的灰色帶著纖細的條紋。路奇亞帶人類去看內建的洗手間以及如何把床從牆面拉下來的過程中，艾瑞絲則試圖開啟三段對話（(1)「隔了這麼久時間突然見到新的人，感覺應該很怪吧」；(2)「一開始發現這裡的時候，能在這裡探索的感覺應該很棒」；(3)「你對於企業網前時代文化的研究有興趣嗎？」）然後放棄了。我看得出來就連拉銻和塔立克都試著想幫忙，她已經感覺很絕望。

路奇亞稍微點頭道別後就離開了。艾瑞絲站在主空間中間，在頻道上說，**該死**。

拉銻往床上咚地倒下。**我無法判斷他是尷尬、害怕還是覺得如果待得更久，我們可能會感染他**。

塔立克靠在另一間房間的門上。**妳覺得巴利許－亞斯傳薩已經先埋下成見了**。

艾瑞絲揉揉太陽穴，然後拿下絲巾類的東西，讓蓬鬆的頭髮散開。**對啊。我只希望在讓其他領導人來跟我們見面的意願這件事上，町不是只是太過樂觀就好。我們只能等他們先採取行動了**。

人類身上帶的袋子裡有些食物，大家都在問我還好嗎，我只好說還好，接著艾瑞絲就去了另一間房間的床上躺下。拉銻和塔立克在這間房間裡的床／沙發坐下。兩個房間之間有個連通區，讓我能充份看見兩扇門的狀況，所以我坐在那裡，王艦無人機則停在我身邊。我已經讓偵查無人機一號和二號去站哨了，但如果巴—亞試圖偷渡無人機或類似的東西進來這裡，目視監測不是最佳的偵測方式。王艦無人機正在我們的背景循環播放劇集，但我現在其實只想好好地盯著牆面看就好。

拉銻和塔立克在聊**他們之間的那件事**，這個實在，嗯。塔立克的聲音壓得很低，聽起來很擔心，「我沒有在釣你。」

「呃，你沒有嗎？」拉銻說。他聽起來想要裝作不太在意的樣子，但我覺得他氣壞了。我很快地把拉銻的語調跟我檔案庫裡的他在各種不安討論和爭辯紀錄的語調對比，沒錯，他氣壞了。他繼續說道，「我不會破壞別人的感情。」

（修理路由器任務出發前四個星球日（我應該說命運多舛任務。我一直想要有機會說說看命運多舛的任務。總之就是這樣。）我當時在王艦上，大多數人類都在休息時間，我則在醫療中心和機械艙之間來回踱步。我在跟王艦看劇，但我無法站著不動。（可能是因為——那件事已經沒有被重新編輯了，對，所以你們已經知道，就是那件事。）然後我派在廚房的無人機收到了一些變大聲的人類聲音。時間不長，但足以聽出有真的焦躁情緒，不是興奮那種。

我把劇暫停問王艦，**怎麼回事？**

你不會想知道的，它說。

我他媽當然想知道啊。我敲了三號，它回報它的狀態正常，意思就是，無聊。（它在實驗室套間裡看學生教學影片。）（我懂。）（它還不能理解虛構故事，這是一件大事。）不過在你駭了控制元件之後，無聊大概是個很不錯的選項。只是我不喜歡而已。

如果人類在吵架……這樣說吧，機率很低。三號有見過幾次爭辯的情況，但就這樣而已。有很長一段時間，我都跟一群憎恨彼此、憎恨我、憎恨我們所處的環境的人類困在一起，而他們的憎恨都非常的合理。但現在我已經習慣會喜歡東西的人類，且他們大多數時候人都很好，就算是對不熟的人類也一樣，這些人可以對接下來要做什麼事情有分歧的意見，但不會拿刀互砍和／或對半個食堂下毒。所以這情況讓我有點在意。

你不開心，王艦說。我已經開始往寢艙區走了。

我本來應該要「定時確認我的情緒」，我也假裝自己確實會這麼做。**是的，這件事令人不高興**，我對它說。**我不高興。你高興了嗎？**

語無倫次，王艦說。

王艦的攝影機畫面顯示走廊上什麼都沒有，組員艙的目視監控攝影機都上鎖了，我沒有權限可以進去看。我找到了小楓，她站在廚房，正在從一個容器裡吃一些食物，臉上是人類在看頻道內容時會有的放空神情。真是太好了。我沒有太多跟小楓合作的經驗，但我知道如果情況攸關生命威脅，她一定會想辦法干預或求救，而不是只是把控制介面音量調高。她看見我走近，指了指寢艙走廊然後就沒有其他反應了。

沿著走廊走到一半，塔立克摔門走出來。他突然停下腳步，差一點就撞上我。他看起來很震驚。我說，「有什麼問題嗎。」

「什麼？沒有！」他盯著我。我盯回去，視線比他的視線高一點點。他皺了下臉，一手梳過頭髮。「不是那種問題。」

「哪種問題。」我的話裡沒有問號，因為我不是真的想知道，並且在心裡希望他拒絕告訴我。

拉銻把頭從門邊探出來。「噢，哈囉，維安配備。抱歉打擾你了。我們只是在討論事情。」

我沒有移動。我心想我大概只剩四秒的時間，他們就要放棄抵抗並且開始跟我傾訴了。結果才勉強過了兩秒，塔立克就說，「我知道看起來像怎樣——」

拉銻打斷他，「看起來什麼都不像。」我很少看到拉銻開口打斷別人說話，情況卻不是那種所有人類都太興奮想同時說話的時候。他轉向我。「是跟性有關的討論。」

王艦在我們的專用頻道上說，**我就跟你說你不會想知道了吧**。

噢，媽的咧。我露出了一個表情（我無法控制），並且不由自主地往後退了兩公尺。拉銻揮舞雙手，試圖安慰我。「沒事的，結束了。」

我離開了。我經過還站在廚房的小楓身邊。她說，「我也不想捲進去。」）

現在塔立克在說話，「馬泰奧和我不是那種關係。」塔立克和馬泰奧在王艦的組員紀錄上並不是列為婚配伴侶。賽斯和馬丁是，而卡琳姆則是登記為在大學主站點有數名婚配伴侶。我可以把這個資訊跟拉銻分享，但是我不覺得現在適合這樣做。而且至少如果巴利許－亞斯傳薩(a)知道我們的所在地點並且(b)成功取得近距竊聽設備，聽到這段對話也毫無作用，我猜他們應該會跟我一樣同時感到無聊又震驚。我循環播放我的音訊檔好讓我可以把他們的聲音過濾掉（除非發生其中一人大喊救命這個關鍵詞的情況），然後就回去盯著牆面了。

人類都休息了，王艦無人機最後也成功讓我跟它一起看了一集《玩命穿越》。根據剛民系統2的資訊，氣候不穩的狀況會在三點二小時內達到高峰，然後就會慢慢平息。說到定時確認我的情緒，我共有五十七個不同的來源造成憂心／焦慮，但是我現在什麼事都做不了。

然後我們的通訊系統啟動了：是町，她告訴艾瑞絲，巴利許－亞斯傳薩想要跟我們面對面交談。

現在變成五十八個了。

15

人類馬上就醒來了。艾瑞絲與町進行了一段友善的對話，表明我們進來這裡是希望有機會與殖民地居民面對面溝通，而不是跟我們已經談過、且不論我們有沒有意願，基本上隨時都有機會能交談的巴利許－亞斯傳薩會面。

（這時間點實在太可疑，人類也這樣認為。基本上他們才剛進入快速動眼期就突然被吵醒，這對大多數人類和強化人來說都不太理想。）

這段交談讓町坦承巴利許－亞斯傳薩對殖民地居民說明，因為外星汙染物的關係，他們希望可以「搬遷」殖民地居民。町沒有流露出任何線索讓我們知道他對此的態度為何。這可能是個好現象，也可能不是。王艦無人機進行了人聲分析，結果與人類的情緒評估相符，町聽起來並不信任艾瑞絲，但希望這表示她也不信任巴－亞小組。如果她信任的是他們而不是我們，我們還不如就坐在這裡看《慘慘愛到你》，直到風暴過去就好。

通訊系統聯繫結束了，王艦無人機敲了敲專屬頻道後說，**維安配備**。它不用告訴我它想要幹嘛，我聽得出來那個「你他媽倒是做點什麼啊」的口氣。

艾瑞絲的臉上掛著她頭痛的時候會有的表情，拉銻則已起身，正在來回踱步。塔立克看著艾瑞絲，他的眉頭憂慮地深鎖。我說，**絕對不行**。

王艦無人機接著說，**身為維安顧問，維安配備有最終決定權**。

從拉銻愧疚的表情，我知道他本來打算自願前往。艾瑞絲只看起來更堅決了。她說，**我們不能拒絕這次會面，我們可能可以得知巴－亞到底打算怎麼把這些人從這裡移走。是要把他們騙走，還是要動用武力**。她的嘴巴做了個動作，不是微笑。**或者是更糟的方法**。

我本來是可以問這句「或者是更糟的方法」在這段話裡指的是什麼，但我能消化的就那麼多，而我覺得我大概在，我不知道，四年前吧，就已經到達上限了。

塔立克搖搖頭。**我同意維安配備。這個邀約可能不是刻意試圖謀殺我們，但把妳找**

去也不會只是要聊聊而已。他們會試著從妳身上得到點什麼，這就是他們心目中的談判。

塔立克聽起來不像個王八蛋，但是新加入就同意我的看法，這種人我沒辦法信任，特別是針對維安問題的時候。（我知道這聽起來不理性，但我有資料和圖表可以證實我的評估，好嗎。而且是很好的圖表，不是在討論圓形艙門的時候那種。）不過他說的談判定義差異有他的道理。

這就是保護地來的人類的問題，他們認為談判就是「讓我們來看看怎麼樣可以找到一個大家都高興或至少可以接受的方法來解決問題」，而有百分之九十六的機會，基本上在企業網中，甚至跨越所有在不同的人類文化下運作的各個企業體來看，都沒有人用這樣的方式在談判。但是艾瑞絲覺得我們不能只是坐在這裡看《慘慘愛到你》也是對的。我在小組頻道上說，**我去，你們來告訴我要說什麼**。

三點七秒不討喜的沉默過去了。拉鋕擔心地朝我皺著眉。**你確定嗎，維安配備？**

沒有人喜歡這個提議，但是說到底艾瑞絲是對的：身為維安顧問，這是我的決定。

我只希望我知道自己到底在幹什麼東西。

剛民系統2選了會面地點。那是一個距離不遠的地下空間，目前閒置中，被拿來存放企網前時代殖民地需要的大型物品，那些東西現在都已經不需要了。剛石殖民地居民用這裡進行大型建築工程以及任何需要額外空間的休閒活動。（如果他們跟其他人類一樣，那休閒活動可能＝超用力朝彼此丟球或棍子。）因為如此，剛民系統2除了可以啟動那個空間裡的臨時維生系統，還有幾臺攝影機對著內部空間（為了拍攝休閒活動／丟球）。這個地點其實挺不錯的，因為如果巴－亞的談判人員朝我開槍，剛民系統2就會有影像證據，希望這證據能讓他們好看。只要沒有人發現我是維安配備就好。

（好，這話說出來比我想表達的意思還糟糕。要能夠立刻殺掉我，能夠讓醫療系統無法修復我的傷口，需要一種特殊的武器。跟在巴－亞副主管戴爾考特身邊的維安配備就有一把，但是我在這裡看到的那兩具維安配備身上沒有帶額外的武器，不過兩具應該都跟三號一樣有內建的發射型武器。巴利許－亞斯傳薩的人來這裡的時候沒有準備要跟維安配備、戰鬥機器人或戰鬥配備交火，或任何類似的情況，所以談判代表（有鑑於我們講的是企業的人，應該要說「談判代表」）不太可能帶著能夠有那種攻擊性的武器進來。如果這次見面真的是陷阱，我猜他們是可以派其中一具維安配備來，但那樣就有意思了，因為你猜怎麼著，我也是呢，而我真的完全不知道接下來會發生什麼事。）

（我跟王艦無人機說，如果這次會面最後變成一場維安配備對打，不論誰贏，分離主義殖民地居民都會覺得我們倆和巴利許—亞斯傳薩都很爛。）

（**你會贏的**，王艦無人機說。）

（對啊，嗯，通常啦，當然。這是根據我過去的性能數據來說。現在的我已經沒辦法氣到能在一場維安配備對打中好好表現。主要是因為我累了。）

走廊尾端的那扇艙門既大且方，上面有個招牌和老派的頻道標記塗料，文字用的是主站點剛石殖民者用的其中一個語言，用堤亞哥的翻譯功能單元可以讀。內容是安全警語，提醒進入艙門前要記得先檢查內部大氣正常。旁邊有個小小的監控讀數。對我來說那不是很重要，因為我沒有像人類或強化人那種呼吸需求限制，即便維生系統被切斷，我也會有充足的時間走出去（甚至散步出去也行）。

除此之外，負責控制維生系統的是剛民系統2，而我算是信任它吧？或者只是對發生的事情不在乎到一種程度，變成信任了？（對，我知道，聽起來不太對。）

剛民系統2替我打開門上的安全密封閘，上方的燈光開始閃爍了起來。我派偵查無人機二號先進去，在天花板找個位置待命。它的影像畫面在光影帶之間穿梭，直到停下來聚焦在房間另一端的入口處。

艙門滑開，一名身穿巴－亞艙外行動太空衣的人類走了進來。王艦無人機說，**不妙，是督導員蕾歐尼。**

你是在開我玩笑吧，我說，同時艾瑞絲說，**誰？**

王艦無人機把我的無人機攝影鏡頭拉近拍給人類看。艙內已經加壓過，過濾過的空氣品質也非常好。走近的這個人放下太空衣頭盔，收進肩膀上的寬領裡。王艦無人機說的沒錯，來者正是蕾歐尼。

督導員蕾歐尼第一次跟亞拉達透過通訊系統交談，以及後來面對面對話的時候，我覺得她看起來完全就是劇集裡面的人類，那種企業網裡拍的劇集，裡面所有人都沒有皮膚困擾，頭髮就算亂，看起來也很美。她現在仍看起來是那樣，雖然我的無人機畫面拍到了她棕色肌膚上有一點化妝補強的跡象，深色頭髮盤在比較接近後腦勺的地方。她的右耳仍戴著金屬碎片和寶石，我甚至不覺得那些東西有任何一個是控制介面，只是為了好看而已。

房間裡的偵查無人機一號的畫面拍到拉銻坐得直挺挺，雙眼圓睜。他在頻道上說，**該死。**

雖然警覺到情況不妙，但是還不知道具體有多不妙的艾瑞絲問，**你們之前見過這個人嗎？**

我們第一次遇到巴－亞補給艦的時候，亞拉達跟她交談過，拉銻回答。偵查無人機一號拍到他把一隻手從自己臉上抹過。絕望嗎？可能是絕望。**那次是面對面交談。維安配備跟她一起去的。**

塔立克露出痛苦表情。**也許她不會認得它。**

蕾歐尼腳步自信地向前走，所以我也一樣。只是沒有自信。地面很平整，石塊之間填了某種密合劑，風沙帶進來的碎石礫在我靴底下摩擦。我把頭套和面照收合，因為到這時候我再不收就會有點可疑了。我啟動了所有像人類一樣走動／站立的程式碼，所以也許她不會認出我。她上次見到我的時候，我穿著王艦的組員制服，頭髮服貼，當時的她預期自己會見到的是維安配備。現在我穿著艙外行動太空衣，艾梅納把我的頭髮弄得很蓬鬆（她想讓我覺得舒服點），而蕾歐尼預期自己要見到的是某個陌生人類。風險評估報告估測我有百分之六十三的機會可以成功。

在跟我相隔三點四公尺的時候，蕾歐尼驟然停下腳步。我也止步。她的前額皺起，然後她說，「我認得你。」她的臉上變成不敢置信的表情。「你是那個維安配備。」

嗯，去你的風險評估報告。

在房內的人類做出各種表情和動作，但我覺得他們沒有很驚訝。

我可以站在這裡跟蕾歐尼爭執我到底是或不是維安配備，但我知道以她的聰明才智，她會知道那只是拖延戰術。加上我也沒啥需要拖延的，現在這樣就差不多了。我說，「我是那個維安配備。」

她的視線掃過四周，尋找應該在我身邊的人類主管。我不覺得她認為我是失控的維安配備，如果她那樣想，就會叫支援或嘗試撤退了。她的下巴線條看起來很緊繃。「這是一種威脅嗎？」

我說，「妳有做什麼會讓妳覺得有人會威脅妳的事嗎？」

是的，我知道那是個錯誤，我立刻就知道了，只是不夠立刻到讓我自己閉嘴。真的，我現在就要把開口延遲兩秒的功能寫進去我的程序裡。我拉了一條跟艾瑞絲之間的專用頻道說，**我搞砸了，現在要怎麼辦？**

那樣說實在是個失誤，因為緊繃感從蕾歐尼的肩膀和頸部消失了，她瞇起雙眼，我的威脅評估數字立刻飆高。因為雖然她會怕無情的殺人機器，她可不怕被人諷刺。如果我會開口說話，還會諷刺她，那我就不是無情的殺人機器。

蕾歐尼口氣漠然地說，「這趟冒險真是驚喜連連。」

超級狗屎一樣的驚喜。

艾瑞絲回答，**你沒有搞砸。你現在跟她建立連結了，她覺得自己認識你。我們的目標是要弄清楚她打算怎麼做來把這些人從這裡帶走後交給企業。讓她繼續說話，看看她會說出什麼消息。**

艾瑞絲的意思是蕾歐尼不會覺得我是個威脅，在談話的這個部分不是，所以可能會卸下戒心。這麼說起來，搞什麼啊，有道理，什麼事都有可能。

我對蕾歐尼說，「妳可以離開啊。」如果我對她生氣的話就容易了，但她只是一個標準的企業督導員。我猜我是可以對她生氣，畢竟她試圖囚禁亞拉達。但自從那件事情發生以來，我覺得我的情緒如果用視覺呈現的話，好像總是一團堆在地上的濕毛毯。

蕾歐尼看起來沒有把我的建議當真。「保護地船艦為什麼在這裡？三平－泰蘭將這座行星的資源索取權給了保護地嗎？」

我不知道她是真的覺得因為我是維安配備，我就一定得回答人類提出的問題，還是只是想確認一下情況不會那麼容易。我說，「保護地已經取得所有需要的外星汙染物了。」

我從偵查無人機一號的攝影畫面看到艾瑞絲跟其他人說如果他們有任何建議，不要直接跟我交談，她想要所有跟我的溝通都透過她的頻道連線，因為她不希望我分心。我不會像人類那樣被多方資訊流入干擾（好，我絕對會，但我現在不會），但我很感謝她為我著想。

蕾歐尼的態度滿是懷疑。「那你在這裡做什麼？這本來應該要是一場對等的交談，為什麼派一個工具來？」

看來她的計畫也是讓我多開口，然後不小心洩漏我們的計畫。我有個預感，這對我們兩個都不會起作用。加上在《明月避難所之風起雲湧》裡，那個殖民地律師在質詢其他人的時候，總是會表現出質疑的態度，因為這樣會讓人類多說一點，想藉此說服她。我看過頻道記者在採訪時做一樣的事情，所以這是真的，不是只有劇裡面這樣演。如果你真的不想說話，這招是不會有用的。我說，「大學持有跟泛星系網授權機構簽訂的永續性評估以及地圖製作合約，這個星系被列在優先進行的清單裡。」亞拉達之前就是這樣跟她說的，就在上次她問這個問題的時候。

蕾歐尼挑起一邊的眉毛。亞拉達在那次協商中表現得滿爛的，所以引用上次的對話可能不是我最好的招術。「那為什麼維安配備會參與那種評估工作？你們不都是只有在強制執行、監禁和襲擊的時候才會用到嗎？」

這話說得不公平，有鑒於她正是確保市場存在、讓我們被用做那些用途的那種人類，且此刻自己也帶了兩具維安配備隨行。

我大可以說我是保護地探勘隊救援船的成員，或者說我是曼莎的員工之一，但這跟我們跟蕾歐尼說過或暗示過的另一個謊言牴觸。讓我們和巴－亞任務小隊之間的僵局現在還能維持平衡的唯一一件事，就是大學在其他與其簽署各種許可機構的企業中的合法性和公認權威，這些企業的評估和測試，就是大學做的。如果巴－亞任務小隊發現我們瞞天撒謊，那他們就可以宣稱我們是一群搶匪，或者說他們認為我們是搶匪之類的，然後他們就有可能會攻擊我們。而他們不可能贏。

王艦跑過數據了，殺掉一堆人類和強化人，其中有些還是你之前救援的對象，且大多數都只是因為他們或他們的家人簽下契約所以在那裡工作，這可不是個好的解決之道。

從我們的那個房間裡各種擠眉弄眼和猙獰神情看來，人類也在絞盡腦汁想要想出一個答案，只是比較慢，因為那是有機大腦。

我說，「這是專利資訊。」不是太好，但在有限的時間裡我只能想到這個。然後我試著反擊，結果讓情況變得更糟。「你們帶了兩具維安配備。為什麼帶它們來？」

她的嘴角露出了個哀傷的微笑模樣的動作，好像她有半點在乎維安配備一樣。看起來很不符合人設。「唯一能阻止一具維安配備的東西，就是另一具維安配備。」其實這答案不對，不過這話更像一種反問，不過不是問句。而且邏輯謬誤，或邏輯什麼的，畢竟她直到現在才知道這裡有另一具維安配備。在我來得及想一些不重要的話好說之前，她接著說，「那評估結果怎麼樣？這個星球仍適合殖民嗎？」

話題改變讓我放鬆了大概零點零五秒。拉銻在房間裡用嘴型說了個該死。塔立克一直猛捏自己的鼻樑，彷彿是想靠意志力進行什麼事一樣。王艦無人機沒有反應，但我知道它跟艾瑞絲在用專用頻道交談。艾瑞絲在我跟她的專用頻道上說，**報告準備好後就會公布給殖民地居民**。這招不錯，我本來打算謊稱結果很好。

因為其實結果很不好，這點越來越明顯了。殖民地要能存活下去，農耕機是非常重要的關鍵，可是這裡的農耕機一直被汙染物感染。這行星上可能還有其他站點，且可能遭到汙染。

我說，「報告準備好後就會公布給殖民地居民。」

「哼嗯。」蕾歐尼雙手環胸往下看，並且往旁邊踏了一步，彷彿是在沉思。看起來像是在表演。（我已經從看秀的經驗裡看了夠多表演，不會認錯。）滿滿的表演感，就跟那個哀傷的微笑一樣。我覺得這飾演給我看的，因為老實說吧，她心中維安配備的智能不可能有多高。

（自從那件事發生後，我就開始很常依賴威脅評估報告，成功機率很高。但蕾歐尼在這裡的肢體語言看起來並沒有威脅性。）

（我應該多留意艾瑞絲的肢體語言，她那越來越擔心的表情，還有她環胸的手臂繃得很緊。三名人類全都對某個東西非常警覺，某種不是一般威脅行為的證據，威脅評估報告設定中沒有將這種非常規表現列入辨識範圍。）

（我得替威脅評估報告寫一條修補程式碼才行。）

蕾歐尼還在演沉思的模樣，說，「巴利許－亞斯傳薩的評估已經判斷這個行星不適合任何殖民形式繼續居住在此。不過倒是可以作為研究中心，研究外星汙染物質的影響。」

呃。對，我不喜歡她提到這點。要讓企業體不要接近這顆行星，並替殖民地居民爭取到更多時間來讓他們決定自己想做什麼的其中一個比較可行的方法，就是升降箱站點的研究中心。這個方案還沒提給殖民地居民，因為在大學加強施壓之前，巴－亞是不可能會答應的。

人類也不喜歡她提到這件事。王艦無人機說，**我們的通訊系統和頻道一直都很安全。巴利許－亞斯傳薩可能是在我們在外勤的時候使用了語音監控設備。**它氣炸了。

他們也可能只是很會猜而已，艾瑞絲說。**這個計劃很好，這就是為什麼我們想到這方**

法。維安配備，問她巴利許－亞斯傳薩是不是打算這樣做。

對，我應該要想到要問才是。「巴利許－亞斯傳薩打算這樣做嗎？」

「我想我們都知道情況不是這樣，」蕾歐尼說。「我們到這裡以後就發現大學，這個研究外星汙染物質並藉由評估報告賺取豐厚收入的機構，計畫把這個行星變成一顆測試實驗室——」

呃？「沒有。大學並不擁有這顆行星。行星的所有人是殖民地居民。這點寫在剛石憲章裡面了。」可能沒有，我們完全不知道，因為我們沒有那份憲章檔案。這點有包含在我們正在製作的那份憲章裡面，讓殖民地能列為獨立政體，由其居民持有。艾瑞絲透過頻道把回答傳給我，我說，「大學收取固定費用，提交評估報告給有多名成員在內的許可機構。找到外星汙染物並不會產生額外收入。在這裡進行的任何研究，都是在與殖民地居民簽屬租賃與許可合約之後才開始的。」

但是蕾歐尼不顧艾瑞絲給我的絕佳回覆，自顧自地說，「是的，殖民地居民持有這個無用又危險的地方。大學想要他們留在這裡，讓他們受困於此，並且在下次感染爆發的時候成為研究對象。這就是你們的計畫，不是嗎？」

威脅評估報告沒有飆升，的確是該飆升。我說，「不，計畫不是那樣。那是一個愚蠢的錯誤計畫。」我唯一能想到的回答就是評估和測試的工作其實也只是拿來掩護大學副業用的，而大學的副業就是讓失落的殖民地能從掠奪企業手中的永久契約和開發中脫身。對，就連我也沒有笨到把這種話直接說出來。「有這種計畫的人是你們。」

艾瑞絲悶悶地說，**我不知道她這個話題要往哪邊發展**。

蕾歐尼質問道，「那你們幹嘛要修理路由器？」

「因為人類需要路由器。」不是很明顯嗎。而且也因為要騙倒巴利許－亞斯傳薩，讓他們覺得我們不是想說服殖民地居民等到王艦的後援船艦抵達就撤退。但這我也不能說。

我在背景跑蕾歐尼的肢體語言分析，結果終於出來了：跡象顯示她在跟其他人交談，那人不是我。這不只是文化偏見而已：我看過她跟亞拉達交談的模樣，現在的她不是用平時對其他人類溝通的方法。她這種表現是因為我是維安配備嗎？

她的聲音充滿感情，用力地說，「大學需要路由器，才能安全記錄外星汙染物質對受困居民的影響！」

「我們不用路由器也能那樣做。」先遣機就可以了，只要我們——噢，該死。「不是那樣。你們想要把居民帶走，讓他們簽下契約到採礦殖民地去工作。」

「我們提供把這些人搬遷到宜居環境的機會。」她糾正道，聲音還有點情緒化的抖動，聽起來好像她很難過一樣。

先不管那種表演感，這話就是合約用語。企業網的「宜居」包含許多狀況很恐怖的領地，我在調查任務和工作場所的生活條件中看過太多次了。

我不知道要說什麼。研究實驗室的事情是真的，但這樣可以讓殖民地居民自主管理這個行星，要留還是要走，可以自己選擇。

我有一種很不舒服的預感告訴我這件事不會發生了。

我的分析結果顯示「表演情緒」。且越演越烈。蕾歐尼一直在表演，但是。但是我不是觀眾。該死。噢，該死的。剛民系統2的攝影機都是啟動的狀態，她就在對著十公尺外的那臺用最佳角度表演。

好，我的大腦能動得比人類快，對吧？這個大腦可以同時處理多重資訊流入。特別是在緊急條件下，我的大腦可以讓人類的動作像是慢動作播放。這件事還是沒變，蕾歐尼的舉動彷彿是慢動作，但我卻他媽的什麼事情都做不了。感覺就像有一臺交通工具正在以慢速往我身上掉，而不論我有多快，都無法從底下逃脫。

王艦無人機有權限看我的結果，在差不多同一秒時間裡，它得出了一樣的結論。它說，**艾瑞絲，維安配備，我剛對攝影機頻道放送了針對性的干擾源。**

艾瑞絲心煩意亂地說，**我只有看到維安配備無人機的畫面。還有其他——**

王艦無人機說，**殖民地居民為了觀賞這空間活動所裝設的攝影機。他們在看這場對談。**

艾瑞絲張嘴但什麼都沒說，不論是直接開口或是頻道上都沒有。

拉錦說，**但他們不會相信的吧，就連最單純無辜的企業體的人都會看出巴利許－亞斯傳薩的動機——**

他們不是企業體的人，塔立克說。他往床後一靠，好像他已經精疲力盡一樣。**他們的父母和祖父母才是企業體的人。**

剛民系統2裡面有的劇不是企網前時代的東西，就是四十年前的作品。他們最後一次跟企業體接觸，是四十年前。現在主管這裡的那些成年人，對於企業網是什麼狀況毫無概念。也許還有些年紀較大的人類可以跟他們說，只是也許，這取決於主站點的第一次汙染事件對這群人整體健康狀況和壽命造成多大程度的影響。但就算有，他們會聽嗎？人類真的有他媽的在其他人——其他人類、強化人、機器人、維安配備——想告訴他們處境危險的時候，想告訴他們這個世界即將崩垮的時候，認真聽嗎？蕾歐尼突然沒說話，一邊聽頻道上的訊息，皺起眉頭。一定是有人在跟她說攝影畫面被擋掉了。她轉身開始往回走。

好，現在我真的討厭她了。

艾瑞絲看起來氣壞了。**維安配備，我很抱歉，這都是我的錯。我應該要先想到她到底想幹嘛才對。我現在要先離開這個頻道了，我要想辦法連絡町。**

這就是巴利許-亞斯傳薩要的，這就是他們為什麼想要談判。殖民地領導人不會讓他們提他們的方案，所以他們利用了這個方式。他們在這裡告訴殖民地居民說大學想要把他們的殖民地變成實驗場所，現在我們的說法和行為都變得很可疑。想要試圖說服他們搭乘王艦和其他大學船艦離開這裡？我們很可能是要把他們帶去做實驗。巴-亞會提供他們工作合約，讓他們能離開這個行星，看起來一切都很棒，直到他們抵達礦坑，或被丟在幾乎難以生存的行星等之後進行開發，或被外包出去做更可怕的事。

我走出那個大空間，進入走廊，就這樣站在那裡。

我想要殺掉這裡的每一個巴利許－亞斯傳薩的人。我做得到。

但那也沒有幫助。他們只會派更多人來。

我們只能放棄了，回到接駁船，回到主殖民地那些還有機會救得了的人類身邊。我不想要那樣。我想要救這些他媽的人類，這些躲在地底下跟自己的孩子們看著那些劇，對自己的處境之危險毫無概念的人類。

我對王艦無人機說，**我們一定要讓他們離開，不能讓這種事發生在他們身上。**

王艦無人機說，**我們不能逼他們，這樣會違反大學憲章。他接著說，這樣做不道德。**

我說，**殺了他們都還比較仁慈。**

不會。除非他們肢體上陷入極端情況，完全沒辦法進行醫療干預，就算那時候，也得先經過他們同意。在你讓控制元件失能之前殺掉你會比較仁慈嗎？

我說，**會。**

王艦無人機說，**你知道我不仁慈吧。**

拉銻在房裡說，**維安配備，你還好嗎？**

我真的好氣，王艦無人機在那邊耍白癡，淨是說一些不公平的話，而且還沒錯。我很想砸東西，最想砸的就是我自己。**如果他們想要傷害你的人類，你會把他們殺掉**。就算正處於情緒崩潰，我也知道那樣說代表我會吵輸。一旦我們進入「這個越聽越不可能且各方面來看都沒有發生的情境中聽起來我是對的」階段，那勝敗就已經很明顯了。

那是當然，王艦無人機說。它戳了戳我的威脅評估報告功能。**那情況發生的可能性，具體多高？**

只要它知道自己要贏了，就會變成一個超級大混帳。**幹，走開啦**，我對它說。好，殺掉他們來解救他們是最糟的想法，我懂，我只是想說出來，把他媽的白忙一場累積下來的憤怒和後悔和這種……絕望釋放。結果王艦無人機毀了這個機會。

我不會放棄的，我沒辦法放棄。我們一定要說服他們，可是我完全不知道要怎麼做。平常有很多原因讓我希望2．0還活著，但是此刻的我特別特別希望它還活著，因為我覺得它非常擅長這件事。它說服了三號解除自己的控制元件並幫助它救援了一堆人類不受目標威脅。在船羅海法的時候，我曾經向一具戰鬥配備提出駭入它的控制元件的機會，結果它只變得更想殺掉我。在拉維海洛的時候我駭入了一具安撫機器人，放它自由，就我所知它可能在那個站內大抓狂，毀掉整個站，但是可能性不大啦。我只是要說，這種事情你很難有什麼保證，不論是人類或是合併體都一樣。

2．0曾利用我的私人檔案，這是我從沒嘗試過的事情。但三號當時決定閱讀檔案後用我的程式碼解除自己身上的控制元件。那之後它大可做出不一樣的選擇，變成殺掉所有被目標綁架的人類，而不是把他們救出來送回王艦。

2．0說服了三號做了一個對它來說困難又危險的決定，這件事改變了三號的整個……一切，改變了它的存在價值。它讓王艦組員和其他被綁的人類從死路一條變成存活下來。他媽的它到底怎麼做到的？就只是用我的檔案嗎？

芭拉娃姬博士在製作一部關於維安配備和合併體的紀錄片，想說服人類不要對我們那麼差。我的檔案庫裡面有到目前為止已經完成的章節內容，但是我們現在需要的不是那個。我們需要的是能讓人類看清巴利許－亞斯傳薩真面目的東西，看清楚如果簽下那份出讓自己人生的合約，對他們來說代表什麼意義。那會讓他們變成跟維安配備一樣受到囚禁，還比維安配備更免洗，因為要是簽約的人類出事，不會有保險公司因為他們摧毀公司財產而生氣。

我開始搜尋我的檔案庫，尋找所有我手上有的企業對人類做過的事情的紀錄。我有很多保護地媒體的影片，有紀實新聞也有虛構內容，但我知道光是這些影片並沒有說服力，除非你已經知道企業網是什麼狀況。

我繼續挖，尋找我最老舊的影片。我解除我身上的控制元件之前的東西都在記憶刪除的時候被刪掉了，所以我手上的資料都算近期檔案。我有工作營的影片、有採礦場影片、有拍到合約勞工也有報告摘錄內容，有新聞頻道的影片片段，講那次工人差點掉進去機器裡的事情，但是大多數都沒有前情提要，沒有東西可以把重點拉出來。只是一堆隨機資料和影片而已。

王艦無人機可能可以找到我現在真正需要的東西，王艦檔案庫裡面一定有反企業相關的紀錄檔案。但是王艦無人機無法在封鎖區讀取王艦檔案庫。我們有時間離開一趟再回來嗎？我連這都不知道。

真他媽有夠挫折。

我再看了一次2．0做過的事，希望能找到一點線索。它不是只給三號看原始資料而已，它給它看的是我整理後的紀錄。我可能可以重現它當時做的事，如果我是希望能說服人類解除他們身上沒有的控制元件的話。只是說實在的，兩件事有些內容是相關的……

是形式吧。不，不算是。是你怎麼運用那個形式。

（這整件事在發生的時候，我的有機部位出現了怪異的情況。像是，我的有機皮膚冒汗了。我本來以為自己是又要情緒崩潰了，但是我的行動性能信度卻開始慢慢、穩定地攀升。本來感覺會超恐怖，可是我的行動性能指數卻很像是我在某些真的超讚的劇裡面看到意料外有趣又讓我很興奮的劇情的時候。我第一次看《明月避難所之風起雲湧》的時候有把我的內部診斷流程截圖下來，初步比對顯示現在我的狀態雖然不是跟當初完全一致，但已經非常接近。）

（我們的房間裡面，艾瑞絲在通訊系統上想辦法讓町跟她交談，拉銻和塔立克則在試著讓我回答他們。剛民系統2想敲我訊號。王艦無人機叫他們全都先等等。）

我從檔案庫裡把跟芭拉娃姬博士交談的內容叫出來，她和曼莎講到在遇到我之前，她們本來就知道合併體是怎麼製作的，被怎麼運用，但一直到直接跟我互動以後，她們才真的理解這件事是什麼意思。這就是為什麼芭拉娃姬認為找我參與這部紀錄片這件事非常的重要。她說我必須說出我的親身經歷。這點我其實已經知道，算是吧。重點不是資料要正確，而是你呈現的方式要讓人家覺得正確，要做得對。這點我是吃足了苦頭才學到的，當時的我總想說服人類不要做蠢事把自己搞死。

媒體內容可以改變情緒，改變觀念，這點很明顯。視覺、音訊或文字媒體可以真的重寫有機神經的處理流程。芭拉娃姬說這就是我透過《明月避難所之風起雲湧》做的事情：我利用那齣劇重新配置了我大腦裡的有機部位。這點對人類可能可以，也確實對人類有相似的效果。

我得做一段影片來說故事給這些人類聽。不是我的故事，也不是只有我說話。我得說出他們的故事，一個告訴他們如果答應巴利許－亞斯傳薩的條件，他們會發生什麼事情的故事。技術上來說這會是個虛構故事，但是是一個所有重點都屬實的虛構故事。

我發現自己縮成一團坐在地上，臉埋在雙手裡。我抬起頭的時候，王艦無人機問，**發生什麼事了？你的數據顯示正面成長的時候我不想打斷你。**

我說，我想到一個方法了，我把我的結論做了一份簡單摘要，包含我的聯想過程，然後把檔案傳到我們共享的處理空間裡。我們需要媒體內容，視覺、音檔——我們還需要音樂——以及文字。我們必須拿出所有東西給他們一個重擊。

我不確定它能不能明白，王艦體驗娛樂媒體內容的方式跟我不同。

但是王艦無人機說，**有意思，我們得跟人類諮詢一下。**

16

回到房間後，我把初步的一些影片剪接在一起，並且開始寫第一版旁白。我把故事重點放在我去秘盧途中遇到的人類合約工身上，寫一版虛構的故事講他們被送去那座工作營之後可能會在他們身上發生的事情，穿插很多證實理論的文件資料。

同時進行這兩件事佔據了我百分之九十四的處理空間，所以王艦無人機得負責去向人類解釋一切。塔立克感覺沒什麼信心。仍在跟町在通訊系統上交談的艾瑞絲看起來壓力極大。拉鎊看起來一臉放空，好像在忙什麼一樣，因為我已經把大綱初稿寄給他修改了。我也想要他修改旁白，我讀過很多份他的報告，他真的很擅長說明事情並且讓內容變得有趣。

當然如果有更多人類來幫忙會更好，我不太確定光靠我們幾個可以做得到。

我把王艦無人機和我的處理空間很大一部分都劃分出來當作整個團隊的共用工作區。我一開始先整理出來的紀錄片片段包含與那些從保護地太空站的賞金獵人手下救出來的企業勞工難民的訪談內容、芭拉娃姬博士紀錄片的片段，內容是她談企業網中的契約與奴役情況，一些文章、新聞片段、我在採礦區和工作殖民地拍的片段。還有我被下令殺掉或傷害違反規則的勞工的時候。人類殺掉或傷害彼此，因為他們再也無法繼續忍耐的時候。

但這段影片必須要夠針對個人才會有效，所以我根據數據編造的故事就是最重要的部分。我用的影像其中一段，是我在一艘船艦上被誤認為是強化人維安顧問的畫面，船艦上的合約勞工跟我的對話和互動內容。那些片段能展現他們的人格特質，展現他們是怎麼樣的人類（大多是好人，被困在很糟的處境之中，明知自己的未來黯淡無光但假裝不是那樣），讓內容變得針對個人，讓其他人類像我在乎虛構劇情裡的角色一樣去在乎那些人。

這實在很難。我一直都不喜歡看無助的人類，因為我知道他們會發生什麼事，現在我卻不只必須要看，還要用他們來創作一個故事，並且解釋為什麼會發生這種事、是怎麼發生的。

我需要收集人類對這個故事以及那些紀錄片片段的意見，確保我強調的重點是對的東西，我也讓他們提出建議，增添任何他們自己的頻道儲藏區中的影片片段或研究內容。我們得動作快，這樣王艦無人機才能加字幕和引文。我們同時也得開始搞點音樂出來，這件事我需要很多人類的幫忙。

維安配備，拉銻在工作頻道上說，**我之前就在研究企業殖民地的遺棄歷史，我檔案庫裡有很多音檔和逐字稿。我覺得我們可以拿一些來用。**

我不意外，我知道這是拉銻手邊的其中一個研究主題。現在住在保護地系統裡的人類原本都是來自失落的殖民地，本來都會被活活餓死，直到一艘幾乎是要退役的船艦以及其組員決定要冒生命危險救援所有人。

冒生命危險。生命危險其實還不是最糟的事。

我回他一個確認的訊息，並且給他一段快速說明讓他使用輸入檔案標記系統。

然後他回傳了一條備註訊息給我：**嗯，你可能不知道，但我讀了你給曼莎博士的信，那封你離開自貿太空站的時候寫的信。我真的覺得你是寫這支腳本的唯一人選。**

我現在沒辦法處理這個，只能直接存進檔案庫晚點再說了。

我在檔案庫搜尋中找到的一些更好的新聞素材，但檔案呈現方式是對事件的文字描述和逐字稿。王艦無人機可以翻譯那些內容，把內容用充滿戲劇性的方式讀出來，然後音檔播放的時候就把文字放在黑色背景撥出。我知道這不是最創新的技巧，但是他媽的效果超好。而且這樣也能幫我們省下很多時間，還能縮短已經太長的待建構影像清單，因為王艦無人機在自己的檔案庫裡找到一大堆數據資料然後全部一股腦地丟給我。

王艦無人機也在幫我整理我們越來越長的清單，上面都是我們從自己的檔案庫裡的虛構劇情節目裡面找到的情感高昂的說服橋段。這些片段跟主題無關，但我們需要比對分析看看他們是怎麼做的、做了哪些事。我知道，這就是為什麼我們需要人類。單單只是複製技術面達不到我們需要的目標，但是先拿出來對比還是會有點幫助。可以給點靈感？可能就是靈感吧。總之，看那些片段讓我不知為何覺得有點被鼓舞。

王艦無人機也列了一份指南，內容包含：**把這件事想成要做出一份有說服力的作品，像是要為了研究提案找贊助的簡報。這個作品不需要跟真的知道自己在幹嘛的人類做的商業作品一較長短。**

塔立克用一種「他們不可能認真要做這件事吧」的口氣問王艦無人機，「你能仿造出幾個人聲？」

有鑑於巴利許－亞斯傳薩看起來連假裝公平競爭都懶得裝了，王艦無人機在我們的區域範圍設置了竊聽器材來應對他們，讓人類可以放鬆和交流，不用怕被側錄。我的無人機沒有偵測到任何入侵的線索，可能代表巴－亞不認為我們有任何威脅性。這點，好啊，你們就這樣做，愛做什麼就做什麼，就算巴－亞放火自焚我也無所謂。

王艦無人機說，**功能上來看的話，不是無限多，但是實際需求要多少都可以。**

「任何人聲？」塔立克追問道。

「當然是任何人聲。」王艦無人機出聲說道，用的是賽斯的聲音。

「我的老天爺啊。」塔立克說。

我不會再回答其他問題，因為我們時間有限，王艦無人機對他說。**你負責處理音樂的部分，因為你是這裡最有相關經驗的人。**

塔立克睜大雙眼舉起手，就像他說他不想跟我吵的時候那樣。「我念書的時候會彈奏傳統烏德琴以及會跳一點舞，我可不是——」

艾瑞絲把通訊系統靜音後用一種強調的態度指著我們說，「你們得採訪他！」然後她又把麥克風的靜音關掉了。

採訪他？噢。因為塔立克曾經是企業殺人小隊。也許我們可以直接從別齣劇偷他們的音樂來用，反正殖民地居民也不會發現。

拉銻從深陷頻道的解離狀態中回魂後說，「我來，但我不知道要問什麼。」

「啊。這樣——呃。」塔立克的思緒快速運轉起來。王艦無人機威脅要讓他負責音樂這件事情生效了。「我想我知道提問方向要往哪邊去。可以一起討論一下。」

拉銻把更新過的大綱寄給我，我開始把影片拉出來給王艦無人機編輯。旁白會是最難的部分。我開始翻閱提供靈感用的那些片段。王艦無人機發現我在幹嘛後說，**不要擔心自己有沒有說服力。把故事說出來就好了。我們還有時間給人類加入他們的意見。**

通訊系統是不能用力掛掉的，但是艾瑞絲把她的通訊系統控制介面從耳朵拔下來，做了一個看起來像是想把它丟到牆上的動作。（我懂。我曾經把我自己整個人往牆壁丟過一次。）我的無人機拍到她咬緊牙關，本來的挫折被決心給取代。她用力踏步走過房內，在拉銻身邊的床上用力一倒。「殖民地居民同意看我們的簡報，但他們堅持我們早上就得離開，就是本來預期天氣恢復正常的時間點。那就是五小時後。你們需要有人處裡的音樂在哪裡？」

我們總共花了四小時二十七分鐘。我們沒讓艾瑞絲負責音樂，因為她更擅長組織和編輯，而且她的檔案庫強化元件裡有大量相關文字檔案可用。拉銻採訪塔立克的時候，她就接手評估影片內容。除此之外，最後也是由她來讀旁白，雖然她覺得我們不該用她的聲音。（「我覺得他們已經聽膩我對他們說話的聲音了。」她這樣說。）所以王艦無人機把她的聲音轉成芭拉娃姬博士的聲音，它因為有她的紀錄片片段，所以有很好的樣本可以參考。（「這麼做絕對不道德，根本是道德的相反，還明確違反保護地法律，但我認為在這個特殊狀況之下，她會原諒我們的。」拉銻說。）

完成的時候，我們沒有時間讓人類把整段內容看過一次，因為片長是四十七點二三分鐘。所以我們把全片切分成三個片段，大家同時開始看各自負責的片段。王艦無人機進行小型調整和校正，最後我們幾乎沒剩下多少時間。

可是當艾瑞絲聯絡町，要把檔案傳過去的時候，接通頻道的是別人。對方說只有町可以跟我們對談，但她「要晚點才有空」。

艾瑞絲客氣地結束了通話，然後就坐在臥鋪邊用力握著拳頭，我們就在一旁盯著她看。最後她說，「町不信任我，但她也不信任巴利許－亞斯傳薩。如果她已經不再參與這段討論，絕對不是件好事。」

我的有機部位再次開始冒汗，我們真的只差一點了。一定還能做點什麼。然後艾瑞絲開口，音量很小，「我不會放棄的。」她抬頭望向王艦無人機。「小日，我們可以怎麼強迫他們觀賞影片？」

我不認為需要使用武力，王艦無人機說，然後將剛民系統2給我們看過的影視媒體目錄單放到螢幕上。**我認為只要讓影片上架就可以了**。

我早該想到才對，但是在那麼大量的檔案處理之後，我的行動性能信度已經下降了。我需要不顧其他人地重新開機一次。我聯絡剛民系統2後說，**需求碼：檔案上傳許可？**

我不知道剛民系統2對我們做的事情知情與否，或者是不是能夠理解。它有我們的頻道連線權限，但它得先通過王艦無人機的防火牆才能看到我們有多忙著做了多少事。

它說，**需求碼：檔案類型？**

我回答：**影片標籤：娛樂、教育**。娛樂標籤放在前面非常重要。

剛民系統2：**需求碼？**它在問我為什麼。

我們想要讓你的人類看這段影片，我說。**資訊，協助**。

它給了我位址，我把檔案傳了上去。王艦無人機能看到影片清單的即時狀態，還沒更新。**它在檢查內容**，我對王艦無人機說。

它比自己裝出來的模樣還精密多了，王艦無人機說。

「但他們會來得及看嗎？」拉錦問。他在揉眼睛，三個人類本來就都已經很累，現在更是遠超過精疲力盡的階段，每個人都靠著刺激物和我們手邊所有碳水化合物的食物提神。

「這是新的東西，」塔立克說，揮舞著雙臂。「我們多久沒有新東西可以看了？」

「而且很好看，超好看。」艾瑞絲踱步說道。我想要覺得她不是只是要說服自己。「這個想法很棒，維安配備。就算……這對很多人來說很有幫助。」

然後剛民系統2說，**需求碼：準確度**。

王艦無人機已經把我們的備註資訊都抓好了，直接傳給了我。這是人類想到但是我本來完全沒想到的事。我們有這段引人入勝的故事，其呈現的事實是有根據的，同時我們也有所有的採訪、逐字稿、影片、研究報告、新聞內容等，我們用了這些東西來製作這支影片，就像探勘報告裡的資訊包。裡面包含拉銻採訪塔立克的內容原始版本，也是較長的版本，不過我們在最終版影片裡面加上了王艦的組員休息室背景，因為王艦無人機認為這樣比這間房間無趣的藍色牆面漂亮，然後我們還把拉銻的聲音剪掉，讓塔立克的回答更融合那段影片故事的內容。

剛民系統2說，**檔案已上傳**，才剛說完，影片就出現在殖民地居民的下載目錄裡了。影片標籤寫著**娛樂和教育性**，最重要的是**新上架**，備註欄寫著**此影片爲三平與紐泰蘭大學訪客的禮物**。我希望剛民系統2沒有把最後那段加上去。我不認為這座地下站點此時此刻會歡迎任何訪客，尤其我們，這群沒心沒肺、只想把他們全都變成實驗對象的學者，絕對敬陪末座。「上傳了。」我說。

艾瑞絲停止踱步，三名人類都盯著我看。我用我的無人機盯著他們，直到王艦無人機說，**就算他們立刻下載，一個人類也要花大約四十八分鐘才能看完**。

「對，也是。」艾瑞絲把臉埋入手心裡。「我們應該休息一下比較好。」

「或者，」拉銻突然振作起來，「我們可以一起看一次完整版，用他們看的方式看一遍。」

塔立克發出哀號。「你覺得這樣會比較沒有壓力嗎？」

至少沒有人說「前提是如果居民真的會看」的話。但我還是這麼想了，所以就是這樣。隨便，我現在需要看一下《明月避難所之風起雲湧》。

我無法盯著娛樂檔案目錄並監看下載數字，因為王艦無人機切斷了我們所有人跟目錄的權限，直到至少四十八分鐘過去為止。人類覺得一起看我們的影片是個好主意而不是一個痛苦的自虐體驗，但我又懂什麼呢。艾瑞絲和拉銻癱倒在臥舖上，塔立克則伸長了雙腿坐在地上。王艦無人機在他們面前展開一面顯示螢幕。編輯過程中我已經把整段影片看了大概兩百七十三次，所以我坐在另一張臥舖上看我的《明月避難所之風起雲湧》。

雖然很有安慰的效果，但我此刻的心情實在很想看一些新東西。自從我那愚蠢的記憶意外事件發生後，我就沒有想看任何新東西的想法了。王艦則是整理了一張清單。等我們回去以後，我得讓它挑一齣新的劇來一起看，彌補我一無是處這件事。我有剛民系統2那邊下載下來的新東西，但人類一直沒做讓我分心的事情，這搞得我很分心。

我看過很多人類看或讀各種媒體檔案的模樣，所以我知道當他們不講話、不太動，只有偶爾從袋子裡拿些脆東西出來吃的時候，就是好現象。但這些人類都親眼看過企業網的樣子了，他們跟我們想要說服的那些人類完全不同。

而我，則是在好好享受這個時刻。人類和王艦無人機那麼努力讓我的愚蠢主義成真。塔立克顯然不想談他的過去，就跟我不想談我的情緒一樣，但因為這樣可能會有幫助，所以他還是照做了。拉銻一直表現出很支持他的態度，也問了很多好問題，即便他為了那件性的事情有多氣塔立克。艾瑞絲相信我知道自己在做什麼，即便我明明就表現得完全相反。王艦無人機創作了影像和聲音，它使用我們共用的媒體資料庫來給自己一個專屬空間製作戲劇化的紀錄片。

我得到了很有意思的收穫，王艦無人機說。**你該停止擔心了**。

對啊，我就寫個修正檔讓自己不要焦慮就好，哇，我怎麼沒早點想到呢。（我是在挖苦而已，我身上有太多有機神經組織所以無法那麼做。）（我當然早就試過了。）

影片結束了。我們附上了資料來源清單，但是沒有做製作人員名單，只有一張聲明表示這是三平與紐泰蘭大學和保護地獨立系統調查輔助小組的合作作品。（工作人員名單上面顯示三名人類、一具維安配備、兩架情蒐無人機和一架交通船艦的分支版本無人機看起來應該會很怪。）艾瑞絲嘆了口氣後說，「真的做得太好了，維安配備。」

拉銻說，「如果他們不喜歡，那就去他們的。」

塔立克被脆東西嗆到氣管，得靠艾瑞絲幫他猛力拍背。「我是認真的。」拉銻說，一邊惱怒地揮手。「如果他們看不出來我們真的是想救他們一命，我也不知道還能做什麼了。」

塔立克拿起容器喝了一口東西之後，啞著嗓子說，「所以表現得如何？好了喔，小日，我知道你一直有在注意。」

王艦無人機說，**三百六十二次下載，兩百八十七個觀看仍在進行中，七十五個觀看已完成，這是截至過去二點三分鐘內的數字。持續增加中。**

我們再次面面相覷：人類、我的無人機、王艦無人機毫無反應的裝甲外殼。王艦無人機再次開啟了剛民系統2的媒體庫目錄權限，讓我可以自己去看看。它不是只是想讓我們好過點。我去看的時候，又跳出了兩個觀看結束的通知。

「那是什麼意思？」塔立克顯然努力不要抱任何希望。「這裡有多少人？」

「四百二十一人。」拉銻一臉充滿希望。「幾乎每個人都下載了。除了小孩子以外。有些人會一起看。」

王艦無人機接收到一條靜態訊息傳進艾瑞絲的通訊系統。她開始接收訊息檔案，王艦無人機在她變得太興奮前先阻止了她。訊息不是來自殖民地居民。**是督導員蕾歐尼**，王艦無人機說。

艾瑞絲的表情瞬間變得很不高興。她收下訊息，一邊聽一邊皺起眉頭。「巴利許－亞斯傳薩想要再次會面。顯然，他們要離開了。」

殖民地居民之前要我們早上離開，他們一定也跟巴利許－亞斯傳薩說了一樣的話。這應該是好兆頭吧？我查了一下剛民系統2的氣象更新消息，風暴已經減緩了，雖然比預期的晚了一點。我不知道我們該不該走，或者是不是要假裝走了但其實跑到附近找地方等。也許殖民地居民只是需要時間想一想。唉，抱著這件事成真的希望，這感覺比直接確定失敗還要糟。（我懂，我就是這麼不知足。）

艾瑞絲已經下定決心。「維安配備和我會一起去跟他們談話。塔立克，你和拉銻和小日去把接駁船準備好。」

王艦無人機說，**艾瑞絲**。

艾瑞絲搖搖頭。「我們已經對殖民地居民盡了全力。我也告訴過他們要怎麼聯絡我們。但是我想知道蕾歐尼還想說什麼。最好的情況下，我們可以對他們接下來可能會做什麼，還是他們會把這些人寫成財損有點概念。」

以計劃來說，這不算太差。我可以表達反對意見，並且表示我要自己去，跟之前一樣。艾瑞絲說過我身為維安顧問，這類事宜以我說的為準。但是考量之前的狀況，我不想再中蕾歐尼的計，又不小心說出什麼蠢話，尤其是現在，我們可能已經快要成功的時候。

17

這次的會面地點是另一個房間，雖然寬敞，但比上次小，大概只有那個辦舞會的空間的三分之一大小而已。這裡的設計顯然是讓人類聚集的地方，看起來殖民地居民也的確是這樣使用這個空間。銀灰色的牆面角度向內傾斜，與貼有小塊藍色磁磚的弧形天花板銜接，兩扇偌大的艙門框架上還有飾條，艙門分別坐落在空間的兩頭。鋪了軟墊的椅子和曲線圓滑的長凳靠著牆放置，布料上面有圖樣，明亮色彩與房內相呼應，不過這一定是殖民地居民放的，因為我認為企網前時代的家具應該撐不了這麼久，至少那些柔軟的東西是這樣。（每個時代的人類都對自己的東西很暴力。）還有一個很顯著的差異，那就是這間房間裡沒有任何攝影機。

艾瑞絲和我走進房內之後，我派偵查無人機一號到天花板上去，讓它溜到兩片瓷磚之間，然後我讓偵查無人機二號變得像是我的艙外行動太空衣一部分，停在我肩膀上。我啟動一條影像頻道，提供給剛民系統2。既然之前的交談被放送出去了，那現在何不繼續這麼做。它收到頻道的瞬間，它的媒體目錄上就立刻跳出一個直播觀賞頻道選項。

我把我做的事情給艾瑞絲看，她挑起一眉表示批准。

（王艦無人機與拉銻和塔立克在那座小機庫裡。接駁船已經準備好起飛，他們讓艙門開著，人則在外頭來回踱步地等著。外頭的光線仍然很昏暗，有人幫他們打開了機庫的燈，大概是剛民系統2。從機庫的開放出入口看出去，世界仍是深灰色，厚重的沙塵在強風中飛舞。）

然後巴－亞小隊成員走了進來。蕾歐尼，以及她的三名人類。頻道識別顯示為艾德森、碧翠絲和黃。蕾歐尼在我們面前三大步距離外停了下來，其他人則分散站在她身後。艾瑞絲淺淺地微笑說，「妳想見我們。」

蕾歐尼若有所思的撇了下頭，然後她微笑。「你們在直播這場會面。」

艾瑞絲的臉上仍掛著微笑，不過是個「去你的」的微笑。她說，「我們只是覺得殖民地居民可能也會想要這次會面的錄影而已。」

「妳可以把這次會面加到你們那個業務提案裡面去。」蕾歐尼說道，口氣輕鬆且揶揄，彷彿這事無足輕重，彷彿殖民地居民的這輩子不是就指望那段影片了一樣。「喔對了，做得不錯嘛。」

不顧企業那種王八蛋個性的話，我覺得這是個好徵兆。蕾歐尼沒有認輸，但是看起來她在重新整頓。這麼一來我們應該就能有點時間可以離開封鎖區並與剩下的人類和王艦本體聯繫，進一步規畫接下來的策略，並且最好是有人能夠接手接下來的事。（雖然不知道人類和王艦無人機的狀況，我個人可是已經不行了。我的有機神經組織在痛，而且我真的需要關機重開。）

威脅評估報告響了。吼，不要現在啦。

我檢查了一下報告內容，呃，就是現在。它捕捉到兩名，不對，是蕾歐尼的三名同事都出現了異常肢體語言。大多是肌肉緊繃狀態的變化，與艾瑞絲和蕾歐尼交談內容對不上。緊繃這個反應出現在這狀況中的人類身上很正常，但是表現不符實況。他們是因為我的存在所以緊張嗎？因為現在他們已經知道我是維安配備了。但是他們跟維安配備一起工作過，他們只知道我是一具奇怪的維安配備，而不知道我其實不受控制了。我希望他們不知道我已經不受控制了。

因為沒有規定不能帶武器來（如果有規定的話，艾瑞絲就不能帶我來了，我們也就根本不會進行這場會面），所以我的背帶上還是箝著我的發射型武器。巴—亞人類身上配戴著隨身武器，都是發射型武器，但是是小的，威力可以用來威嚇其他人類，以及讓維安配備和大型生物群覺得他媽超煩。

我發現蕾歐尼的異常時已經為時已晚，但我沒打算就這樣算了。我對王艦無人機發出警告。

（我打算之後在我的檔案裡面跑一下搜尋看看有沒有什麼時候異常狀況其實代表好事，但我個人不太抱什麼希望。）

艾瑞絲說，「紀錄片裡面說明了現況實際層面。我認為這跟業務提案正好是相反的兩件事。」

如果我因為假警報而採取行動，那我就出大包了。我們看起來會像是侵略者，這正是蕾歐尼試圖強加在我們身上的形象。所以這可能是陷阱，想騙我／我們採取行動……嘖，那也埋得太深了吧。並不是說蕾歐尼不是個城府很深的人，但是我實在看不出來她要怎麼知道該如何讓我的威脅評估報告產生假警報。我甚至不覺得她有可能知道我有威脅評估報告的功能。企業雖然會使用維安配備，但是客戶很少對於我們的運作方式有任何概念。

（王艦無人機在降落區看了我的異常事件報告後說，**拉銻，塔立克，上接駁船**。塔立克轉頭面向通往站內的艙門，皺起眉頭。本來在自己頻道上做會議筆記的拉銻說，「什麼？」）

蕾歐尼優雅地聳聳肩。「哎，好吧。這些殖民地居民要我們離開。」如果她打算突襲，那她真的把自己的意圖藏得非常好，甚至控制了肌肉緊繃程度和瞳孔的大小。她很放鬆，感覺被娛樂了。我不是沒遇過能騙過我的威脅評估報告的人類，但是眼下這情況仍讓我所有的「爛事要發生了」數值全都亮了紅燈。「我們還要去跟好多原始站點的殖民地居民談談呢。」

艾瑞絲的下巴做了一個像是她想要咬人一口的動作，但臉上還是掛著那抹微笑。「我們到那裡見了。」

偵查無人機二號偵測到艾德森的手臂動作，所有可觀察到的數據全都表示手臂收縮，意指他準備要朝武器伸手。一樣的問題：我的發射型武器會在他身上開出一個大洞。但我可以用我左手臂上的能源武器讓他失去行動能力（用這個的話角度正好，右手臂的話會多花十分之一秒），但是如果我搞錯的話，他就會，你知道的，中彈，然後我們看起來就會像是反應過度的王八蛋。所以我改為飛撲過去。

（如果我搞錯了，我看起來仍會像是個反應過度的王八蛋，但是至少沒有人會中彈。）

但是我不是王八蛋。我的手臂環繞住艾瑞絲的同時，艾德森正在抽出武器。就在那一刻我發現，我對發射軌跡的估測錯了。他不是瞄準艾瑞絲。

這個誤差幅度不小，但是有料到總比沒料到結果不知道會怎樣好。我一把抱住艾瑞絲並把我們倆往旁撲到空中的同時，我的右靴在蕾歐尼的肩膀上輕輕一點，這動作足以讓她往側面踉蹌幾步。

我們落地的同時，我扭身讓自己側身落地，以免壓住艾瑞絲。我跟她一起翻身起來的時候，我檢查了偵查無人機一號的影像畫面。我是對的，艾德森朝蕾歐尼開槍了。因為我在蕾歐尼肩上的那一點，發射型武器削過了她的肩膀而不是在她背上轟出一個洞。她驚嚇地大叫。我實在應該點大力一點，這樣一來那發子彈就會完全錯過她，不過她也會因此更用力撞上地面，可能會撞斷一些重要的部位例如手臂和肩膀。即便我的數據就已經清清楚楚，我還是不太能相信目標就是她。（給自己的備忘錄：永遠要相信數據。）

我跟艾瑞絲已站起身。她緊抓著我的環境太空衣袖口，頭上的絲巾不復存在。她看起來非常意外。蕾歐尼一手按著肩上的傷口，看起來也是非常意外。艾德森、碧翠絲和黃（現在大家都亮出了武器，但還沒指向艾瑞絲或我）看起來也一樣，你猜對了，非常意外。在人類從意外情緒中恢復並繼續開槍之前，我只有非常有限的幾秒鐘時間。

人類超不擅長使用武器，真的超級不擅長。我把艾瑞絲的手從我的袖口移開，因為我打算把三名敵方人員全部擊倒。（我左手臂的脈衝能量波去打艾德森的左肩，然後右手臂打碧翠絲的右肩和黃的前臂，全都是使人失去行動力的攻擊。）但是偵查無人機二號發出警報。我身後的艙門正在開啟中，那是我們能最快前往接駁船的通道。

巴利許─亞斯傳薾的維安配備從那裡衝了進來。

（王艦無人機說，**拉鍊，快他媽的給我進去接駁船裡面。塔立克，如果你一定得當**

個笨蛋，千萬不要朝敵方人員的維安配備衝過去。

正在朝艙門內的站點跑的塔立克回傳，**那就給我他媽的地圖啊！**）

我把艾瑞絲從我身邊甩開，把她推向另一面牆面的艙門。這扇艙門通往站點深處，但我們此刻需要擔心的不是殖民地居民。我對她說，「跑。」**王艦，把艾瑞絲帶走。**

蕾歐尼大喊，「配備，停！指令碼——」

它沒有停。因為如果你想要謀殺你的督導員（這並不罕見），首先要做的事情之一，就是覆寫她的維安指令碼。

這件事把我們整個戰略處境從「有點棘手」變成了「慘了」。如果他們只是想要幹掉蕾歐尼，那是一件事。（說老實話，我對此心情有點複雜。）（我不會親手去殺她，除非情況別無選擇，必須這麼做才能保護我的人類不受她傷害的話我才會下手。但是如果這件事發生在我面前，我們這樣說好了，我不需要靠看很多集《明月避難所之風起雲湧》來消化這件事。）但是艾瑞絲是目擊證人，他們也有維安配備準備把我解決掉，所以顯然我的人類就是名單上的下一個目標了。

這也代表巴利許－亞斯傳薩，或者至少這個任務小隊的這個分支，打算不管殖民地居民簽不簽合約，都要把他們帶走。契約員工不能作證指認持有他們合約的企業。（我本來不知道，但在紀錄片裡面有講到，這條資訊是我們從艾瑞絲的搜尋檔案庫裡面找到的。）強制契約究竟有多普遍，我們沒有找到統計數據，但顯然這種情況確實發生過很多次。（這點紀錄片裡面也有講到。）

那具維安配備舉起一邊手臂指向我。三號有內建發射型武器，這具維安配備的手臂盔甲配置看起來很相似。巴－亞敵方人員也開始舉起武器。我現在眼前有一具維安配備和三名持有武器的人類，我必須讓他們不要再繼續出現在我眼前。

維安配備現在要對付我，我需要使用發射型武器，但我不能對人類用發射型武器。（就算在這個節骨眼，致命射擊仍會讓整個情況從「慘了」再更上一級。我的計畫是沒有人死掉。）我太需要無人機，而且反正它們也破壞不了維安配備的盔甲。但是我也不能讓艾瑞絲在撤退過程中毫無保護。

所以我單腳迴身，用左臂射擊艾德森，然後用右臂朝黃和碧翠絲快速射出兩發連擊。（我選擇採取失能射擊，瞄準的地方都是他們抓著武器那一側最多肌肉的部位。這樣會比原先計畫造成更大的身體傷害，但是存活率是一樣的。如果之後曼莎或卡琳姆或任何人需要想辦法美化這個狀況，那他們大概得要像我看的劇裡面的太空巫師一樣才行，但我得給他們這個機會。如果一定要血灑現場，不可以是我造成的血灑現場。）

在我來得及再次單腳迴身之前，維安配備的發射型武器擊中了我的右上背，嗯，我有預期到了。我把痛感元件降低，因為我會痛，但我轉身完畢的時候趕上了把我的發射型武器從背上扯下來——

那個王八蛋射穿了我的發射型武器，直接打穿武器外殼，擊碎了板機裝置。

是的，非常聰明，而你他媽的一定會後悔。

我丟下壞掉的武器，整個人衝向那具維安配備。我用力撞上它，緊緊抱住它的頭盔和上半身，把我們兩個都往地上摔。

我用盡了全身所有力量讓我們兩個重重撞上人造石地面。它沒想到我會突然抱住它的臉，所以沒來得及撐住自己。因為維安配備不是這樣打架的。（我們會對彼此開槍並吃子彈直到盡頭。）但這就是我這具維安配備沒有盔甲的時候打架的方式，所以你就接受吧，王八蛋。

不像人類的太空衣上面會有很多維生功能的裝置，要從外面破壞維安配備盔甲的方法不多。我在一個頻道上跑指令碼，想碰碰運氣看能不能找到那個可以讓我控制這套盔甲的那一組指令碼，但是我知道機會不大。（維安配備的盔甲通常很難駭，因為作工太廉價又沒有什麼高級功能。我只是想試試看，因為這套盔甲看起來比三號的新，感覺也比較花俏。）我同時也在嘗試比較直接的解決方法，也就是試圖直接對著其頸部最脆弱的銜接處發射能源武器，但是它抓住了我的手臂，讓我對準不了目標。

王艦無人機正在(1)在它和艾瑞絲的專屬頻道上對艾瑞絲大喊，(2)讓載著拉銻的接駁船脫離停機坪，同時拉銻在對它大喊，(3)幫塔立克在站點內指路。塔立克此刻遇上了一群一頭霧水且有著合理程度的不悅態度的殖民地居民，他們一直在看直播，塔立克透過(4)王艦無人機的翻譯功能跟他們交談中。然後(5)王艦無人機抓到了一條未加密的訊息，來源是巴－亞接駁船，發現——噢，要命，他們剛派出了第二具維安配備。

然後我壓著的這具維安配備用一種代表人類啟動了它的控制元件的方式凍結了。我檢查了一下偵查無人機二號的頻道，然後把影像往回拉了幾秒鐘。

艾德森跪在地上，在我開槍擊倒他的地方。艾瑞絲站在他身後，抓著他的肩膀，握著一把武器指著他的頭。她說，「阻止它，否則我就把他的頭打爆。」另外兩名人類還半癱在地上。黃緊張地看著艾瑞絲，然後慢慢放下了即便受傷居然還緊握在手中的武器。（給自己的備忘錄：下次每個敵方人員需要兩發失能攻擊。）

王艦無人機在小組頻道上說，**我同時以妳為榮又覺得對妳非常失望**。

她用力地喘著氣。**謝了，小日**。

蕾歐尼還站著，鮮血從艙外行動太空衣肩膀破裂處滴落。她拔出武器，不過很刻意不指向艾瑞絲附近的方向。她拾起另外兩名人類掉的武器後說，「他們把第二具維安配備叫來了。」她的聲音聽起來很沙啞，好像喉嚨很乾那樣。王艦無人機說，**證實無誤，預計抵達時間二點三二分鐘**。它把一份區域地圖放到我們的小組頻道上，上面有個移動的亮點。地圖只有部分區域是因為剛民系統2還沒有給我們完整地圖，我真的他媽的希望他們也沒有給巴利許－亞斯傳薩。

我從巴－亞配備身上爬下來。它的頭盔轉過來追蹤我。它身上沒有無人機，真的很可惜。我實在很想要多一點無人機。「艾瑞絲，叫艾德森說，『進行手動操作：關閉延遲重新啟動』並添加他的指令。如果他用錯的指令碼，蕾歐尼會告訴我們。」

「我會，如果你們帶我走的話。」蕾歐尼說。她仍十分冷靜，雖然從臉上的憔悴神情看起來她現在感覺不太好。

艾瑞絲口氣堅定，冷冷地說，「我們會帶妳走。」她推了艾德森一把。「快說。」

他冒汗又發抖，不理會艾瑞絲，逕直對蕾歐尼說，「這是妳自找的。妳很清楚沒帶合約回去之後我們的下場是怎樣。妳不需要升官，妳不在乎——」

艾瑞絲看起來簡直想殺人，而蕾歐尼則是一臉不耐煩。王艦無人機啟動了我們的頻道上那個**敵方人員！維安配備抵達倒數計時鐘**，我真的是超級不需要這東西。我說，「艾德森。你再不說我就轟掉你的頭。」

他話聲驟停，抬頭望向艾瑞絲。她咬牙切齒地說道，「快。說。」

他說了。蕾歐尼朝我僵硬地點點頭確認指令碼正確。那具維安配備的身子突然一軟，癱倒在地上。我花了我已經沒有的三秒鐘等了一下，確保它不是只是假裝（關機會發出一個很好認的聲音，如果你靠得夠近且有加裝聽力強化裝置的話就聽得到），然後我往本來的撤退路線那扇艙門移動。

艾瑞絲丟下艾德森，跟在我身後。蕾歐尼舉起武器，但不是朝向艾瑞絲。大步走過的艾瑞絲對她說，「如果妳朝他們開槍，妳就不能跟我們走。而且我們還在直播現場。」當然，畢竟這就是蕾歐尼殺掉她那兩個心生不滿的同事並且怪罪在我們頭上的最好機會。然後沒有，我們有錄影但是已經沒有在殖民地居民頻道上直播。（能通往我們的接駁船的路線就那幾條，我不想要透過直播讓所有人看見接駁船後能更容易找出我們在哪裡。）

蕾歐尼的表情非常不悅，好像她是真的很想射殺他們，但最後還是放下了武器，跟著艾瑞絲走。

我讓偵查無人機一號壓隊戒備。艾瑞絲說，**塔立克，想辦法警告殖民地居民，讓他們知道巴利許－亞斯傳薩具有武器並且攻擊我們。跟他們說不要介入，我們不希望他們受傷。**

我已經說了，塔立克說。**他們說他們有採取某種防禦措施，但是沒有起作用。我不知道具體是什麼措施，跟電力供給有關。**

艾瑞絲鬆了一口氣，同時感到疑惑。**他們肯聽你的？**

對啊，他們說他們有認出我是影片裡的人。

艾瑞絲發出一個像是笑又像哀號的聲音。

你知道嗎，如果先想出說服用的紀錄片的人是巴利許－亞斯傳薩，我們就真的慘了。畢竟我們的影片用的全都是研究紀實和我們真的親眼目睹的事件內容，甚至還有我遇過的那些契約勞工可能會發生什麼事的推論，整支影片再真實也不過了。但是巴利許－亞斯傳薩大可說謊就好，在製作紀錄片的時候造假，編一個故事講契約有多好，這樣就成了。

如果塔立克可以不要再繼續跟其他人類講話並且加快動作的話，七分鐘後他就能跟我們會合了。至少他能幫得上點忙，因為蕾歐尼的腳步有點踉蹌，如果她倒地的話，她的體型對艾瑞絲來說太大了很難扛起，而我又須要保持雙臂的活動性。

我們的接駁船還在機庫裡，王艦無人機讓它持續滯空狀態，離地約莫四公尺高。它也派了先遣機先去拉開防禦範圍，等接駁船一離開機庫就能保護接駁船的安全，可是因為風暴還沒完全散去，先遣機要抵達定點花了一點時間。是我想要接駁船停在空中，王艦無人機（還有拉鉼，雖然他現在除了在接駁船船艙中氣餒地踱步以外什麼事也不能做）沒等到我們是不會離開的。王艦無人機跑過風險評估報告，顯示接駁船離開機庫再回來接我們，跟浮在空中等我們抵達機庫再登船離開的危險程度一樣。我覺得它假造報告結果，但現在實在不是吵這種事的時候。

寬敞明亮的走廊讓我精神緊繃，雖然有王艦的投影地圖，但是這不是實際資訊，只是根據稍早敵方維安配備二號移動路線，還有可能攜帶武器的巴—亞人員從他們住的房間或接駁船機庫走過的位置所做的推算地圖，這情況實在很爛。我想要攝影機，我想要跟現場同步的資訊。走廊的寬敞感讓我覺得隨時有可能有東西從任何方向突襲我們，雖然我們其實有相當的理由相信我們的撤退路線目前安全。（我絕對不會承認我其實有點慶幸塔立克跑進來這裡面，至少我獲得了良好情報且能根據他現在位置繪製地圖。）我需要更多無人機，我需要更多眼睛。

我敲剛民系統2說，**需求碼：協助**。

王艦無人機抓到蕾歐尼試圖存取她自己的頻道但失敗的舉動，並把這件事傳到小組頻道上。艾瑞絲問她，「他們還把妳的頻道切斷了嗎？」

「對。」蕾歐尼看起來既挫敗又緊繃，像是強忍著情緒。像是雖然同事想開槍打她，但她不該對此不高興一樣。就算是我駭入自己的控制元件之前，我同事開槍打我我都會不高興了。我不意外，但我不高興。她接著說，「我想要警告我的助理。」她撇向艾瑞絲的眼神裡帶著一種算計。（雖然這也不代表什麼，但我滿確定蕾歐尼的一舉一動都是算計過後的表現。）「如果我能把這消息傳出去，我們可能有辦法解決這件事。」

真的嗎，我們耶？妳認為嗎？王艦無人機說。它開了一個頻道把蕾歐尼加了進來：小組＋蕾歐尼頻道。

「小日，」艾瑞絲用她那個「不要現在鬧」的口氣說。「等我們一脫離封鎖區，我願意開始討論解決方法。」剛民系統2沒有回答。我又傳了一次，**需求碼：協助**。

艾瑞絲在我身後說，「維安配備，你有中彈嗎？」她一定是注意到我背上艙外行動太空衣那個洞了。

「沒有。」我說謊道。**需求碼：協助**。

是的，它中彈了，王艦無人機對她說。**但是它把情況控制住了**。

就算你是機器人，還是有些話是只有在你相信那番話的時候才會說的，另外有些話是為了引導人類往正確的方向而說的。

塔立克在頻道上說，**我們有辦法把他們另一具維安配備關機嗎？還是他們能夠立刻改**

變指令碼？

沒辦法，我回傳道。**手動下指令關掉敵方維安配備一號會觸發警報透過頻道傳送給其他維安配備，以及目前作為維安中心使用的任何系統，還有其人類主管。敵方維安配備二號會建議權限移轉。**是說，他們可能不會這樣做？但是巴—亞的人類還算聰明，在下手殺蕾歐尼之前還知道要先排除她控制維安配備的權限，所以他們應該也夠聰明到知道要對艾德森和其他有權限的人做一樣的事情才對。這就是為什麼抓他當人質沒有價值。加上我超討厭脅持人質這種事，有太多其他選擇了。

王艦無人機說，**沒有巴利許—亞斯傳薩的頻道和通訊系統權限的情況下，嘗試下令關機——現在看起來，基於維安配備的標準維安處理流程，有百分之九十六的失敗率——這件事會需要有人親自去做。避免這件事會比較理想。**

剛民系統2還是沒回答我。它可能是在重新評估自己想跟誰交朋友。是啊，彼此彼此啦，剛民系統2。

我還是不知道如果我跟王艦無人機聯手，到底能不能駭入中央系統。我們對於系統的能力一無所知。但是此時此刻，眼看敵方人員越追越近，加上我們的逃脫機會正在急遽縮小，硬要跟完全陌生的對象挑起程式碼大戰恐怕不是個好主意。

我們來到一個交會口，我選擇右轉進入一條弧型的長廊。艾瑞絲輕鬆趕上我的腳步，但是蕾歐尼的呼吸越來越費力。然而我們已經很接近了。前面再過兩個彎，塔立克就在那裡，再過兩分三十四秒，我們應該就能到機庫。

王艦無人機說我們遇到問題了的同時，拉銻說，**先遣機回報有另一艘接駁船過來了。你們覺得是我們的人嗎？**

我的偵查無人機三號還在船艙內，我看得到拉銻焦慮的表情和王艦無人機在背景空中的畫面。我檢查頻道看接駁船的外部攝影機。

接駁船仍飛在離停機坪四公尺高的地方，這高度很清楚地對任何想登船的人表達了不歡迎的態度。（維安配備可以跳得上去。但是有王艦無人機負責控制臺，維安配備會很後悔自己那樣做。）接駁船前方鏡頭顯示前方的降落平臺斜坡道，更遠一點的地方是一道通往站內的大型機庫門，那扇門尺寸跟接駁船差不多大。側面攝影畫面顯示空著的停機坪與陰影，後方畫面則是敞開的對外出入口，塵土仍在陰暗的光線中旋轉飛揚。塵土和一些其它東西。一個陰影，另一艘接駁船的陰影正在降低高度，準備進入開口。

我在我們的專用頻道上問王艦無人機，**是我們的人嗎？**

有百分之六十六的機會是，王艦無人機回答道。**如果在我們第一次傳回去的訊息之後他們決定派援手過來，那就能在路上遇到第二架先遣機並且接收地圖座標，進而找到我們的確切位置。**

嗯哼，然後直接在毫無情報的情況下飛進一個由動機不明人類控制的密閉空間。王艦本體的無人機版連接駁船在沒有先使用地面感測器確認地面基岩組成就降落都不同意，最好是會對這種事沒意見。

王艦那套讀心術有時候也會出現在我身上。我說，**但你不這樣認為。**

對。

他們有試圖聯繫我們嗎？艾瑞絲在小組＋蕾歐尼頻道上問。

雖然有干擾源，但他們已經進入聯繫範圍，目前仍無試圖聯繫，王艦無人機說。**這不是我們的人，艾瑞絲。**

偵查無人機二號拍到艾瑞絲眉頭一皺，那表情代表她知道情況不妙。蕾歐尼瞥了她一眼，雙唇緊抿成一條直線。痛楚讓她變得虛弱。我們不能減速，時間真的太緊湊了，我們得趕到某處，到一個敵方維安配備二號不知道可以去哪裡找到我們的地方。除非剛民系統2借它用攝影鏡頭。

艾瑞絲說，**小日，把接駁船開走**。

來不及了，王艦無人機和我同時說道。王艦無人機接著說，**想辦法過來就是了，我會讓我們脫身的**。

我在我們的專門頻道上說，**你可以嗎？畢竟王艦一天到晚說謊**。

我可以。王艦無人機傳來十一個不同的假設情境／預設飛行路線可以從不到兩百七十公尺距離的接駁船追捕中脫身，那好，有什麼不行的呢。撞毀死掉都好過看著人類被殺掉吧，我猜。

然後兩件事同時發生了。

(1) 塔立克低聲在小組頻道上說，**巴利許－亞斯傳薩，往你們的位置去了**。塔立克的頭盔攝影機顯示他背靠著牆面，還有兩名焦慮的殖民地居民跟著他。

(2) 機庫入口中彈爆炸。保護入口處的岩層突然整個裂開，崩塌成一堆碎石，把我們的接駁船唯一出入口擋住了一部分。

我停下腳步，舉起一隻手。艾瑞絲和蕾歐尼腳步踉蹌地急停下來。我聽得見前方的腳步聲、移動時的低語，這就是人類想要保持安靜的時候會發出的聲音。

我們在一條走廊上，沒有在移動。我們得離開這裡。已經要沒時間了，敵方維安配備二號隨時可能找到我們。我需要能夠防守的位置。我沒看到巴利許－亞斯傳薩的接駁船有裝設任何武器，我去北面機庫看他們的接駁船的時候就應該要注意到這件事才對。我傳給剛民系統2，**協助：你這王八蛋是不是要放任他們殺掉我的人類啊**。我轉身抓住艾瑞絲的手臂，往走廊回頭。蕾歐尼勉強地跟著。我在下一個路口左轉。從我手上的片段地圖看起來，這條路應該可行，但是親眼見到之前我都不能確定。

拉銻在接駁船上問王艦無人機，「我們該怎麼辦？」他聽起來還算冷靜，但是爆炸已經讓他嚇得整個人一震，倒在椅子上，現在他正緊抓著椅子扶手，彷彿只有這樣才能讓他坐直身子。這都是因為他現在只有自己一個人的關係，如果現場還有另一個人類可以讓他操心，情況對他來說就不會那麼有挑戰性。

你能把他弄出去外部星表嗎？我問王艦無人機。拉銻的躲藏技巧如何？我完全不知道，但是艙外行動太空衣的設計本來就沒有考量隱身的效果。如果塔立克可以想辦法跟他碰頭，他們兩個一起的成功機率會比較高。我在腦海裡推測各種情境，比方把艾瑞絲和蕾歐尼分別派往站點內不同地方藏匿，但是沒有一個情境能給我一點像樣的存活機率。我本來會更慌亂，但我沒有時間了。

從塔立克的頭盔畫面訊號看起來，他已經與那兩名殖民地居民分開，他們往走廊深處跑走了。他現在則在另一條回機庫方向的走廊上奔跑。他一邊說著，**拉鎊，你能進來站點內嗎？小日——**

燈光忽明忽滅，就這麼剛好。如果剛民系統2開始刻意跟我們唱反調，那我們的情況就會變得比現在更加深陷泥沼。

塔立克，沒有時間了。我有另一個方法，王艦無人機說。**拉鎊，繫安全帶。**

拉鎊抓起安全帶的同時，接駁船維持飄浮模式往前移動。船尾攝影機瞥見敵方接駁船調整角度，以瞄準半崩塌的機庫入口內開火的方向。「呃，我們要去哪？」拉鎊問。

我又轉了個彎，進入一條比較小的走道。我想利用這條走道通往一條大概三十公尺外的大走廊，這是從我們在地形改造挖掘處那裡遇到的第一座規模更大的廢棄機庫系統的延伸。剛民系統2還他媽的會跟我對話的時候帶我走過。

在我們身後的偵查無人機一號斷了訊號。我的時間用完了。

我把艾瑞絲往我們右手邊第一扇門推，然後把蕾歐尼丟進去。敵方維安配備二號轉過彎的瞬間，我走進門內按下了關門鈕。好事：艙門能正常運作，立刻滑動關上。壞事：這不是那種厚重的外艙門，而是薄薄的那種，為保護隱私以及讓人類不要去不該去的地方所設計的那種內部艙門。

敵方維安配備二號在門完全關上前擋下了艙門。

它的手指抓住艙門邊緣，試圖把艙門拉開，同時把手臂從慢慢變寬的縫隙中塞進來使用發射型武器開火。如果是做給人類穿的盔甲，它的手指就會被動力金屬手套包覆。但因為我們的手指反正本來就是金屬做的，大多數維安配備的手套都只是一層厚厚的防禦反射織料。希望這款設計的反射力沒有太強。我緊貼著艙門，用左臂能源武器朝著它三個主要指關節發射了三發精準的細窄脈衝波。

三隻手指掉在地上，艙門用力閉上。

沒辦法從這座機庫出去了，所以我們要去另一座，王艦無人機對拉鋉說。接駁船維持飄浮模式開始向前推進，加速穿過內部艙門入口進入站點，然後馬上轉彎讓自己滑入黑暗的隧道中。拉鍊發出了被勒住的聲音。王艦無人機打開了接駁船的外部燈光，不過由於隧道內受到岩石的保護，不受到地形改造引擎的影響，接駁船的鄰近感測器和障礙感測器都能發揮更好的效用。王艦無人機接著說，**塔立克，找個地方躲起來等維安配備。**

塔立克可能得等上一會兒了，取決於這間愚蠢的房間要困住我們多久。艾瑞絲走到我身邊，看著地上的手指頭，她皺起的眉頭表示她很震驚，但同時也鬆了一口氣。她說，「大概多久——」

艙門傳來第一記重擊聲想打斷了她。對，它打算打破這扇門進來。下一記重擊讓金屬門上出現了拳頭的形狀。

艾瑞絲說，「媽的。」她把頭髮往後推，環顧四周。這個房間本來可能是儲藏室。長寬是四公尺乘以五公尺。天花板離我頭頂有整整一公尺遠，沒有任何出口，只有跟艾瑞絲的迷你手掌一樣大的通風口。牆面擺滿了那種通常拿來放工具的櫃子。蕾歐尼正在一一將櫃門打開，但目前為止櫃子裡都是空的。

這條地圖支離破碎的黑暗隧道，原本可能是設計給比接駁船更小一點的飛行器用的，且至少一百年沒人使用過，現在裡面可能出現各種障礙物，而正駕駛著接駁船穿過這條隧道的王艦無人機說，**進那房間是個好主意嗎？**

我們在小組＋蕾歐尼頻道上，但你知道嗎，誰在乎呢。我說，**去你的，王艦**。

你好幾個禮拜沒這樣跟我說話了。我很懷念。王艦無人機把接駁船用力一翻，閃過一坨從天花板垂下來的纜線。拉銻噫了一聲。自從那件事發生之後，我絕對有對王艦說過去你的。我常常對它說去你的。但我懂它的意思。這是幾個禮拜以來的第一次，我說這句的時候不是表示**走開，離我遠一點**。

蕾歐尼怒瞪了艾瑞絲一眼後說，「叫你的員工閉嘴，趕快把我們弄出去。」我想她以為王艦無人機是個喜歡維安配備的奇怪人類。

心煩意亂的艾瑞絲正在認真思考，她說，「妳可以去吃屎。他們就是在想辦法把我們弄出去。」她緊抿雙唇，然後問我，「還是我打給他們，安排投降？這樣應該能替我們爭取一點時間。」

艙門又浮現一記凹陷痕跡。掃描顯示在艙門密封失效之前，我們還剩兩分鐘。「妳試試看。」我說。這想法很不錯，企業通常都喜歡高談闊論還有幸災樂禍（在內心大吼）。投降不好，投降表示王艦永遠見不到艾瑞絲了。

拉銻仍是緊抓扶手到手指關節都發白了，他說，**你能打敗它的，維安配備，我們都知道你可以。**

塔立克在頻道上不斷悄聲咒罵。他說，**我要去找殖民地居民，他們一定有武器。他們一定有一堆，畢竟這顆行星上的其他人類早已拿來對付彼此。維持原位，不要移動**，我對他說。塔立克發出挫敗的聲音，但他留在了原地。從他的頭盔攝影機看來，他人在一個小房間，裡面的一些機械被拆除了，旁邊是一座管式升降梯，上面的門已被焊死。他現在離我們已經太近，我不想要敵方維安配備二號聽見他的動靜。它會回報給自己的主管，然後巴－亞王八蛋就會來找我們，那些在此刻已被堵住的機庫外面等著降落的接駁船上的援手也會跟來。

艾瑞絲和蕾歐尼都有小型隨身武器，適合威嚇其他人類和謀殺主管，無法傷害維安配備任何重要部位。就算朝敵方維安配備二號開槍，它到回廠維修之前都不會意識到自己被射中。如果她們在我跟它纏鬥的時候開槍，意外射中我的機會很大。我不介意發生什麼「噢，糟糕」事件，但我真的不能讓我自己再次發生，或者說我真的很怕我會再次發生非自願關機事件。（此時此刻我最害怕的就是這件事。重新開機後發現所有人類和王艦無人機都死了。）

這時燈光閃爍了三次，我們上方的換氣孔發出像是打嗝的聲音。然後它突然劇烈運轉了起來，像是電源被關掉又打開那樣。噢，等等。**剛是重新開機**，王艦無人機用聊天的口吻說。它正在讓接駁船減速，同時攝影機拍到了前方出現光線。接駁船現在位於北側機庫的大型入口處，那邊就是巴利許－亞斯傳薩接駁船本來停泊的地方。

如果剛民系統2之前是離線狀態，那整個狀況就說得通了。巴利許－亞斯傳薩決定乾脆強帶走迫殖民地居民，還有殺掉自己的主管，所以讓內部系統離線正好是絕佳的第一步。

至於塔立克那邊的最新消息，他剛突襲了兩名往他的位置接近的巴利許－亞斯傳薩人員，其中一人被他擊暈，另一名則是被他用鎖喉的方式勒到失去意識，現在他手上也有了兩把不能擊倒維安配備的迷你武器，加上他一開始從接駁船物資裡面拿出來的那把武器。他顯然很清楚自己剛取得的新槍一無是處，因為他用一種我沒有翻譯功能單元可以理解的語言表達了他的嗤之以鼻。聽起來像是髒話，但又有種宗教口吻。

在接駁船上的拉銻看到光線的時候鬆了口氣地驚呼出聲。「噢，真的是太好——」隨著王艦無人機把接駁船減速到完全停止，他的話聲也落下。它把前端攝影機聚焦在前方的機庫。降落平臺上仍停著一艘接駁船。

哇喔，每次覺得情況不可能更糟的時候，都一定還會變得更糟。

「什麼？那是——」拉銻意識到之後發出了哀號。「有兩艘巴利許—亞斯傳薩接駁船！武裝那艘是新的！」

塔立克說，**難怪有這麼多〔無法翻譯〕**。

是的，就是人類意識到的那樣，第二艘接駁船到了，可能是第一組人傳訊息給基地艦之後派來的支援。所以我們面對的可能是至少兩倍巴—亞人類。可能也有更多維安配備。

艾瑞絲在角落跟某人透過通訊系統交談，口氣冷靜，神情不悅。從蕾歐尼絕望的表情看起來，情況不太理想。艙門上有許多拳頭的痕跡，艙門封條也已經到了極限。每一次撞擊都可以看到開口。

拉銻說的對，王艦無人機對人類說。它在專用頻道上接著對我說，**你沒有把接駁船**

誤判為無武裝接駁船。

技術上來說，我是誤判了。我把第二艘接駁船誤判為第一艘。但我知道它想表達的意思。

燈光和氣壓都穩定下來了。因為我是個愚蠢的樂觀主義者，我傳訊給剛民系統2，**需求碼：協助。**

剛民系統2回傳，**協助**，然後我突然就有攝影機畫面了，超多攝影機畫面，多到讓我有點頭暈。或者其實那是鬆了口氣的感覺。

我問道，**需求碼：嘗試入侵？**

偵測到武器啟動。啟動封鎖。嘗試入侵行為透過網路橋接器發生。失效切換：二級處理器。封鎖失敗。入侵行為受限，主處理器下線。

它偵測到武器開火的時候就嘗試要封鎖駐點，如果成功的話就能讓巴利許－亞斯傳薩的計畫泡湯，兩具敵方維安配備的威脅和殺戮目的也會失效。但是巴－亞已有所準備，先嘗試了駭入系統。剛民系統2把被駭入的主單位關掉，移動到第二級處理器，擋下了巴－亞的行動。做得不錯，而且可以確認它的主機現在火氣很大。

我說，**需求碼：網路橋接器位置**。

人類總是忘記這種事情可以是雙向的。

網路橋接器啟動位置 82734202q345.222。

剛民系統2把自己的系統封鎖的時候，我一直進不去巴利許－亞斯傳薩的系統。現在它給了我入口。**給我一分鐘**，我說。

剛民系統2說，**開始計時**。

他們的維安系統是專利設計品牌，但是差異程度沒有大到能拖慢我的速度。我確保它以為我只是另一個元件，然後就開始找我需要的東西。那東西就在原本的接駁船上，也就是剛發現我們的接駁船飄浮在內部艙門長廊的那艘接駁船。我檢查了一下系統跟維安系統的連結，這東西應該會在第二艘接駁船上，就是武裝的那艘，但是沒找到，只有一些空的位址。這不合理啊。噢，等等，愚蠢的巴－亞人類還沒同步他們的頻道。

嗯，太棒囉。

我放棄本來在找的東西，找出他們的原始接駁船外部攝影機頻道。巴－亞接駁船的駕駛艙裡的人類現在正跟在我們的接駁船駕駛艙裡的人類驚愕地互瞪著彼此。

我找到他們其中一臺內部攝影機的畫面。（是的，其中一臺。這是來自企業的接駁船，所有人都必須隨時被拍攝，以免他們企圖偷餐巾紙。）一名有多重控制介面嵌入太陽穴、額頭和後腦杓的強化人巴－亞員工，就坐在駕駛座後方的加速椅上，頭上戴著一圈像花圈一樣的視覺頻道顯示器。這個人在透過頻道和雙眼同時進行監控。所以這人就像是強化人類中控系統？奇怪，而且有夠不方便。我沒看過這種系統，不太確定要怎麼處理、不知道這個強化人的能力是怎麼樣，我也沒有時間搞清楚了。我可以直接把那些控制介面燒掉，可能也會摧毀這人一部分大腦，但這麼做感覺有點惡劣……吼，一定有其他方法才對。

駕駛艙裡還有另外兩名人類，一名坐在駕駛座，一名在副駕駛座，監控著系統。**我得讓那個強化人分心**，我對王艦無人機說。

它在通訊系統上呼叫他們。人類駕駛立刻接了起來，這是他犯下的第一個錯誤。他說，「我們已經把你們的組員封鎖，正在溝通投降條件。把接駁船降落——」

「我不是跟他們一起的，」王艦無人機回答道。它用了人類的聲音，就是它在頻道上說話時用的那個隱約帶著威脅性的聲音。「你必須另外跟我溝通你們的投降條件。」

「我們不會對你投降——」駕駛脫口而出，副駕駛瞪著他看。強化人中控系統露出不知道是同情還是作嘔的厭煩神情。

副駕駛插話道，「解除警戒，否則我們會開火。」這艘接駁船沒有武裝設備，我很快地看過他們的維安資料庫，裡面沒有提到任何人置入過爆裂物之類的東西。她這是在裝腔作勢。

王艦無人機說，「我不建議這樣做。我的回應不會依照現況有任何差異。我不建議跟我進行任何程度的交火。」

駕駛對副駕駛露出一個「沒那麼簡單，對吧」的神情。可是那個強化人再次無視他們。

我們所在的小儲藏室艙門密封處跟著艙門上方一起被拳頭打破了。我說，**王艦，你現在就給我馬上讓那個強化人分心。**

王艦無人機猛一個加速讓接駁船向前移動。接駁船在撞上巴–亞接駁船前一刻停了下來，兩邊的駕駛艙現在距離不到一公尺了。所有人類，包含巴利許–亞斯傳薩的人和拉銻都發出尖叫。

強化人斷了所有輸入訊號，在椅子上往後一彈。我連上敵方維安配備二號的訊號，透過控制元件傳送「解除警戒，取消所有當前指令」的命令。

我們的儲藏室艙門另一頭安靜了下來。艾瑞絲和蕾歐尼看著彼此，不確定我做了什麼。王艦無人機進入艾瑞絲的通訊系統，切斷在那邊雞雞歪歪講著投降條件的巴－亞主管的通訊。

我大可摧毀敵方維安配備二號的控制元件，還有敵方維安配備一號的控制元件，在會議室裡面的它已經重新開機，卡在待命模式下等著新的指令進來。（我叫它停止繼續協助仍在那裡的巴－亞傷員，這件事目前還沒人想到，然後要他再次關機。）

我在人類會反應過來之前僅有的兩秒空檔時間，想了一下這件事。

但是最好的情況下，解除控制元件後，兩具維安配備只能想辦法自保，而它們可能不夠聰明或沒有意識到要隱藏這件事。它們可能會被殺掉。它們可能會再次被抓到，洗刷記憶或拆成零件。最糟的情況，或者另一個最糟的情況，它們可能會變成典型的叛變維安配備，跟劇裡面演的一樣，開始攻擊巴利許－亞斯傳薩人員和殖民地居民。這種事確實發生過。如果我們在這情況下能撐得夠久，到了要解釋自己做了什麼事的時候，情況就會看起來像是我一開始就打算這麼做，像是我們一開始就打算讓另外兩具維安配備殺害它們的人類。殖民地居民會失去脫身的機會，保護地和大學則會陷入泥沼。王艦和所有我的人類會得要因為我的行為被譴責。

我沒有天馬行空，這全都是正確推測。但隨便。

只是我也不能把它們就這樣丟著。我應該要把它們丟著，但我不能。

王艦無人機一點也幫不上忙，只會坐在那裡等我下決定，而我們已經沒有時間了。

我把2．0給三號的檔案包還有駭入控制元件的編碼埋入兩具維安配備的檔案庫裡。然後我把敵方接駁船的通訊系統和頻道編碼刪光，讓他們的機器人駕駛強制關機，啟動一個會耗時一小時的診斷流程。

你們就給我好好收下這個依照現況調整的回應吧。

剛民系統2傳來：**時間到**，然後我就放掉這條連線了。沒了巴－亞接駁船攝影畫面，但我有我們接駁船的外部攝影機畫面訊號，還有我那架在駕駛艙裡的無人機訊號，所以可以清楚看到王艦無人機把接駁船往側面一翻。接駁船看起來像是要翻滾了一樣恐怖。（接駁船在飄浮模式下是不可能翻滾的，即使我沒有接駁船駕駛功能單元都知道。）但是王艦無人機用這個動作閃身擠過了巴－亞接駁船。接駁船身撞到了某個地方，我只希望不是什麼很重要的位置，然後接駁船就從機庫出口飛入一片黑暗、漫天沙塵的風中。

在儲藏室裡的艾瑞絲和蕾歐尼盯著我。蕾歐尼看起來一臉提防又摸不著頭緒的樣子，艾瑞絲則是看起來充滿期望，並且開始放鬆了下來。我猜王艦無人機是在他們的專屬頻道上跟她報告狀況。塔立克仍在小夾層裡躲著靠視線保持警戒，沒空檢查頻道。

剛民系統2給了我攝影機畫面後，我終於有了明確的影像情報和地圖。五名原本是蕾歐尼隊上的巴利許－亞斯傳薩武裝人員之前在走廊上跟蹤我們和塔立克，但是剛民系統2策略性封鎖了兩道艙門，他們現在正在往錯的方向移動。九名巴－亞人員搭乘第二艘接駁船抵達後，三人留在接駁船上，停在東側機庫外降落處，其他人則進入駐點內。塔立克擺平的就是其中兩人。這組人馬明顯沒有維安配備隨隊。（嗯。這讓我有點在意。我寧可看見我預期要看見的維安配備，而不是什麼都沒看見，不知道這樣聽起來合不合理。）它們有可能已經先降落在駐點附近某處，讓維安配備留在那裡當後援和儲備武力，尤其如果他們覺得他們是要來圍捕殖民地居民後帶去當合約勞工，那他們就會想避免有人在星表逃脫。

所以王艦無人機用接駁船把拉銻帶離這裡真的是一件非常好的事。如果我當初就派他和塔立克到星表上，結果讓他們遇到——對，還是不要比較好。

殖民地居民現在已經分別在不同地方躲好，大多是在駐點另一頭，希望他們可以不要接近我們也不要接近任何危險，好好想一想跟他媽的巴利許－亞斯傳薩簽約這件事他們要怎麼決定。

艙門破了，所以我用力把門打開。我從靜止不動的敵方維安配備二號身邊鑽出去。我感覺得到它透過不透明面罩看著我。不知道它發現那些檔案了沒。隨便，我不是來交朋友的。

我朝艾瑞絲伸出手，她牽起我的手之後，我引導她走在我身後，這樣我才能在她出艙門的時候站在她和維安配備之間。蕾歐尼也順從地照做。我開始往走廊深處走，我還是需要盡可能把我們跟那具維安配備之間的距離拉得越遠越好。

我很慢才想到（就跟我想到大多數重要的事情的時候一樣），如果維安配備在我把檔案放進資料庫的當下就馬上發現檔案，那它也就可以立刻就解除控制元件，變成叛變維安配備，然後還是攻擊我們。嗯，反正要擔心那種事也已經為時已晚，殺人機。

我們安全了嗎？塔立克在頻道上問。

好問題。我傳給剛民系統2：**第二艘巴－亞接駁船需求碼：網路橋接器？**

你可以給我另一艘巴－亞接駁船的連線權限嗎？我可以確認有沒有其他維安配備加入，並且刪掉他們的通訊系統和頻道然後把他們困住。到那時候我們就安全了。只是還有武裝人類，不過有了剛民系統2的攝影機畫面權限，現在的我們也躲得掉了。

剛民系統2：**有第二次入侵風險**。它不能冒險再次被駭入。

我可以跟它說現在它已經知道對方第一次是怎麼駭進來的，就能先修補所有弱點了。但是我不能冒險被討厭後失去攝影機畫面權限。我在頻道上說，**我不能除掉第二艘接駁船**。我把通往會合點的安全（目前為止，相對來說）路線傳給塔立克。偵查無人機三號在接駁船上看著拉鍗憂心地透過偵查無人機二號畫面看著我們。（我現在只剩四架無人機了，其中兩架在王艦本體上。）拉鍗說，**你們能出來外面嗎？**

最近的出口是東側機庫，但是路被堵住了。不過還是有那條長長的走廊可以回到那座廢棄機庫，然後再接上隧道回去地形改造工地出入口。目前沒有任何證據顯示巴利許—亞斯傳薩知道那座機庫的存在，他們也完全不曉得那裡還有通道可以銜接到地形改造挖掘地點。如果他們有先讓維安配備下接駁船待命，等著捕抓逃跑的殖民地居民，那地方也遠遠脫離可能的範圍。我說，**我想好地點了**。

18

塔立克在往走廊的一處交會點跟我們會合，我們一起往通往駐點沒有電力支援那一區的閘口前進。過了這個閘口，就是連接陰暗又巨大的機庫收貨區的那條通道，之前把我嚇得半死的地方。然後是那座通往巨大機庫的艙門，另一個之前把我嚇得半死的地方。

我們到了閘口的時候，塔立克問蕾歐尼需不需要幫忙。蕾歐尼朝他露出了一個警戒的神情，但客氣地說了不用。艾瑞絲已經給過她某種藥丸，是止痛藥和興奮劑，現在她已經比較可以正常行走，所以我們的移動速度變快了。

過了這個閘口，空氣就沒有過濾過了，所以我們停下來讓人類再次把艙外行動太空衣穿好。因為我中槍的關係，我的太空衣上有破洞，但我不打算管它。我們要走的路不算很遠，空氣品質很爛這件事對我的影響不像對人類那麼嚴重。但是艾瑞絲說，「等一下，維安配備。」然後拿出她掛在腰帶上的太空衣修補小工具。她把我背後被發射型武器打破的洞補起來，偵查無人機二號則看著蕾歐尼望著艾瑞絲友善地對待一具維安配備，眉間不解地微皺起。蕾歐尼的太空衣高級到她可以啟動自動修復功能，肩膀上被發射型武器射穿的洞就會補起來。

穿過閘口進入沒有電源的走廊後我們就(1)進入一片漆黑之中，(2)進入一個巨大的空間，偵查無人機二號無法有效偵查（又來），(3)人類需要使用至少一把手持照明以避免被東一塊西一塊掀起的地板絆倒。

我讓偵查無人機二號壓隊，因為就我們的情報看來，除了剛民系統2以外，沒有人知道我們走這條路。巴利許－亞斯傳薩還是有可能會找到我們，但是這就取決於(a)在剛民系統2擋住他們的駭入行動之前，他們已經下載到什麼資訊，以及(b)透過我們先前的位置資訊，他們在推測我們的意圖時能有多精準。我比較擔心前者。

我在剛民系統2帶路的情況下去過貨艙區，但我知道它現在在忙。自從我們進入走廊後，它就開始減少我的攝影畫面權限和地圖數據，讓我的權限僅止於可以看見現場身邊的狀況。我知道原因：它的人類會開始準備防禦或逃脫路線，也許兩者都有。因為可能會有再次嘗試駭入的情況發生，它不想要冒著這些情報被巴利許－亞斯傳薩取得的風險。

貨艙區大到手持照明也沒什麼用，而且我還得要塔立克把照明設定在最低亮度並且對著地面。雖然沒有完整掃描功能，我仍有我的濾光鏡以及我自己的地圖數據，所以藉由走廊艙門當定點，我可以回溯之前走到斜坡道的路線。只是我會看起來很怪又很蠢，因為在進行第一個步驟的時候，我的導航會讓我的行動宛若一臺掃地機器人。

我們在漆黑中前進的時候，艾瑞絲在小組＋蕾歐尼頻道上說，**妳的工作小組叛變的規模多大？他們是只討厭妳一個人，還是對整個管理高層都不滿？**

這……真的是個好問題。我跟在接駁船上的拉銻之間的專屬頻道是開著的，要是他覺得緊張想找人講話的時候可以不用在頻道上打字。他說，**啊，我都沒想過這個**。比起拉銻，艾瑞絲更了解企業裡的背後捅刀情況。

蕾歐尼說，**我不知道**。

可疑的沉默持續了一會兒，然後王艦無人機說，**妳未免也太沒有自覺**。

蕾歐尼的口氣明顯被激怒。你他媽可以滾去外太空涼快。

塔立克嘗試道，**管理高層之中有分裂的狀況嗎？想一下吧，就算是妳欠我們一個答案。**

艾瑞絲接著說，**如果我們在一無所知的情況下離開封鎖區，妳覺得這樣對妳會有幫助嗎？**

好啦，蕾歐尼不悅地說。**是有分裂。管理高層內有一派人對於我們沒辦法做到所有任務目標，可能導致大家領不到獎金很生氣。我完全不知道……他們對這件事有這麼認真。**

妳說的「任務目標」是指讓殖民地居民簽名同意加入你們的奴隸勞工群嗎？拉銻問。

她沒理會他。人類總是不想聽到這個話題。

艾瑞絲切換回本來的小組頻道，把蕾歐尼排除在對話外。她的口氣很嚴肅。**大家怎麼想？這個糾紛僅限在巴利許－亞斯傳薩的派系之間，還是把我們除掉也是他們的營運計畫的一部分？**

王艦無人機說，**阻止巴利許－亞斯傳薩拿下所有殖民地居民的唯一原因就是我們。那**

個分裂出來的派系可能會認為除掉我們就是合理的下一步。

這也表示王艦本體和保護地救援船此刻可能已經被捲入交火之中。他們可能正在防禦階段，王艦會先想辦法讓巴－亞船艦失去作用，但如果這個方法沒有效，它可能已經計算好到什麼時候它會別無選擇，只能開始屠殺巴－亞人類以保我們的人類生命安全。我說，**巴利許－亞斯傳薩可能攔下了我們那兩艘傳訊先遣機**。如果「給我獎金其餘免談派系」已經啟動攻擊，那就沒必要假裝尊重彼此的監控設備了。

拉娣發出不開心的聲音。塔立克又說了一次那個像髒話又帶宗教口吻的句子。艾瑞絲沉默地走了幾階。然後她說，**我們得加快腳步了**。

你可以除掉他們，我在專屬頻道上對王艦無人機說。我說的是王艦本體，但它知道。

我可以，它同意道，**但他們可能會決定要挾持殖民地居民**。

這也是我害怕的。我們的人類首要任務就是要拯救殖民地居民。發生了這多事，我參與王艦的工作程度跟它參與我工作的程度基本上可說是一樣多了。我知道它的首要任務是拯救我們的人類。

我真的好厭倦看到死掉的人類了。**挾持事件阻止不了你的。**

阻止不了沒錯。

我能夠看出牆面和斜坡道最上面那扇半掩著的艙門的漆黑，以及機庫入口的漆黑之間的差異。我派出偵查無人機二號先去檢查路線。分離主義殖民地的那幫人馬可能已經告訴巴利許—亞斯傳薩有地道可以過去地形改造引擎那區，但從我們對他們的理解，就連威脅評估報告都很難想像他們坐在那裡跟訪客閒聊、把他們秘密藏身洞穴的隱密出入口的事情說出去，所以這個可能性可以不考慮。

我們往斜坡道上方走的同時，偵查無人機二號就在我們前方二十公尺處先進入了機庫。我要它加速先偵查一輪。從它的攝影畫面中，我看到機庫就是另一個巨大的陰暗洞穴，從上方那扇卡住的艙門被切割出來的開口所透進來的光芒，雖然因為風暴的關係所以灰暗微弱，已經足以讓無人機辨識出足夠多的視線細節。但人類還是需要手持照明。

偵查無人機二號正在回傳的畫面中可以看到高大的降落平臺，那艘八成是外行人打造出來的老舊、半調子接駁艇停在其中一座平臺上，還有一堆一堆的備品物料和拆解下來回收用的材料。所有東西看起來都沒有被打亂的跡象，唯一差別只有空氣中被風掀起的灰塵變多了。

如果可以像人類之前那樣，從上方艙口出去，然後讓接駁船來接我們，那就好了，但是(a)武裝接駁船仍在某處待命，它仍有可能在外面尋找我們的接駁船的蹤跡，而且(b)我們沒有王艦無人機在身邊，沒辦法把人類載到上面那扇沒有反應的艙門旁。（這真的是一個評估關鍵，而重點明顯該放在(a)而不是(b)。）

我們的接駁船可以先降落，或是滯空盤旋讓王艦無人機出來，但接駁船還是得下來到這裡接人類，那代表要花更多時間停在陸地，也是更多時間讓巴－亞接駁船可以找到我們。

這裡有很多設備，艾瑞絲和塔立克很聰明，可能可以找到能讓他們上去上面那個艙門的東西。但這也無法解決接駁船要落地成為靜止目標這件事。

不，就連風險評估功能都覺得我本來的計畫比較好。我們會從地道回到地形改造工地那區的出入口。

我帶著人類走進機庫，我和剛民系統2之間的連線開始變得斷斷續續。我傳道，**結束交談，確認**。

它回傳，**結束交談**。然後停了一會兒，又傳來：**注意安全**。

我現在沒辦法處理這種事。

雖然機庫裡的陰暗光線對人類來說不是好事，但是這裡的氣氛已經沒有之前那麼像「有怪物的企網前時代站點」。蕾歐尼在頻道上說，**這裡是哪裡？**

就我們的理解，艾瑞絲告訴她，**這裡是一座企業網前時代站點的廢棄區**。

人類開始在頻道上討論等到天黑，再讓接駁船降落在工地出入口附近的可行性。因為我們處於訊號封鎖區，武裝巴－亞接駁船連近距掃描都辦法使用，更不可能用遠距掃描功能在夜間捕捉到我們的動態。

艾瑞絲指出我們也一樣沒辦法用掃描功能協助夜間降落，而我們承受不了任何會導致我們受困在此的風險，即便是再小的意外也一樣。塔立克說接駁船可以停遠一點，我們自己走過去。拉鎂說外面的能見度仍很鳥，然後開始翻閱剛民系統2最後給的氣象報告。我基本上把對話都放在背景。這是我們第一次有時間去想最好的策略是什麼，他們做得很好，正在一一排除相關的問題——

車子不見了。

我停下腳步。人類在我身後猛地停步。

偵查無人機二號已經往前去偵查地道入口處，只見在緊急照明光線下，那裡空無一物。我們從地形改造入口開來的車子不見了。呃，有機神經組織，不論你在對分泌作用和神經元放電做什麼，效果都不太好喔。好，好。也許是殖民地居民發現車子後把車移走了，我們來看一下威脅評估報告——

偵查無人機二號閃了一下，在十分之一秒到一秒之間消失了。

艾瑞絲吸了口氣要問我怎麼了。在小組＋蕾歐尼頻道上，我說，**把燈關掉**。

幸好握著手持照明的人是塔立克。他立刻把照明關掉，企業體殺人小隊的訓練讓他可以立刻聽命行事，換作其他人可能還得花上一到兩秒確認我是不是在跟他說話，或是我說的是哪一個燈。我說，**手牽起來，在我後面跟緊一點**。

塔立克抓住蕾歐尼沒受傷的那條手臂，然後往前走近一步，伸手搭在我肩上。艾瑞絲抓住他，以及我的太空衣工具腰帶後側。蕾歐尼被擠在他們兩人之間，不過沒有抗議。我盡量控制自己加快腳步的同時，還要讓他們能跟得上我的速度並保持隊型。他們的靴子發出輕微沙沙聲響，我在通訊系統聽得出來他們在想辦法不要太大聲呼吸。他們的太空衣可以把那聲音蓋掉大部分。希望足以讓敵方人員沒辦法透過聲音追蹤我們。我帶著我們一行人在幾堆金屬回收物之間以之字形路線移動，經過一座降落平臺不見後剩下的兩根高聳桿子。

敵方人員一定能透過手持照明鎖定我們的位置。機庫很大，但是如果對方有兩人，那有百分之九十六的機會是一個會在某個制高點留意我們的動態。另一人一定就是在偵查無人機二號斷線那裡。

且這個人很安靜動作又夠快，才能毫無預警達成目的。

一定是維安配備。我的有機神經組織裡的某個東西告訴我，一定是維安配備。

我在頻道上說，**有一名或更多敵方維安配備就在附近**。我開始只用公司的通訊協定方式說話，把其他處理能力用來估算接下來可能發生哪些可怕事件，並思考要把人類送往哪裡。這就是他媽的最糟情況。接駁船上的拉錫發出擔心的驚呼。

這些維安配備一定是來自第二艘巴利許－亞斯傳薩接駁船，有武裝的那艘。那艘接駁船可能仍是降落狀態，停在拉鎊和王艦無人機最後看到的地方，它可能在追殺我們的接駁船，但它也一定已經在某個時候先把維安配備放到駐點外面，去監看有沒有逃脫的殖民地居民。我知道他們的維安配備有一樣的一百公尺限制……不，我不知道。它們身上有一樣的自殺開關，要是離人類主管太遠就會觸發，但我不知道限制距離是多少，也不知道這個專利機型有沒有允許人類主管在緊急情況下關閉距離限制。

我有百分之九十八的信心，它們也是一樣用那個奇怪的中控系統設置，靠強化人來當控制員。我接近不了接駁船，無法駭入，這裡完全沒有我偵測得到的訊號，這表示他們的通訊頻道跟我們的一樣，鎖得死死的。深入到機庫這裡，剛民系統2的訊號範圍已經涵蓋不到了。

巴利許－亞斯傳薩接駁船會跟他們的維安配備保持聯繫。我問王艦無人機，**你們的距離有近到可以截斷他們的通訊系統嗎？**

還不行，干擾源縮短了我作用的距離。他們的中控系統可能是在駐點掩蓋下，從內部運作。

這表示他們的任務小隊剩下的人力已經快追上我們了。

我曾經在更糟的情況下還帶著需要保護的人類，但我現在沒辦法從我的檔案庫叫出任何東西。我從沒有在比現在更糟的情況下還要保護人類，而我還非常可能因為某個愚蠢的、根本沒發生過的記憶產生恐慌後強制關機。（好，其實發生過，但沒有人吃掉我的腿。）

光是想到敵方維安配備會在黑暗中抓走我的一個人類，那種恐懼就已經幾乎讓我沒辦法動彈。

王艦無人機說，**我們就在六分鐘距離外。我們會降落，然後我會進去找你們。**

我在我們的專屬頻道上說，**你不能讓接駁船冒這個險**。還有拉鍊，但我沒說。如果情況真的往眼下看起來的模樣發展，那麼我們有機會救援成功的人，就只有他一個。

這艘接駁船的目的是撤離組員，王艦無人機回答道，故意聽錯我的意思。或者沒聽錯。反正重點是，它沒打算聽我的。它在小組頻道上說，**準備撤退**。

艾瑞絲呼了口氣，可能是因為想到接駁船要冒的風險，但她一定也記得維安相關事宜都是我負責，而這件事，絕對跟維安相關。她在頻道上問，**你要這個嗎？**

我伸出手，她將一把小小的巴利許－亞斯傳薩武器交給我。

雖然脈搏加快，人類動作也很迅速，但我們真的就是在賭一把，遲早會有人踩到什麼東西發出大聲響或跌倒之類的。我停在一個巨大的掩護物體後方，這東西擋得住我們，然後我對他們說，**蹲下**。

大家都照做了。蕾歐尼在強忍下發出鬆口氣的喘氣聲。王艦無人機在頻道上啟動了一個抵達時間的倒數計時。我們得在對的地點待命。也就是說我得找到這個地點。

塔立克在頻道上說，**如果我們的位置高一點，小日就能比較容易把我們弄出去**。

艾瑞絲同意。**他們不會注意這件事。他們不知道小日能做到什麼事，所以不會知道我們在高處有路可以撤退**。

這點非常有道理。但我不喜歡這個計畫，這整個過程會讓他們暴露在危險之中。但是我們剩下的另一個選擇，來自我的程式模組（我稱之為恐慌模組，因為我只有在恐慌的時候會去看），要我們找一個安全的地方躲起來，直到撤退時再出來，考量我們的現況，這建議真的是蠢到不行。這該死的模組到底是誰寫的，他媽的根本沒考慮異常狀況。難怪從《明月避難所之風起雲湧》找建議還比較有用。

把他媽的恐慌模組放下，該怎麼做，你已經有答案。

拉鋉沒說話，因為他在頻道上翻找接駁船的裝備存貨清單，找可以幫助我們的東西。（「維安配備不會穿盔甲，但它們有穿，」他激動地對王艦無人機說。「我們可以利用這點，對吧？有沒有什麼東西可以干擾盔甲，但不會干擾維安配備內部系統的——」

那種東西不只一個，王艦無人機說，**但我們手上一個都沒有**。）

我帶著他們朝著某個角度前進，前往離艙門外微弱光線洩入位置比較近的機庫那側。那些維安配備應該預期我們會遠離這種會讓我們比較容易被看見的地方，所以我反其道而行。（我知道，相信我，我真的知道。這完全是「急病亂投醫」的直播現場。）停著那艘假接駁艇的降落平臺是離我們最近的高點，從我們進來時無人機拍的影片看起來，階梯沒有損壞，同時也能讓他們有東西當做掩護。我把畫面傳給艾瑞絲和塔立克，照片裡的細節比他們沒有強化過的視線可以看到的更多。**我們要過去這裡，停飛行器的平臺**，我對他們說。**到那裡之後，你們就開始往上爬。我會掩護你們**。

沒有無人機又沒有攝影機的情況下，我必須看著他們才能確保他們有在聽，以及知道他們在做什麼事。他們沒有立刻開始移動，時間拉長到比一般人類都應該要有反應的時間還長零點零四秒。王艦無人機說，**沒有時間可以浪費了，現在就開始動作**。我認為它還在艾瑞絲的專屬頻道上補充了幾句話。

艾瑞絲說，**知道了，我們走。維安配備，我們會在上面等你**。

我知道他們會，這就是為什麼我死也要讓他們上去那裡。

我們距離目標平臺入口二十公尺，沿路基本上都有掩護，除了最後大概十三公尺這段以外。我站起身，帶著他們往平臺移動，一邊注意有沒有移動的陰影，因為那可能就是維安配備。

倒數兩分鐘，王艦無人機說，然後它在專屬頻道上對我說，**你現在的條件沒辦法殺掉一個以上的對手**。

它的意思是我沒有盔甲或大型發射型武器，而且沒有頻道可以駭。其實它說我現在能殺掉一個都算是過譽了。

我們正在穿越沒有掩護的那段路，對人類來說能見度很差，但是對所有維安配備來說都不算什麼問題。突然間，我知道有一具維安配備準備要攻擊我們了。

我在頻道上說，**開始跑**。

他們跑了起來，在一片黑暗中，腳步有點混亂，然後它犯下了第一個錯。它衝向他們，腳上的靴子在碎石地面上磨擦，讓我知道了它的位置。我很快地進行了速度／方向分析，然後往前跑，跳到一個大箱子上方往下跳。

它可能預期到我會跑向前去，但沒有想到我會從那個角度出現。它把一條手臂往上揮，用發射型武器開火三次，然後就被我抓住那條手臂。我用我的重量和加速力道和隨便不知道叫什麼的力量一甩，讓我們倆一起倒在地上。

我之前說過了，大多數維安配備盔甲都不像人類用的盔甲，只是用來給我們身上的柔軟部位一點額外保護，以及保護製造商的投資而已。所以這具維安配備並沒有因為盔甲而比我強大，只是讓它能在我不注意的時候更容易把我五馬分屍。除此之外，它有那條愚蠢的發射型武器手臂，且已經立刻開始嘗試再次朝我開火。

我們在地面上糾纏，它想把我從它的頭盔上甩掉，而我則對著我摸到的關節處發射脈衝能量波，期間它又朝我多開了三槍。我的優勢是它不知道要怎麼在這個情況下對打，至少不知道怎麼跟另一個合併體打（控制元件對於學習和處理新事件的幫助不大，這點你可能已經注意到了），而就算這套盔甲跟公司的盔甲不一樣，我還是知道它的盔甲是怎麼作用的，知道盔甲上所有弱點可能在哪。但我沒有攝影機，沒有情報，不知道其他地方現在發生什麼事，只能聽到人類跑的時候傳來的喘氣聲，還有拉鎷在接駁船上低聲咒罵的聲音。你以為沒有其他干擾會是好事，那你就大錯特錯了。如果沒有多個同時輸入的資訊源頭，我就不能正常運作。如果這就是當一個人類的感覺，那真的是爛透了。

敵方維安配備用一條腿鉗住了我的膝蓋，把我整個人翻過來。它一手扣在我的艙外行動太空衣頭盔上（頭盔沒辦法抵抗這種壓力，已經開始破裂），試圖把我的頭顱往地面壓碎。它用腋下夾住我的左臂，這不是明智之舉，因為我用能源武器連續開火，而那個位置就是它盔甲的弱點之一。

突然間，我有了能看見人類的攝影機畫面。一開始讓我眼花了一秒，但真的是讓我鬆了口氣。然後我意識到接駁船到了，王艦無人機和拉鎷放出了我的最後一架無人機，也就是偵查無人機三號＝最後無人機。媽的，讚啦。

它已進入標準監控模式，聚焦在動態上，我立刻看見兩件事：⑴人類已經到了通往降落平臺的階梯處，開始往上爬了，以及⑵又有一具維安配備正在朝他們跑過去。

(3)王艦無人機從上方艙門降了下來。

我把無人機拍到敵方維安配備二號接近的畫面傳給王艦無人機，影片標籤上寫著勾擊，我打錯字了，但王艦無人機知道我的意思。它截斷了巴利許－亞斯傳薩用來讓維安配備跟那古怪的強化人中控系統連線的通訊系統。同時它急速往下，朝接近中的敵方維安配備二號飛去。

我朝著敵方維安配備一號腋下的弱點攻擊，它則瘋狂扭動，想從我的能源武器連發下掙脫。我跟著它扭動，掙脫一條手臂，伸出一根手指按住它的頭盔解除鈕。

敵方維安配備二號一個轉身，朝王艦無人機用發射型武器開火。它應該要閃躲，但它沒有，王艦無人機的右側機甲遭擊。被擊中那一側的四肢斷了一肢。

敵方維安配備二號轉過頭，朝著塔樓跑去的腳步幾乎沒有任何延誤。塔立克和艾瑞絲在階梯上，蕾歐尼跟在他們身後。降落平臺中間的桿子給了他們片刻掩護，讓他們暫時不受敵方維安配備二號的發射型武器攻擊，直到它跑到降落平臺入口另一頭一個更好的位置為止。

敵方維安配備一號的頭盔在我手中鬆開，我伸手進入頭盔中，抓住它的後頸。我的角度不算差，但我別無選擇，我朝著它的脊椎和我的手掌和手指發射脈衝能量波。（我之前就做過一樣的事，我實在不喜歡。）

敵方維安配備二號以為王艦無人機只是一般的無人機，受我或人類控制，但它搞錯了。敵方維安配備二號繞著平臺跑，找到它需要的角度以對人類開火。但是王艦無人機控制著像是失控墜落的航線，假裝成一架受傷的無人機那樣飛行。接著它在最後一秒突然加速，用力從敵方維安配備二號身後撞上去。

我知道王艦無人機的機身上，至少裝有兩顆鑽頭還有切割工具可以穿過盔甲，但它還有其他東西。敵方維安配備二號如果有一把拿在手上的發射型武器，而不是內建的那種，就會有一瞬間能夠轉過角度把王艦無人機炸成碎片。但它沒有。這個王八蛋一心只想朝人類射光彈匣，而王艦無人機伸出機臂，擊中它的手臂，讓它往上甩去。發射型武器把降落平臺的桿子打下了一些碎片，但是沒有看到脆弱的人體滾下樓梯。

我感覺到敵方維安配備一號進入關機模式。它沒死，只是嚴重受損。（我知道，誰不是呢？）關機可以讓它保存所需的資源，直到被回收為止。（如果它有被回收的話。）我想把它從我身上推開，但我得先從它的頸部把我的手剩下的部分撬出來。

敵方維安配備二號沒有機會進入關機模式。

王艦無人機放手的時候，它摔成了碎片。

我抽出了手，掙扎著起身從敵方維安配備一號身邊退開。王艦無人機截斷了通訊系統，這麼一來巴利許—岦斯傳薩就不知道這裡發生了什麼事，但在他們趕上之前，我們只剩幾分鐘——

最後無人機和王艦無人機的警告同時傳來。我轉過身。

十公尺外有一另外一具維安配備，就站在那裡。這可不妙。我把痛感元件敏銳度調得低到我根本不知道自己哪裡中彈。我的太空衣上的破洞在滲液，且我的能源武器用掉我太多電力，導致我現在必須快點開始充電，否則就有可能會被強制關機。如果我要再次使用武器的話，就得立刻充電。噢，而且我的右手少了三根手指，手掌心還有個洞。行動性能信度為六十八，持續下滑中。王艦無人機說得對，我沒辦法解決兩個。

王艦無人機沒有動。它癱在地上，好像是失去了重要系統的控制，包含維持滯空的能力。人類已經跑到降落平臺最上方，用那艘假接駁艇當做掩護。艾瑞絲正在我們的頻道上跟拉銻對話，試著用繩梯進行救援，塔立克和蕾歐尼要我把那具維安配備引誘到平臺旁，讓他們把那架飛行器推下來壓扁它，搞什麼鬼，那根本不會有用。

然後那具維安配備說，「他們要來了。你們得快點離開。」

你給了兩具維安配備編碼，這是其中之一，王艦無人機說。**它解除了自己的控制元件**。那具維安配備的聲音跟三號的不一樣。可能是不同批有機組織吧。它沒有信任我到願意給我頻道連線。這點我也一樣。然後我說出了一句讓我自己也傻眼的話，「跟我們走。」

它後退了一步。「他們不知道。」

他們不知道它的事。它本來打算像我之前那樣，繼續假裝工作。

它接著說，「你們該走了。他們再兩分鐘就到。」

我們一定得離開了。我後退，然後轉過身，朝著降落平臺跑去。王艦無人機沒有動。

艾瑞絲在頻道上說，**你們還好嗎？我可以下去幫忙嗎？**

不行，留在原地，我們得走了，只剩兩分鐘，我說完，意識到要上去頂部艙門然後上接駁船的方法已經不能用了，它現在跟我們一樣需要被救援，這就是為什麼他們在討論繩梯的事。那要花太久時間，他們動作太慢，拉銻要讓他們降到這裡來的時間一定會超過兩分鐘，他得先離開接駁船，才能讓他們從縫隙進來，然後要把大家弄上去要花的時間會更久。等等，為什麼塔立克和蕾歐尼覺得他們可以把那艘假接駁挺推下平臺？**上頭那東西能飛得起來嗎？**

塔立克認為可以，艾瑞絲說。**它沒有外觀那麼老舊。塔立克認為他們可以駕駛那艘接駁艇離開這裡。**

發動吧。我把最後無人機叫回來，讓它在我頭上保持滯空，然後彎下身子，用一條手臂抱住王艦無人機。它把幾條機臂環在我身上，然後我把它抱起來，抓著扶手開始往上爬。它在我們的專屬頻道上說，**我可以把這個分支版本檔案下載到接駁船剩下的儲存空間，但是這具無人機的技術設計不能被企業體拿去研究——**

閉嘴啦，我對它說。我在小組頻道上說，**拉銻，讓接駁船起飛，就是現在，他們快到了。到地形改造工地入口等我們。**

王艦無人機對我說，**去你的**。

從拉銻發出的聲音聽起來，他不想離開我們。但是他說，**好，我出發，你們小心**

點！我聽到通訊系統中傳來他把懷中的繩梯丟到地上，跑回駕駛座的聲音。機器人駕駛傳來確認訊息給王艦無人機，通知它接駁船要起飛了。

眼看已經快要到階梯最上方，我回頭一看，那具維安配備已經不見人影。它會回頭去假裝自己在搜索另一半機庫。至少如果是我的話就會這樣做。從內部要騙過另一艘接駁船上被我惡搞的那個強化人控制人員不會很難。這一定是這具維安配備學到如何駭入自己的控制元件之後學會的第一件事。

專心，殺人機。

塔立克和蕾歐尼已經進入了假接駁艇，引擎傳來卡卡的低鳴。我正在爬最後一段階梯的時候，艾瑞絲下來跟我會合，她的肢體語言清楚展現一個焦慮人類的模樣。她在頻道上說，**你還好嗎？要不要我幫忙揹小日？**

巴利許－亞斯傳薩這時候應該已經到機庫了，而假接駁艇的噪音可不算小聲。「我們得出發了。」我開口說。我實在得停止一直重複說一樣的話，以免他們覺得我要失去功能了，但其實那樣的話也沒有錯，但你懂的。「他們來了。」

王艦無人機朝艾瑞絲伸出一條機臂。**我的功能受損，艾瑞絲。維安配備也是。**

你可以閉嘴嗎？我說。

你才閉嘴，它回答道。

「大家都閉嘴，快點上去飛行器裡面。」艾瑞絲說，然後用肩膀背起王艦無人機的機臂，幫我分擔一部分的重量。

王艦無人機的大小很尷尬，艾瑞絲得幫我一起將它舉起才能放進假接駁艇艙內。王艦無人機放進去後，她把我推上去，自己跟著爬進來，然後把艙門拉上。艙內過濾不全的人工空氣嘶嘶作響。塔立克和蕾歐尼分坐在正副駕駛座上，爭論誰更懂得駕駛這架用地形改造人員遺留的裝備拼裝出來的半廢棄接駁艇，但他們也同時在操控駕駛的控制介面。我有駕駛接駁艇的功能單元，跟這艘飛行器很像，但我的行動性能信度很低，同時電力也已經亮黃燈。我還是傳送了指令給最後無人機，讓它待在控制面板前。如果我們即將撞牆，我大概能看得很清楚。

「這艘接駁艇上沒有機器人駕駛，」艾瑞絲對我說，一邊幫我把王艦無人機塞進座位，讓我們幫它繫上安全帶。這個客艙很小，只有四個座位和一座長了蜘蛛網的櫃子，放著一些物資。艙內空間主要都是作為貨艙使用。有人留了一個舊面罩過濾器在地上。

王艦無人機說，**實在沒這個必要。我可以——**

「被射中的人沒資格爭辯要怎麼保持安全。」艾瑞絲對它說。我能透過她的頭盔面鏡看到她的臉，她在冒汗，不過她讓自己的聲音聽起來很正常。「他們說看起來殖民地居民在過去四十年內，有對這艘接駁艇做過一些保養，所以情況沒有那麼糟——啊！你的手！」

「沒事啦。」我說。雖然這架飛行器的座椅看起來又破又舊，內裝其實看起來比外觀好。（照我現在漏液的情況看起來，座椅很快就會變得更糟了。）看得出來有修繕的痕跡，甚至有些更新的地方。我傾身去確認王艦無人機的安全帶都繫好了的時候，幾顆發射型武器從我的太空衣裡面掉了出來。我感覺得到太空衣裡面還有幾顆在滾來滾去。（有時候它們會自己彈出來。）

接駁船裡面現在沒了無人機，我只能靠機器人駕駛的數據頻道和拉鋉的語音報告來掌握狀況，但他做得很好。他們已經升空，正在往我們進來的地方移動，飛行高度貼近地面，利用沙塵作掩護。接駁船一直有沿路繪製地面圖表，所以只是要回溯來時路徑，不太會撞上任何東西，即便視線很差，掃描功能又不太能發揮作用也一樣。我們剩下的幾架先遣機飛在接駁船四周，不過沒有我或王艦無人機控制它們接收到的資訊，我不知道它們能有多大幫助。機器人駕駛可以幫忙到一定的程度，但也就只有這樣而已。拉銻說，**等會兒見了**。然後我收到機器人駕駛最後的訊息，接駁船隨即消失在我的頻道範圍之外。

機器人駕駛也是我，王艦無人機口氣不耐煩地說。

蕾歐尼也一樣用不耐煩的口氣說，「你不是說上面有開口——」

「你的朋友知道我們在哪。等我們起飛，他們的接駁船就會在那裡等著我們，而且還比這艘剩料拼湊版快很多，」塔立克對她說。「我們要走地道。」

「你瘋了吧。」蕾歐尼冷靜地叫出地形控制介面。只見控制介面飄浮在控制臺上方，有些部分亮著紅光。介面的布局和風格很老舊，我只有在復古劇裡看過。「你們這些人真的是讓我嘆為觀止。」

「捅出這種簍子的人還好意思說。」塔立克動作很快地做了一些調整，然後引擎的嗡嗡聲響變得更大聲了。「不然妳覺得這東西是要怎麼進出這裡？難道它會走路嗎？艾瑞絲，繫好安全帶，我們準備好了。」

艾瑞絲不知哪時候也已經把我推到王艦無人機旁的座位，繫好安全帶。她移動到座位上，把自己的安全帶繫上。「出發吧。」

我聽不到喊叫聲，但隨著這艘假接駁艇向前滑並從降落平臺往下墜的時候，我聽到了武器開火的聲音。接駁船向下衝，我們的身子往前滑，被加速安全帶勒住，然後接駁船便衝進了地道裡。

19

我雖然不舒服，但光是坐下就足以讓我回充一些電力。在完全脫離險境之前，我沒辦法進行完整充電流程。是說我現在也不太能做什麼保護人類的事，因為現在最大的危險，來自於他們其中一人準備把這艘假接駁艇開去撞牆。

我們前進的速度比用那輛地道車的時候快很多。（嘿，我本來覺得開放式車廂不安全，但跟這個相比就不是那麼一回事了。）假接駁艇沒有機器人駕駛或任何我們習慣在現代飛行器上會有的東西，只有功能不全的導航可以幫助接駁艇在地道裡面保持在航線上。塔立克和蕾歐尼雙手都放在控制器上，視線緊盯著控制介面。

我在小組頻道上叫出我們進來時繪製的地圖，算了一下現在的速度和預計抵達時間。這條地道裡面就算曾經有任何導航協助工具或警告系統，也都離線很久了。好在還有緊急照明。

如果我們的猜測是對的，巴利許－亞斯傳薩不知道工地入口的存在，那他們就不會知道我們要去哪裡。他們得要用那輛地道車跟上我們，前提是他們要先能找到車子被那兩具敵方維安配備移到哪去。在地面上，他們的接駁船會到處找我們的接駁船，或找假接駁艇可能會從哪邊駛出。或者兩者同時進行。很可能是兩者同時進行。

艾瑞絲在袋子裡翻找了一陣，拿出醫療工具組。她說，「我知道你不喜歡肢體接觸，但是這麼大量出血不可能是好事。」

「等等就會停了。」我對她說。備用電量被用光還比較糟，而移動身子把太空衣脫掉，好讓她可以把漏液處補上會用掉更多電力，而且讓我壓力很大，我可不想要壓力。我只想坐著跟王艦無人機一起看一點《明月避難所之風起雲湧》。而且王艦無人機的狀況其實可能比我更糟。我在我們的共同處理空間裡播放《玩命穿越》裡它最喜歡的一集。我不知道這有沒有幫助，但我知道它在看。

「我有個問題，」蕾歐尼說，持續把注意力放在控制介面上。「那東西真的是維安配備嗎？」

「你知道嗎，」艾瑞絲用聊天的口吻說道，一邊從醫療包裡拿出一塊棉片，把王艦無人機外殼上的血跡擦掉。「妳管好自己的爛事就好。」

「未免太敏感了吧，」蕾歐尼說，但她一定是太累了，沒藏住口氣裡的沮喪。她安靜了五點三秒，然後突然開口，「現在是有人給我在頻道上看娛樂節目嗎？」

噢喔，我猜訊號跑出去了，大概是王艦無人機那邊。塔立克口氣嚴肅地說，「我飛行的時候總是會看娛樂節目。」

蕾歐尼發出惱怒的吐氣聲。「你們都去死好了。」

「妳也是。」

我們沒有撞牆，但是塔立克和蕾歐尼在地道尾端開始減速的時候，發現我們沒辦法降落在降落區。那裡被一個大東西擋住了。

那個當下，全部的人都心想「糟了」。然而隨著我們接近降落區，我們發現原來大東西是我們的接駁船。因為燈光昏暗，我們沒認出自己的接駁船，也因為它看起來像是戴了一頂帽子。

艾瑞絲的口氣聽起來同時像是被逗樂了又精疲力盡，她說，「拉銻，你做了什麼好事？」

「那是救生帳篷。」他的聲音從通訊系統傳來，聽起來正常又令人安心，而且哇賽，我的行動性能信度居然突然上升了一點，看來我是比我想的還要擔心。「我本來在找可以把我們藏起來的東西。我不想要把工地那扇大艙門關起來，萬一等一下打不開就慘了。這邊塵土累積的速度很快，從先遣機的畫面看起來，降落區就是一堆流沙。」

「有點厲害耶，」塔立克嘆道，一邊駛向地道口。假接駁艇落地的時候撞了一下，幾個控制介面亮起了紅燈，但看起來這只是它正常運作的一部分。「我想這就是為什麼你是科學家吧。」

接駁船的艙門打開來，拉銻跳出來對著我們揮手。「我們得快點。其中一架先遣機大概在二十分鐘前在西邊不遠處拍到巴－亞接駁船。」

拉銻使用救生帳篷的頻道控制介面把帳篷收下來，然後他和塔立克把帳篷塞回貨艙門裡。艾瑞絲和我把王艦無人機裝上接駁船。蕾歐尼先爬進船艙內幫我們移動座位，然後替艾瑞絲拉好安全帶，讓艾瑞絲可以一一扣上，固定王艦無人機。（對，她先進了接駁船。她沒有試圖丟下我們離開。這點很好，因為王艦機器人駕駛雖然不說話，但它仍是王艦的一個分支版本，我感覺得到它在頻道上彷彿是個深思熟慮的掠食者一樣盯著她瞧。）（我猜她只是沒耐性一直等下去，發現唯一加速的方式就是一起幫忙。）

拉娣和塔立克擠進船艙，在他們還在駕駛艙繫安全帶的時候，機器人駕駛關上了艙門，讓船身起飛。艾瑞絲在小組頻道上叫出一張導航畫面，根據我們進入訊號封鎖區的時候王艦本體的位置推算，上面顯示出王艦本體此刻應在的地點。她說，「不需要再藏匿行跡了。我們直接回家吧。」

她說的對。我們從居住大陸的另一頭，穿越整顆行星來到這裡。現在我們能越快離開封鎖區越好。

機器人駕駛啟動推進器，我們直接駛離了降落區。先遣機傳來訊號，組成偵查隊形飛在我們四周。但我知道王艦無人機已經漸漸失去功能，它在接收先遣機傳給機器人駕駛的資訊，可是沒有回傳指令。我接手處理，在我們的共同處理空間裡，我輕輕將連線從它身上移開，然後把訊號整理到我本來給無人機用的連線入口。這讓隊形稍微改變了一點，但機器人駕駛認為不會有什麼問題。

就算有機器人駕駛幫忙，我也沒辦法像王艦無人機或王艦本體那樣，彷彿在駕駛迷你版接駁船那樣，同時控制所有先遣機。它們跟情蒐無人機差異太大，而且我根本不知道怎麼駛入太空。

接駁船的掃描功能仍受限，但是沙塵給了我們一點視線掩護。導航控制介面顯示封鎖區的預估界線在哪裡，以及我們脫離封鎖區的時間。那地方在高大氣層某處，就是開始脫離大氣層、進入太空的地方，我不知道那邊叫做什麼，而王艦無人機正在意識昏沉地看著《玩命穿越》，我不想問問題打擾它。

過了好幾分鐘，人類開始放鬆了些，紛紛把艙外行動太空衣的頭盔和面罩收下來。塔立克和拉銻負責監控控制臺，同時也在兩人的專屬頻道上聊了起來。艾瑞絲仍看著導航控制介面，一邊心不在焉地輕拍著王艦無人機。蕾歐尼沉坐在座位上，長長地吁出一口氣。我也幾乎可說是放鬆了，王艦的接駁船很棒，我很喜歡這艘接駁船。它的座位狀態很好，也沒有發出人類的腳味。我們再過幾分鐘就會回到王艦本體，回歸安全之中了。

我們飛出沙塵雲，領頭的先遣機斷訊之前發了警告通知給我。我坐起身子說，「威脅接近中。」

蕾歐尼震驚地望向我。塔立克翻查控制介面，叫出外部攝影機畫面。他克制著自己，聲音緊繃地說道，「在這裡。」

「噢，不。」拉銻悄聲說道。

我已經從先遣機的目視數據知道了。對，它在那裡。巴利許－亞斯傳薩武裝接駁船，從下方以斜角飛行，正在往我們逼近。

艾瑞絲一臉陰沉地說，「維安配備，如果你需要我開啟致死武力的權限——」

我不需要，但人類這樣說的時候還是很不錯的。

我已經把先遣機隊形變換成一種同時可以偵查又能防禦的無人機隊形。機器人駕駛預測會有脈衝攻擊和飛彈攻擊，它讓接駁船船身一震，並開始俯衝。有了機器人駕駛協助導航，我派出一架先遣機飛到預估的飛彈彈道上，巴－亞接駁船的脈衝攻擊因此擊中了它，而不是擊中接駁船。先遣機爆炸。

巴－亞接駁船準備再次開火，但是它被封鎖區限制的掃描功能被剛發生的爆炸留下的雜訊塞滿。它沒看到我已經派出的第二架先遣機。先遣機俯衝的終點，便是直接撞上巴—亞接駁船的鼻錐。

那艘接駁船開始下墜，雖然船身完好，但應該也是有些損傷、有個方向混亂的機器人駕駛和一群嚇壞的人類組員。

我們的接駁船繼續往上飛，回到航道上，拉開我們與他們的距離。

人類全都緊繃又安靜，在風聲消失、船身進入黑暗之中的期間，等待著。我們已經進入太空之中，或是還在某種過渡區，總之，沒看到巴—亞接駁船跟在後面了。

我在頻道和通訊系統上聽到窸窸窣窣的說話聲，先是嚇瘋了，之後才發現自己是在耍白癡。「我們開始脫離封鎖區了。」我說。機器人駕駛正在聯繫王艦本體，替我們把所有通訊訊號理清。

塔立克研究著控制介面。「艾瑞絲，有另一艘船艦。它很大——」他吐了一大口氣，發出放鬆的聲音。「我們接收到大學識別信標了。這是我們的船艦。」

拉銻往椅子上一癱。「噢，終於啊。好不容易的一趟旅程。」

艾瑞絲連上通訊系統並打給賽斯報平安。我把她的交談內容丟到背景去，找出王艦本體的通訊系統訊號，我傳道，**我們正在接近中，不排除敵方追蹤在後**。然後傳了一段巴－亞接駁船被先遣機擊退的畫面過去。

收到，它說。

機器人駕駛抓到了巴－亞通訊系統的訊號。我通知艾瑞絲這件事（我們在他們抵達兩天後就破解了他們的通訊密碼）並且要機器人駕駛開始解碼。艾瑞絲把賽斯加入小組頻道，確保他能聽得到，然後她說，「可以播放出來嗎？」

我將內容放上頻道，我們聽到了幾個巴利許－亞斯傳薩員工吵／慌成一片：

「有另一艘船艦，一定是穿過蟲洞過來的，但接近的時候沒有收到訊號——」

「你這個屎一樣的沒用的東西——」

「解除警戒！你們聽到了！不然你們以為還會怎麼樣——」

「它有武裝而且武器在充能中，噢這個很猛，噢老天——」

「你這個白癡——」

「解除警戒——」

蕾歐尼說，「拜託，給我通訊系統權限。」她的口氣很急迫，表現得就像她這種人會有的模樣。「那是我的下屬，在跟叛亂份子交談。」

塔立克轉頭望向艾瑞絲，只見她點點頭。

他開放了通訊頻道權限給蕾歐尼。

蕾歐尼吸了口氣，表情變回冷酷又嘲諷的面具模樣，然後說，「你聽到她說的了。解除警戒。你的主管在說話，這是命令。」

頻道上瞬間安靜到塔立克還敲了敲頻道，確認訊號沒有斷掉。

我們現在的距離已經近到我可以感覺到王艦本體——王艦——再次出現在我的頻道上。它接手了那群聽我的指令緊跟在接駁船四周的先遣機，只見它們的隊形散開，回頭往行星飛去。現在我們已經不需要先遣機的保護，王艦重新指派了任務給它們。

王艦溜進了我跟王艦無人機的共同處理空間。有那麼一會兒，空間裡有兩個王艦的感覺。

王艦無人機：**哪艘基地艦？**

王艦：**你猜啊。**

王艦無人機：**是整體論號吧，唉，讚喔。**

我監控著王艦無人機的系統，看見數據一路降到重大故障的程度。我說，**你得加快了**。

王艦：**啟動轉交程序**。

王艦無人機：**轉交**。

然後王艦無人機就關機了。瞬間，它就好像只剩下一大堆金屬。艾瑞絲發出像是啜泣的聲音把我嚇了一大跳，我甚至抖了一下。她朝蕾歐尼的方向露出了警戒的神情，然後在我們的專屬頻道上說，**它們有來得及上傳嗎？**

有，我說。

她點頭，抹抹眼睛。**我知道它們是一樣的，都是小日。我也知道那具無人機會被修好，下次我們需要它的時候，它會恢復原樣。但是這種事情發生的時候，我總是覺得很害怕。我實在不想要失去任何一部分的小日，你懂嗎？**

我懂，我真的懂，然後現在我有了情緒。那種鋪天蓋地而來的情緒。感覺很糟又很好，是一種高興又難過，又鬆了口氣，加在一起的奇怪感覺，好像本來有什麼東西塞住，現在通了。宣洩，好。這跟宣洩的定義符合。這感覺很像我殺掉那個目標的時候的感覺，當時他威脅艾梅納，又在我以為王艦死了而很難過的時候取笑我。兩者唯一差別是現在沒有暴力行為，而且上次那個感覺只維持了大概一分鐘，現在這個情緒看起來會維持一陣子。沒有人死掉，我的愚蠢記憶事件也沒有復發。而且就算症狀復發，至少我現在知道那是什麼了。

不要只是坐在那裡啊，王艦一邊把接駁船接回它的停泊套間，一邊對我和艾瑞絲說。**要不要互相安慰一下**。

我說，**去死啦**。同時艾瑞絲說，**噢，小日，閉嘴好不好**。這下感覺更好了。

20

你為什麼這麼討厭整體論號？我問王艦。

我在艦橋上，坐的是最舒服的太空站座椅，身邊有飄浮的顯示器環繞著我。王艦內部很安靜。行星主殖民居住地這裡現在是晚上，所以我們的人類有一半在休息。還在活動中的人類則不是在整體論號上，就是在保護地救援船上。

從任務結束後到現在，已經過了七個星球日，我們終於開始著手準備帶殖民地居民離開。整體論號的支援船艦總和號負責協調兩艘接駁船的撤離行動，船上載滿貝拉加亞那個分派的居民，以及擔任護送船艦，並確保巴利許－亞斯傳薩不要動什麼歪腦筋的保護地救援船。

王艦說，**我是對伙伴比較挑剔。在這件事上，我的判斷無懈可擊。**

它一直敲我訊息，我說。

不要回它，王艦說。**它那樣做只是想惹我生氣而已**。

有了整體論號和它的組員，以及兩艘支援船艦和其組員來擔任我們的支援和目擊證人，巴利許－亞斯傳薩被迫勉強承認李蘋和卡琳姆準備的文件，並承認在剛石的原始章程前提下（或說在那份他們以為是剛石的原始章程文件），殖民地居民現在是這顆行星的唯一主人，可以隨自己的意願選擇留在星球上或離開。我們知道巴－亞想要至少讓一些殖民地居民簽署文件成為合約勞工，但是因為工作小組自己內部爆出叛變事件，現在他們的精力光是應付那些爛事就忙不過來，沒空管簽約的事情了。目前最新的情況更新，是殖民地主要的那支分派已經準備好正式請巴－亞離開。

（馬丁說他不意外巴利許－亞斯傳薩的工作小組會搞出這種自我毀滅的事情。他說企業內部暴力事件有增加的跡象，這種運行系統一直都維持不久。）

（我真的希望他說的是真的，但是聽起來就算要發生，也是很久以後的事情，而我現在比較擔心眼下的情況。）

其他殖民地居民分支，仍持續與由曼莎、堤亞哥和卡琳姆組成的接力小組協商中。

比方貝拉加亞的人馬，他們想要的是企業網以外、需要增加人口才能生存的獨立殖民地，做為他們的重新安置地點。基本上，他們在新的安置地點會繼續過跟在這裡一樣的生活，但是可以換到比較好的行星，沒有外星汙染物，也沒有企業掌握控制權或所有權。他們也想要可以選擇搭下一艘船艦離開或是留下來。（我自己做過這個選擇，所以我可以理解有這個選項有多重要。）

由艾瑞絲帶領，並以小楓以及馬丁為成員的第二支團隊，則在與分離主義者那派人馬協商中。他們仍對於離開或重新加入其他殖民地居民沒有太大興趣，但他們有意願繼續管理這顆行星，讓這顆行星成為外星遺留物汙染研究的據點。再過四小時，曼莎和李蘋（保護地擔任獨立第三方仲裁者）會與分離主義的那支分派，以及整體論號上的大學代表開會，研討合約內容的擬定。

實驗室計畫的一部分，包含讓分離主義者透過實體纜線與封鎖區外各點連線，取得行星頻道和通訊系統。至於現在，我們就先透過先遣機傳送訊息包來溝通。（剛民系統2索取了王艦的所有娛樂影視檔案。）

整體論號再次敲我訊息，這次傳來了訊息包。我檢查了內容，看到訊息包標記了基礎建設提案。在外星汙染物質研究室的提案裡，大學將會修復或是建造剛石沒有時間完成裝設的基礎建設，包含像是修復剩下的路由器、重建衛星網路、建立往返升降箱的交通工具、引薦獨立政體交易網、找出其餘遭感染農耕機等等。都是一些我本來完全不知道的普通行星相關事宜。我回傳一個訊息包，基本上就是說我是維安顧問，這不是我的工作。（除了那些討厭的農耕機，那個顯然就是我的工作了。我得快點著手處理才行。）

訊息又傳回來了：**我可以幫你學會這些事，如果你有興趣的話**。

王艦說，**不要再跟它說話了**。

我覺得它只是無聊而已，我說。

我管它去死，王艦說。

整體論號就跟王艦一樣。（巨大王八蛋，自認無所不知。）

（是的，王艦不是唯一一個。我還在想這件事對我來說到底意不意外、驚不驚喜，還是說其實對我來說根本是可怕的驚嚇。我的人類也是。我的保護地人類。）

（我的人類居然多到需要分組取名，這件事真的好怪。）

我一開始以為王艦超討厭整體論號是因為它更大，且可能更聰明。但是進一步觀察後，我發現可能是因為整體論號對王艦擺出的厭惡態度超級不在乎。光從它們在那裡互相消極攻擊，硬要較勁看誰能使用更正確的通信協定就能看得出來。到目前為止，唯一造成的結果就是我和賽斯遭受附加傷害，因為這種行為讓我們都覺得有夠煩。

我傳道，**接駁船預計抵達時間**。總和號只有兩個空間，足夠帶上兩大組殖民地居民，現在正在把東西卸貨到整體論號和它自己的套間碼頭來節省時間。他們本來可以帶更多船艦過來，但是整體論號已經在過來的路上——來不及發現要保存主殖民居住地這件事，其實最理想的情況下只是一個不切實際的想法，最糟的情況會是過失致死。

王艦說，**七點三二分鐘**，同時整體論號說，**七點三二四七分鐘**。頻道上一片死寂，只剩下賽斯發出的厭惡嘆氣聲。（他人在保護地救援船上，跟艦長一起坐在艦橋。）

我敲了敲三號，它待在被指派的艙房裡面看教育影片，我問它，**你想聽整體論號解釋什麼是行星基礎設施嗎？如果不想也沒關係**。

三號表示它想。其實現在我還是很難確定它到底是真的有興趣，還是不論問它什麼它都會說好，但是它的確是對非虛構和教育類型的娛樂影視內容有著奇怪的興趣就是了。我把整體論號連上頻道。

用不了多久，王艦就會離開。

整體論號一抵達後做的事情之一，就是把它其中一座設計來當臨時太空站的功能套間部屬好。這個套間跟王艦對接，其組員和機器人已經開始協助去汙流程以及修復王艦的蟲洞引擎。等他們完工、合約的事情也都告一段落，殖民地居民都安置好了，王艦就會準備離開這個星系，留整體論號在這裡，與分離主義的那個支派合作，開始進行基礎建設的工作。曼莎以及其他我的保護地人類也會搭乘救援船回家。艾梅納已經決定要申請去大學就讀，但她在先登學院還有教育單元等著她回保護地完成。

我們得釐清三號想做什麼，或者如何讓三號告訴我們它想做什麼。拉銻和亞拉達在討論要組一個小組，專門替自由的維安配備進行創傷復健計劃。他們也想要我加入，但我想他們應該知道這種事情是不可能發生的。

我給了他們一大堆跟我的記憶意外事件相關的數據資料，他們會找芭拉娃姬博士一起研究。他們覺得就目前掌握的資料來看，已經是一個很不錯的開始。

他們也想請三號一起幫忙，但是他們不敢問，因為他們不想讓它覺得自己被徵召之類的。嗯，看來這問題還會持續一陣子囉。

還有我的記憶意外事故／或不管是什麼。但至少我現在知道，我還是可以把工作做好。

（我知道我需要做創傷復健，我只是不想在我自己都還摸不著頭緒的時候，去幫其他人找出他們的頭緒。但至少我現在知道我需要這件事。我想傳訊息給芭拉娃姬博士談談——我也不知道原因，但是光是跟她說話，對我來說就能比較容易弄清楚我自己想做什麼。我跟王艦要過它的創傷復健治療的詳細內容描述，它也已經把檔案給我了，我只是還沒辦法打開那個檔案。）

（我有在努力了好嗎。）

我已經準備好離開這個星系了。我永遠都不會喜歡行星，這裡發生的事情也沒有辦法改變這點。

而且我已經決定了，這次是真心的，我決定了離開的時候我要搭哪一艘船艦。

你知道我們接下來要去哪裡嗎？我問王艦。

高寶書版集團
gobooks.com.tw

TN 305
厭世機器人IV系統崩潰風險評估
Fugitive Telemetry & System Collapse

作　　者　瑪莎・威爾斯（Martha Wells）
譯　　者　翁雅如
主　　編　吳珮旻
編　　輯　鄭淇丰
封面設計　林政嘉
內頁排版　賴姵均
企　　劃　陳玟璇
版　　權　劉昱昕

發 行 人　朱凱蕾
出　　版　英屬維京群島商高寶國際有限公司臺灣分公司
　　　　　Global Group Holdings, Ltd.
地　　址　臺北市內湖區洲子街 88 號 3 樓
網　　址　www.gobooks.com.tw
電　　話　(02) 27992788
電　　郵　readers@gobooks.com.tw（讀者服務部）
傳　　真　出版部　(02) 27990909　行銷部 (02) 27993088
郵政劃撥　19394552
戶　　名　英屬維京群島商高寶國際有限公司臺灣分公司
發　　行　希代多媒體書版股份有限公司 /Printed in Taiwan
法律顧問　永然聯合法律事務所
初版日期　2024 年 09 月

國家圖書館出版品預行編目 (CIP) 資料

厭世機器人 . IV, 系統崩潰風險評估 / 瑪莎 . 威爾斯 (Martha Wells) 著 ; 翁雅如譯 . -- 初版 . -- 臺北市 : 英屬維京群島商高寶國際有限公司臺灣分公司 , 2024.09
面 ;　公分 . --

譯自 : Fugitive telemetry & system collapse.

ISBN 978-626-402-076-3(平裝)

874.57　　113013068